献给

为中国革命和建设做出贡献的国际友人们！

国家出版基金项目
NATIONAL PUBLICATION FOUNDATION

我用一生爱中国

爱中国

伊莎白·柯鲁克的故事

Love China All My Life：
Isabel Crook's Stories

谭楷／著

天地出版社｜TIANDI PRESS

图书在版编目（CIP）数据

我用一生爱中国：伊莎白·柯鲁克的故事／谭楷
著.—成都：天地出版社，2022.4（2022.5重印）
ISBN 978-7-5455-7034-2

Ⅰ.①我… Ⅱ.①谭… Ⅲ.①报告文学－中国－当
代 Ⅳ.①I25

中国版本图书馆CIP数据核字（2022）第052230号

WO YONG YISHENG AI ZHONGGUO: YISHABAI KELUKE DE GUSHI

我用一生爱中国：伊莎白·柯鲁克的故事

总 策 划	罗　勇
总 监 制	陈大利
出 品 人	杨　政
著　　者	谭　楷
内文供图	柯　鲁　柯马凯　柯鸿岗　王曙生 加拿大老照片项目小组等
责任编辑	漆秋香　杨　丹
设计统筹	李　颖
封面设计	挺有文化
电脑制作	跨　克
责任印制	刘　元

出版发行	天地出版社 （成都市锦江区三色路238号　邮政编码：610023） （北京市方庄芳群园3区3号　邮政编码：100078）
网　　址	http://www.tiandiph.com
电子邮箱	tianditg@163.com
经　　销	新华文轩出版传媒股份有限公司

印　　刷	北京中科印刷有限公司
版　　次	2022年4月第1版
印　　次	2022年5月第4次印刷
开　　本	710mm×1000mm　1/16
印　　张	22.5　彩插　0.75
字　　数	350千字
定　　价	68.00元
书　　号	ISBN 978-7-5455-7034-2

伊莎白·柯鲁克（中文名"饶素梅"）1915年生于中国成都，并在华西坝长大
（摄于1918年）

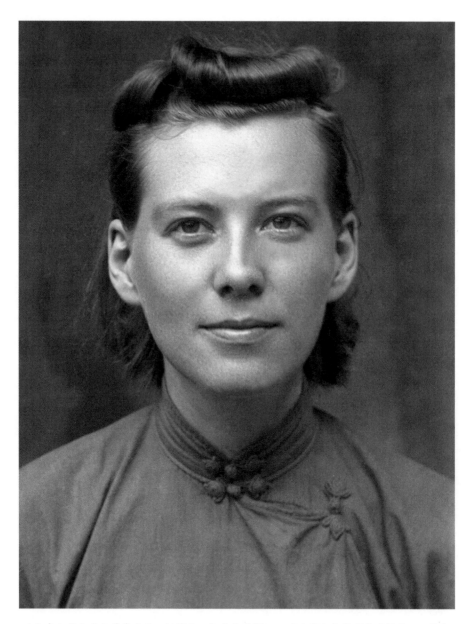

从加拿大多伦多大学毕业后，伊莎白·柯鲁克选择回四川从事人类学研究（摄于1940年）

二战爆发后，伊莎白·柯鲁克和未婚夫大卫·柯鲁克回英国参加反法西斯战争，二人在战火中的伦敦结婚（摄于1945年）

1947年底，柯鲁克夫妇回中国到晋冀鲁豫解放区考察（摄于1948年）

1948年6月，应中国共产党邀请，柯鲁克夫妇留在中国从事英语教学工作。从此，夫妻俩在北京外国语大学工作半个世纪之久（摄于1994年）

伊莎白·柯鲁克和儿孙辈欢聚在北京（摄于2007年）
（后排从右至左分别为大儿子柯鲁、二儿子柯马凯、孙子大卫、小儿子柯鸿岗，中排站立者为孙子大卫的同学，前排左为大儿媳马尼）

104岁的伊莎白·柯鲁克重回故乡成都华西坝，在志德堂前回忆童年（摄于2019年）

伊莎白·柯鲁克荣获中华人民共和国"友谊勋章"后和大儿子柯鲁在一起（摄于2019年）

目　录

序　章

友谊勋章

北京的金秋，是最美的季节，也是丰收的季节。

2019年9月29日早晨，一辆迎宾车从北京外国语大学缓缓驶出，穿过挂满了五星红旗的条条大街。那遍布十字路口的造型新颖的花坛、花环或花柱，花团锦簇，让人目不暇接。北京城以空前的美丽盛装，准备迎接中华人民共和国成立70周年的大喜日子。

104岁的伊莎白·柯鲁克老奶奶端坐在车上，宁静而安详。她身穿深红色中式对襟上衣，一头银发，丝丝不乱。她将前往人民大会堂，接受由中华人民共和国主席习近平颁发的国家对外最高荣誉勋章——"友谊勋章"。

车窗外闪过熟悉的街景。车子驶过天安门广场时，伊莎白冲着"中华人民共和国万岁""世界人民大团结万岁"的标语，笑了。"人民"，一直是这个国家的主题词，这个词她太熟悉、太亲切了。

70年前，中华人民共和国向世界宣告成立时，伊莎白和她的丈夫大卫·柯鲁克应邀登上观礼台。她亲眼看见第一面五星红旗在万众的欢呼声中冉冉升起。她是光荣的国际友人，又是处在哺乳期的母亲。在观礼过程中，她不得不离开一会儿，瞅准游行方队的间隙，快速横穿东长安街，跑到东交民巷的住地，去给刚出生不到两个月的大儿子柯鲁喂奶。离开时，柯鲁克对伊莎白说："你要牢牢记住，我们在观礼台所站的位置，对着'人民'两个大字——记住'人民'，'人民'！""人民"，一直被伊莎白铭记在心中。

70年来，伊莎白怎么也没有想到过，会在104岁时获得如此殊荣！

在人民大会堂，在热烈喜庆的乐曲声中，伊莎白走到主席台中央，与习近平主席握手，接受了习近平主席亲手给她佩戴的中华人民共和国"友谊勋章"。

先后有八位国际友人获得"友谊勋章"。获勋者，多为外国政要，唯有伊莎白是在中国做着平凡教育工作的教授。

颁奖词指出，伊莎白是"新中国英语教学的拓荒者，为我国培养了大量外语人才，为中国教育事业和对外交流，促进中国与加拿大民间友好做出杰出贡献"。

颁奖词之外，溢出的是伊莎白的特殊经历：1915年，她生于中国成都。6岁那年，她跟着父母从加拿大回到中国，那一年是1921年，那一年，中国共产党成立。

之后的近百年，伊莎白亲历了中国的历史巨变。她是见证者，也是参与者。她始终与中国人民在一起，同呼吸，共命运，是中国人民患难与共的忠诚朋友。

领完勋章，回到家中，伊莎白竟默默无语。二儿子柯马凯觉得老妈太疲倦了，婉拒了所有要来采访的记者，让老妈好好休息。

午休过后，与往常一样，伊莎白开始喝下午茶。

柯马凯说："我替老妈打开了精美的礼盒。手抚着金光闪闪的'友谊勋章'，她却感觉十分难过。前些日子，她就说过，她的那些老朋友——献身中国革命和建设的友人，都走了。如果他们还活着，那该多好啊！他们都应该荣获这样一枚勋章。"

原来，高光时刻之后，无边的寂寞包围了这位百岁老人。

且不说丈夫柯鲁克的好友诺尔曼·白求恩早已病逝，就说写下《红星照耀中国》的美国记者埃德加·斯诺，还有美国记者艾格尼丝·史沫特莱和安娜·路易斯·斯特朗——是他们，让全世界知道了红军，知道了长征，知道了中国共产党和中国革命——他们也早早地走了。

柯鲁克夫妇半个世纪的老朋友——中国工合国际委员会的创办人、教育家、作家、新西兰人路易·艾黎和中国原国家卫生部顾问、美国医生马海德两位外国专家也先后于1987年、1988年去世。

还有，1948年在晋冀鲁豫解放区就与柯鲁克夫妇认识的老朋友韩丁，为中国人民养了几十年奶牛的阳早和寒春夫妇，也都去世了。

2010年，89岁的寒春在弥留之际，紧紧握着老朋友伊莎白的手说："幸好啊，幸好还有你啊！"

从白求恩到寒春，有多少国际友人，面对中国人民深重的苦难和不堪忍受的屈辱、贫穷，与中国共产党人一起，前仆后继，倾尽全力，为建设一个美好的中国而不懈奋斗！

细细数来，这些深爱中国的老朋友，一个一个，都走了……那是值得永久怀念的一代人啊，如今只留下伊莎白。

抬头看着丈夫柯鲁克的画像，伊莎白不禁潸然泪下。

与伊莎白相爱同行几十年的柯鲁克，是一位坚定的国际共产主义战士，是他引导伊莎白走上了最有价值的人生之路。而影响柯鲁克一生的是两个人：作家埃德加·斯诺，好友诺尔曼·白求恩。

那是1940年柯鲁克与伊莎白在成都华西坝初恋时，柯鲁克对伊莎白讲：作为一名英国共产党员，他1937年参加了国际纵队，在西班牙反法西斯战场上负伤，住进了白求恩所在的医院。最初，他对坏脾气的白求恩，印象并不好。

后来，柯鲁克才真正认识了白求恩——白求恩开着救护车，冒着炮火，去前线抢救伤员。他的车就是流动的血库，哪里的伤员在流血，他就让护士给那里的伤员输血。那时，输血还是一门新技术。是他把输血技术带到了西班牙战场，挽救了众多战士的生命。一次，他连续救活了12名身负重伤、急需输血的伤员。战士们围着他高呼："白求恩万岁！""输血万岁！"

柯鲁克目睹了护士疾呼血液不够时，白求恩把衣袖一挽，斩钉截铁地说："快，抽我的血！"

柯鲁克说："白求恩'抽我的血'的那一声大吼，让我震惊。我真正认识了他，看清楚了他。他是一位伟大的战士，是一位充满人道主义精神的优秀共产党人！"从此，柯鲁克与白求恩成为志同道合的朋友。

柯鲁克讲述的白求恩的故事，使伊莎白的心灵受到一次强烈震撼。

白求恩的鲜活形象，一生铭刻于柯鲁克夫妇心中。在中国革命与建设需要的时候，柯鲁克夫妇的所作所为，不正是白求恩那一声惊天动地的大吼的一次次历史回声吗？

这枚金光闪闪的"友谊勋章"，在伊莎白心中的分量太重了。

它属于伊莎白，也属于为新中国奋斗的那一代国际友人！

第一章／

爬上房顶玩耍的女孩

1915年12月15日，伊莎白出生在成都四圣祠北街一个加拿大传教士家庭。她的父母于辛亥革命后的1912年来华，深入中国西部，扎根四川成都，以教育者的身份，分别参与创办了华西协合大学（今四川大学华西医学中心）和弟维小学等。生于成都，长于华西坝的人生经历，在伊莎白心里深深烙下了故乡的印记。

关于加拿大布朗家族

"在很久很久以前……"

有关伊莎白的家族史，用得上一句童话故事里最常用的开篇语："在很久很久以前……"——200多年前的18世纪中叶，英国人老布朗随着开发新大陆的热潮来到北美。1775年爆发了美国独立战争，打了八年，以美国的独立、英国的失败告终。老布朗显然是支持英国政府的，便于1789年移居魁北克。好不容易开垦了一个农场，他又赶上英美1812年战事，不得不放弃新家园，赶着牛车举家再次踏上征途。流浪数年后，1821年，老布朗的儿子——我们姑且称呼他T. B. 布朗先生，倾其三年打工的积蓄，从一名退役军人那里买了100英亩（约40公顷）土地，地点在安大略湖北边。

T. B. 布朗拥有的这100英亩的土地是什么样的呢？

那是一片森林与荒原，有溪流与湖沼夹杂其间。年年岁岁，有雄鹿在水草丰茂的开阔地上以角相撞，争夺配偶；有棕熊东闻西嗅，不怕叮咬，掏吃蜂蜜；有白头海雕低空盘旋；有河狸在塘边嬉戏；有从深蓝色的安大略湖飞来的海鸥，在这片绿茵茵的大地上观光旅游……这里，真是野生动物的自由世界，更是草木疯长的蛮荒之地。

更令人生畏的是这样的蛮荒之地太过辽阔，一望无际！

第一缕炊烟升起之后，T. B. 布朗才知道，野生动物的世界怎能让人涉足！入夜时，野狼现身，那绿莹莹的眼睛让人心惊肉跳。此外，时不时还有美洲豹、棕熊等肉食动物出没……

怎么造房子？怎么种庄稼？怎么纺织衣物？怎么放牧牛羊？怎么在这蛮荒之地立足？布朗家族开始了长达百余年的创业史。

伊莎白的大儿子柯鲁回忆说："2004年，妈妈带着儿孙回到布朗家族

180多年前开拓的农庄，参加曾祖父T. B.布朗200周年诞辰的纪念活动。布朗家的老房子位于安大略省伦敦市南部一个名叫圣玛丽的小镇的附近。我记得这一天是8月4日，曾祖父的诞辰，也是我的生日。这里除了一座教堂和一所只有一间教室的小学校以及一户农舍，周边便是一望无际的玉米地。很难想象，这里曾经是茂密的森林。"

在那次聚会上，伊莎白得到了T. B.布朗留下的一部家史，里面追述了布朗家族从英国移民美国，后来转入加拿大的经过，其中也包括开发这个农庄的艰辛过程——

这是1822年，我们决定在尼苏里布朗角定居。

这个乡镇只有几户定居者，他们分散居住在很远的地方。我们北边就没有定居者，西边四英里处是乌伦定居点，后来德尔曼在东边三英里处定居下来，摩尔、戴维斯和鲍尔斯住在南边三英里的地方。离我们最近的磨坊和邮局在英格索尔，最近的锯木厂在普特纳姆维尔。所有的房子都是用原木建成的，房顶上盖着从榆树上剥下来的树皮或者是椴木槽（是用斧头把小椴树劈开挖空而做成的）。

我们起初运送谷物到磨坊的工具，是将砍下的树掏空并插上木桩制成的一种箱状物。由于没有车轮，箱状物下面是滑板，再套上一头牛拉动——有了这些，我们就可以载着物资穿过森林。我们还有一辆牛拉的雪橇，是由带有天然弯钩的树加工而成的。这些就是我们在很长时间里仅有的运输工具。这种状况持续了几年，也使得我们拜访邻居或去磨坊都极为不便。

我们开始种植谷物时，唯一能用来去掉稻谷灰尘的是手摇扇子。牛在夏天可以很好地喂养，还有些野生植物可以充当它们的点心。但是在冬天，由于缺少草料，很难喂养它们。我们经常把树砍倒，让它们吃树枝末端的树叶，用这种方式来喂养它们。因为此地有狼，是不可能养羊的。

T. B. 布朗在家史中还讲了他的父亲老布朗大战棕熊的故事。那一天，老布朗正在玉米地干活，忽然听到邻居家的猪发出了惨叫声。他扛着锄头走去想看个究竟。原来，是一头硕壮的棕熊扑倒了一头猪，正在撕咬。老布朗连忙呼喊。棕熊听见了喊叫声，怒吼着向老布朗扑来。老布朗毫不畏惧，抄起锄头，跟棕熊来了一场恶战。结果，棕熊被打翻在地，再也爬不起来了。这件事在当地很快传播开来，老布朗也被视为英雄。这个故事，伊莎白也给她的儿孙讲过，成为家族的经典故事。

布朗家族非常注重教育，在布朗角定居下来之后，便盖了一所学校。虽然只有为数不多的娃娃读书，但他们一直坚持办学，聘老师来上课。在不时能听到野狼嗥叫的广袤田野，从此有了琅琅读书声。

到了19世纪下半叶，已入晚年的 T. B. 布朗膝下六个儿子、七个女儿都长大成人。尽管没有积累多少财富，但他的家族在当地颇受尊重。

T. B. 布朗的家史里，只有寥寥数笔提到了乡村生活。宁静的夜晚，一家人围坐在一起，和着一把六弦琴，唱得月出云海，唱得宿鸟噪声，在单调与寂寞中寻找到一些乐趣。

1882年，T. B. 布朗喜得孙子，他给孙子起了一个与古希腊大诗人同样的名字：荷马。荷马·布朗就是伊莎白的父亲。

带着一身的泥土气息，荷马高中毕业后，以优异的成绩考入了多伦多大学，他是布朗家族中第一个大学生。他是拓荒者的后代，血液里融入了坚毅不屈、吃苦耐劳的精神，给予子孙后辈深远的影响。

柯鲁说，妈妈很为布朗家族自豪。布朗家族祖上是农民，是一无所有的移民，是善良诚恳的拓荒者。

1915年，饶素梅出生在成都

从19世纪末到20世纪初，世界罕有的一次基督教运动大潮汹涌。"到地球上福音未至的巨大空白之地去！"这话激发了许多爱幻想的北美青年。到中国去，更是许多热血青年的首选。

1867年，《英属北美条约》生效，加拿大成为英国的自治领。之后，加拿大人将7月1日定为国庆日。此时的加拿大，成为基督教运动的重要地区。当时中国沿海地区已建立了多座基督教教堂，英美会、美以美会、公谊会等五个差会经过协商，决定让晚到的加拿大教会在四川的成都、乐山和自贡的三角区之内布道。

荷马从多伦多大学毕业后，完全沉浸在"中华归主"的口号声中，他毫不犹豫地报名参加了"远征"的队伍。经过四个多月的漫长旅程，他终于来到了成都。

伊莎白的二儿子柯马凯谈及姥爷和姥姥的重大决定时说："当时，拥向中国的大约是两种人。一种人是商人、冒险家、赌棍等，他们在本土混得不好，到了印度等地就摇身一变，成了了不起的人物。说得形象一些，像《呼啸山庄》中的希斯克利夫，他走出山区到殖民地去捞了一大笔钱，成了富翁之后，开始疯狂地报复过去的仇人；或者像《欧也妮·葛朗台》中的那个表哥，在殖民地挣了大钱，内心变得非常冷酷。另一种人是理想主义者，比如我的姥爷和姥姥。他们是热情高涨的志愿者，他们以为传播了福音，中国就会变成基督教之国，这显然是不符合实际情况的幻想。"

由加拿大、美国和英国教会创办的华西协合大学，在1910年至1951年毕业的2694名学生中，信奉基督教的不到20%。受到中国学子和民众普遍欢迎的是他们传播的现代医学和自然科学。

1895年始建的四川彭州白鹿上书院，是一座巴黎圣母院样式的美丽建筑。这是法国天主教会设立在四川的传教士培训学院。1913年，荷马和后来成为他妻子的穆里尔·霍基女士一行共八人，从成都来到彭州白鹿上书院，他们将要在这里学习两年中文。穆里尔毕业于多伦多大学维多利亚学院，她和荷马既是老乡又是校友，自然就有亲切感。后来，荷马取了个中文名叫饶和美，穆里尔取了个中文名叫饶珍芳。

　　有一张照片记录了饶和美和饶珍芳苦学中文时的情景。他们在陋室里，愁眉紧锁，十分苦恼。首先，他们希望能学到实用的中国话，听得懂，说得出，能交流。但一进入中国话的语境，他们就晕了。因为那时没有推广普通话，而方言非常复杂，甚至彭州话与成都话都有不小差别。老师教得吃力，学生学得困难。几年后，最先到成都的启尔德医生，根据自己20年的积累，编辑出版了一本专供西方人学习四川话的书《英格里希绝

饶和美（左）和饶珍芳（右）在苦学中文
（摄于1914年或1915年）

配百年四川话》，非常实用。近百年过去了，许多当年的四川方言已经成为语言化石，连学者读起来都挠头。由此可知，饶和美和饶珍芳当时学习中文的困难程度。

苦中也有快乐。呦呦鹿鸣，潺潺溪流，砍柴人踩出的森林小路，把一对年轻人引到诗情画意之中。白鹿镇入秋后的风景，更令人想起安大略省满眼的彩林。寂寞单调的生活，使两颗心靠得越来越近。

相知相爱于白鹿镇的饶和美、饶珍芳走进了婚姻的殿堂。按当时教会的规定，一旦结婚，女方将成为义工而完全失去薪酬。这样，整个家庭的经济得由饶和美独自支撑。为此，伊莎白成年之后，多次为妈妈打抱不平："我妈妈是多么优秀的女性——她是多伦多大学最优秀的学生之一，银质奖章得主，无论是学识还是能力，都非常突出。这样的规定，对我妈妈太不公平了！"

饶和美在华西协合大学教育学院任教务长。饶珍芳热心于教育事业，先后参与创办了弟维小学、第一所蒙特梭利幼儿园（今成都市第十一幼儿园）和盲聋哑学校（今成都市特殊教育学校），并于1919年至1922年在弟维小学当校长。

弟维小学初办时在广益坝，两年之后在黉门街建新校舍，直至今天。

广益坝就是现在的华西坝光明路宿舍区，是华西坝的重要组成部分。追根溯源，华西坝是成都的一块历史文化宝地，相传为蜀汉都城的"中园"旧址，是刘备游幸之地。近代文人林山腴有"中园旧说梅林胜""冶春故事记中园"等诗句。此地又是五代时期蜀王孟昶的后花园。而早在唐代，这里便有一大片梅林，每到冬季，蜡梅一开，白梅、红梅、粉梅、绿梅便次第开放，香气随风远播，吸引了众多达官贵人、文人墨客。更有数株百年老梅，铁枝盘曲，矫若游龙，花盛时如满天繁星，花落时如大雪纷飞。宋代大诗人陆游有"蜀王故苑犁已遍，散落尚有千雪堆"之佳句。直到20世纪初，华西协合大学建校，在此地修建广益学舍，才将这一片梅花盛开的野地命名为广益坝。到了抗战后期，著名学者陈寅恪一家入住广益坝的小洋楼，陈寅恪在广益学舍授课，学生挤爆了讲堂。不少学生在回忆录中都提及广益坝令人怀念的梅林。

1915年12月15日，广益坝的第一枝蜡梅含苞待放之时，饶珍芳在四圣祠北街的家中顺利生下了一个漂亮的女婴，夫妻俩给她起了个英文名：Isabel（伊莎白）。起个什么中文名字呢？夫妻俩想起广益坝上引领各色梅花次第开放的最素净的蜡梅——对，就叫她素梅吧！

荷马——与古希腊大诗人同名的饶和美先生，给女儿起了个文化内涵极其丰富的中文名。一份延续百年的深厚情缘，就从这品格高尚、矢志不渝的素梅开始了！

爬上房顶玩耍的女孩

4岁时，伊莎白被爸爸妈妈带到加拿大，交给姥姥姥爷抚养。1921年，伊莎白6岁时，爸爸妈妈、姥姥姥爷带着她和两个妹妹从加拿大回到成都。

伊莎白长得很结实，身体特别棒。她不晕船不晕车，能吃能睡，四个多月车船劳顿，却整天乐呵呵的。她爱发问，只要是看不懂的，就不停地问，一路上长了不少见识。

到了华西坝家中，伊莎白就应该上小学啦！

在当时，随着华西协合大学的发展，加之大批医学、教育传教士入川，他们的子女上学就成了问题。远涉重洋，送子女回国读书是一种很不现实的选择。1909年3月9日，华西加拿大学校在成都四圣祠北街一座平房开学，当时共有五个学生，其中四个是加拿大人。这五个人中有后来成为著名和平使者的文幼章和他的兄弟。

1915年，一座古朴典雅、中西合璧，完全按加拿大标准创办的全日制学校在华西坝开建，学校全称Canadian School in West China（华西加拿大学校），简称"CS"。学校的学生自称是"CS孩子"。这个可爱的称谓，已经沿用了100多年！

伊莎白一走进"CS"，就发现许多同学的中国话比英语更流利，英语反而成了外语。只不过，每个同学讲的中国话都有差别。这是怎么回事？在《华西有所加拿大学校》一书中，有如下生动的描写：

> 这些加拿大人完全融入了四川普通人的生活，他们在这里安家、学习、工作，在古老的川西平原生儿育女。
>
> 在成都、灌县（今都江堰）、峨眉山，或是重庆、自贡、乐山……随着一声声婴儿的啼哭，一个个"洋娃娃"呱呱坠地。
>
> 这些"洋娃娃"一出生，就注定与中国的语言、文化、风俗习惯及生活方式密不可分。他们的第一语言——中文，来自他们的中国厨师和"中国大娘"（保姆）；他们在笋筐、背篓和木质小摇车里渐渐长大；他们与中国娃娃一起做游戏、玩泥巴、滑滑梯。从嗷嗷待哺到蹒跚学步，与他们朝夕相伴的"中国大娘"是他们另一意义上的"母亲"。"中国母亲"淳朴善良的品质影响了他们一生。

当年的"CS孩子"，而今年近九旬的尼尔和黄玛丽，在"CS"聚会上所唱的儿歌，竟完全不同。

尼尔的"中国大娘"是荣县人，教他的是口音浓重的荣县儿歌：

> 老公鸡，老公鸡，
> 张开翅膀啪、啪、啪；
> 不怕，不怕，就不怕，
> 不怕跟它打一架！

黄玛丽的"中国大娘"是仁寿人，教她的是口音浓重的仁寿儿歌：

一个麻雀一张嘴，

两个眼睛黑黝黝，

一双脚板儿朝前走，

一只尾巴儿在后头。

而伊莎白和其他所有"CS孩子"都会唱成都儿歌：

洋娃娃，睡凉床，

没得铺盖盖衣裳，

打开帐子哭一场！

四川儿歌，几乎是"CS孩子"牙牙学语时跟着"中国大娘"学唱的人生的第一首歌，哪怕地老天荒，也不会遗忘。

特别值得一说的是，"CS"在华西坝，又叫作"弟弟学校"。热情宽厚的成都人，对"弟弟学校"的娃娃是另眼相看的。年近九旬的陈大卫回忆说，他七八岁时，经常独自溜上街，糖果店老板见到金发碧眼的"洋娃娃"，总是笑脸相迎。陈大卫用纯正的成都话问一句："老板，牛筋糖好多钱一根？"老板乐得哈哈笑，竟然不收钱，硬要送一根给他品尝。有时，遇上了街边摆小桌吃饭的一家人，赞一句："你们家的菜好香啊！"立即有人递过筷子，请他尝一尝刚端上桌的菜肴。不仅是陈大卫，所有的同学都有这样的体会——"成都人，把我们这些'洋娃娃'当成自己家头的人了。"

大环境如此，华西坝的西方人士，彼此是同事、朋友，还有办好华西协合大学的共同目标，再有历经千山万水的友谊，娃娃们一起长大，情同手足，所以"CS"的气氛非常融洽。

学校将英国哲学家、社会学家赫伯特·斯宾塞的快乐教育思想贯穿始终，学校的学制和课程安排与加拿大本土同步。上午的两门课是英语和数学，下午的课程是手工、劳动、体育、音乐等。学生们生活在华西坝，同时受到了东西方文化的熏陶，充分吸收了多元文化的养料，所以"CS孩子"人才辈出是自然而然的事情了。

"CS"有一位魅力十足的黄素芳老师，1898年出生于成都。她是华西协合大学创办人之一启尔德的大女儿，教西方文学、历史、戏剧等课程。她熟知莎士比亚，热心于组织学生们排练演出舞台剧，还亲自设计服装。她组织排演的《吉卜赛女郎》给"CS孩子"留下了深刻印象，成为几十年后回味无穷的话题。

黄素芳的丈夫黄思礼，在"CS"担任了25年校长。他非常热爱中国文化，对唐代大诗人王维情有独钟，颇有研究，著有《田园诗人王维》，还与人合作翻译并出版了《王维诗集》。他努力将中华文化的精髓引入教学之中，组织学生们学习中国书画、鉴赏诗词、收集春联、参观古迹、走进庙宇、制作风筝、品评川菜等。他还让学生们背珠算口诀——在"CS"，珠算是一门必修课。

在校长的影响下，"CS孩子"不仅对中国文化兴趣很浓，而且个个都变成了"中国胃"。每周周三的午餐和周六的晚餐时间，他们总是早早地来到食堂，等待着每周两次供应的中餐。回锅肉、麻婆豆腐、锅巴肉片等色香味俱全的川菜，自然成为他们一生的至爱！

伊莎白在"CS"这座快乐的学校，快乐地学习与生活。她突出的运动天赋，也得以充分展现。她喜欢游泳、爬山、划船、远足等。运动，既锻炼了意志，又增强了体魄。她的健康长寿，充分证实了"生命在于运动"这句至理名言。

中国的电视观众看到103岁的伊莎白在北戴河海水中很享受地游泳时，都赞叹不已。她是什么时候，在哪里学会游泳的？

"CS" 旁边有一个游泳池，那是 "CS孩子" 乱扑腾、初次下水学游泳的地方。在水网密布的华西后坝，一条河连着磨子桥的桃子堰，接着流向桩桩堰、剪刀堰，在青春岛（其实是 "几" 字形的河湾中一块三面环水之地）形成宽阔水面。那里水平如镜，芦苇青翠，沙滩松软，水鸟成群，是年轻人最爱的集聚之地，更是 "CS孩子" 结伴畅游的好去处。再有，伊莎白家后门外就有一条小河，划一条小船可以划到锦江，划到九眼桥、望江楼。可以说，伊莎白是从成都的河堰游向大海的。

在伊莎白的童年，最引起轰动的事件是，她爬上了房顶玩耍。

在此之前，伊莎白曾和妹妹将很粗的毛竹竹竿的两头拴在树上，然后像走平衡木一样在竹竿上来回走。竹竿越拴越高，伊莎白的胆子越练越大，觉得走竹竿不过瘾，于是想跑到房顶上 "表演"。

多雨的成都，年年维修房屋都要 "捡瓦"，就是请捡瓦师傅上房，把裂缝的、已碎的瓦换掉。一次，伊莎白放学回家，见一座楼房旁搭着一架长长的竹梯，捡瓦师傅也不知到哪里去了，便怀着好奇心，矫捷地从梯子爬上房顶，又一步步走向屋脊。屋脊是平平整整的一根 "平衡木"，跟练体操的平衡木差不多。她双臂张开，在 "平衡木" 上大胆地走来走去。哇！真是太刺激，太开心了！

有人发现伊莎白上了房顶，忙不迭地叫来了饶珍芳。楼下的人越聚越多，都不敢喊叫，只怕一喊会让房顶的 "体操运动员" 受到惊吓，反而危险。

"观众们" 心惊胆战，盯着伊莎白在房顶玩 "平衡木"。直到她玩够了，从竹梯上下来，"观众们" 才敢报以热烈的掌声，而那个捡瓦师傅早吓得面如土色了。原来他离开时，没将梯子挪开，若出了事故，他承担不起啊！

这一年，伊莎白10岁，还是个小学生。

这以后，她多次爬上房顶玩耍。

饶和美夫妇对伊莎白的冒险行为没有任何责备，心中还在暗喜：女儿

10岁的伊莎白（后排站立者）和父母及两个妹妹在华西坝（摄于1925年）

平衡感很好，没有一点恐高症，身体素质太好了！

十几年后，伊莎白走向藏羌村寨做田野调查，贴着岷江河谷的峭壁，在"鸟道"上挪动脚步，从容镇定，没有一点闪失，真可以说：胆量是从小练出来的。

在"大课堂"认识中国

早在1911年，美国《国家地理》杂志发表了记者、作家罗林·夏柏林的文章，称赞成都平原是"东方伊甸园"。他在《登临中国西部的阿尔卑斯山》一文中说，成都平原到了4月初，正是油菜开花的季节，"金黄色的油菜花，满坡满地，触目皆是"。他称赞道："这也许是整个大地最美的时刻，是美的巅峰与极致！"

这是最美的春天，最好玩的日子。学校放春假，组织学生们去灌县，观看都江堰放水节——这是延续了两千多年的仪式。伊莎白和她的同学们，在油菜花的海洋中疯跑。

岷江两岸，早已是人山人海，旌旗如云。一阵鼓乐之后，先由主祭率全体祭者向李冰塑像三鞠躬，祈愿一年风调雨顺，五谷丰登。当主祭发令"开水"时，两岸敲锣打鼓，燃放鞭炮，欢声雷动。身强力壮的堰工们挥斧砍断连接杩槎的竹索。紧接着，河滩上的人群使劲拉绳，阻挡江水的杩槎散开倒下，岷江水立刻涌入经岁修后的内江，从宝瓶口倾泻而下，去浇灌富饶的成都平原。此时，年轻人跟着水流奔跑，并不断用石头向水流的最前端打去，称为"打水头"。伊莎白和其他"CS孩子"也跟着水头跑了一程，乐得哈哈大笑。这是放水节激动人心的高潮。

为了让学生们了解中国，黄思礼校长认为，课堂上讲的内容十分有限，应当开放中国社会与自然环境的"大课堂"，让学生们自己去观察、思索、分析、判断，这会更有利于他们成长。

参观了放水节之类的活动之后，每个学生都要写一篇作文。作文选登在学生自办的油印《CS杂志》上。由于时间久远，未能在残缺的《CS杂志》上找到伊莎白的作文，但还是可以从仅存的其他同学的作文中了解到"大课堂"的学习效果。

下面是伊莎白的同学、出生在灌县的"CS孩子"布鲁克曼·布雷斯的描述：

> 灌县类似一个水城，在成都西北约34英里处。灌县闻名在于它是成都平原灌溉区的源头，这里的水利工程由李冰父子率民众于公元前256年设计建造。灌县有个非常热闹的仪式叫作"放水"。在地方官员的监督下，水可以流进不同的河道去灌溉平原大坝。农民一年可以种植几次庄稼，这确实是一片神奇的土地。

另一位同学贝蒂·布里奇曼在参观了武侯祠之后，写道：

有一句中国谚语与我们英国的谚语意思非常相近。英文谚语说："说到天使，你会听到天使翅膀扇动的声音。"而中文则说："说曹操，曹操到。"

而牛顿·海耶斯同学在他的《中国龙》一文中，是这样写的：

在中国，到处可以看到线条优美、体态匀称的龙。它被画在丝绸和瓷器上，被雕刻在木头上，被刺绣在绸缎上，被铸造在青铜器上，被雕刻在大理石上。中国民俗充满了数不清的龙的神奇传说，皇上的宝座叫作龙椅，皇上用的毛笔叫龙笔，皇上穿的礼服叫龙袍。许多中国古代杰出人物的传说都与龙的出现有关。

另一篇写竹子的文章，更显出"CS孩子"观察之细微。文中写道：

四川的竹子有无尽无穷的用途。老妇用竹子的干笋壳做鞋底，美食家用鲜竹笋烹制美味，盐业以它做盐水管道，家具制造商则广泛用竹子制成各种实用的家具。春季博览会（指每年春季青羊宫的花会）上有上百种用竹子做的小器具，非常漂亮。

竹子优雅而美丽，无论是反射在稻田里还是在月光映照下的竹影，都令人难以忘怀。竹林总是围绕着农舍，美丽和实用结合，是那个时代中国的特征。

"竹林总是围绕着农舍，美丽和实用结合"是对川西农村林盘环绕民居的准确描绘。由于了解而更加热爱，伊莎白的同学如此，伊莎白更是如此。

伊莎白在"CS"读了小学和高中，从1921年至1932年的十多年之中，除有三年多回到加拿大上初中外，她的大部分童年与少年时光都是在华西坝度过的。开放的课堂，丰富了她对中国的感性认识。

回忆往日时光，最让她难忘的还有白鹿镇。

白鹿镇，梦开始的地方

白鹿镇，留下了饶和美夫妇相识、相爱的永久记忆。当时，华西坝的很多外教一放暑假便携家带口，南下峨眉山消夏；而饶和美一家，则喜欢去白鹿镇避暑。那里森林茂密，溪流纵横，鸟鸣幽谷，蝉声如潮，野花芳香，凉风习习。从闷热的大城市走进白鹿山里，顿觉空气沁人心脾，一身清爽舒适。

> 山悠悠，
>
> 水悠悠，
>
> 白鹿顶上路悠悠……

这首儿歌唱了100多年了。伊莎白，还有她的两个妹妹，从蹒跚学步到健步如飞，在白鹿山留下密密麻麻的足迹。比一比，看谁先登上海拔1700多米的白鹿顶？爬山，是三姐妹经常性的体育项目。

那里的山中有不少溶洞，最大的是五龙洞。五龙洞中，一根根巨大的石笋如东海龙宫的巨柱，一条条下垂的钟乳石如上帝厨房的奶酪。洞中非常凉快。一家人有说有笑，铺上油布，席地而坐，在洞口野餐，真是惬意。

山中还有溪流，踩水戏水，更是凉爽好玩。还可以观察到小螃蟹是如何钻洞的，小鱼虾是如何觅食的。有时还能拾到红红绿绿、花纹独特的小石头呢。

在白鹿镇的每一天，三姐妹都能找到乐子。

镇上有个水缸铺，大小瓦罐瓦缸摆了好大一片。朝大罐里喊叫，瓮声瓮气的回音逗人发笑；而钻进大瓦缸唱儿歌，瓦缸又成了"留声机"。

白鹿镇有网球场，可以打网球，还有一个超大水桶，那是伊莎白姐妹儿时"划船"的练习场。

别看伊莎白蹦蹦跳跳，很不安分，可是，只要是她感兴趣的事，她肯定能静下心来做。比如，她要想亲眼看到一朵蔷薇是怎样盛开的，便从早上坐到中午，直到黄昏，几个小时细心观察，非常认真。

伊莎白还注意到爸爸——在故乡干过多年农活的饶和美，对乡村生活很怀念。他常常停下来看农民赶牛犁田、收割庄稼，还常常对中国农民的吃苦耐劳感叹不已。

伊莎白还注意到姥姥一直在资助家里的厨师，让厨师的小孩能够上学。

一个星期天，因为在上书院争领圣餐，几个脾气火暴的教民扭打起来，伤了人。幸好有华西协合大学附属医院的医生在白鹿镇休假，赶紧为重伤者紧急治疗，才没有造成人员伤亡。当天晚上，饶和美夫妇一家围坐在餐桌旁，心情十分沉重。

厨师说："山里人啊，说实在的，太穷了！有的人，一辈子能吃上苞谷、红苕，能吃饱就算好得很啰。听说上书院有洋白面做的面包，咋个不想吃嘛，喉咙里都伸出手爪爪了。"

厨师还说，几年前，给上书院做饭的厨师把一桶潲水给了邻居，邻居竟然从潲水里捞到没有啃干净的鸡骨头和带毛的肉皮子，一家人吃得欢。没料到一个小男孩急着吞咽，一块骨头卡在了咽喉，一家人慌了手脚，又是猛拍后背，又是拿手指抠，眼睁睁地把一个娃娃"医"死了。死者家人上彭州找官府喊冤，说是害死娃娃的鸡骨头来自上书院。上书院的传教士吓了一大跳，又是赔丧葬费又是送抚恤金，才算平息了一场风波。

这一夜，伊莎白翻来覆去睡不着。

从童年到少年，她看到了中国自然风光的美丽，也看到了老百姓的贫穷和苦难——

她目睹了衣衫褴褛甚至衣不蔽体的纤夫，在三峡的悬崖峭壁上，拉着长长的纤绳与江水抗争，随时都可能有悲剧发生。纤夫们艰辛的付出，得到的是菲薄的血汗钱。还有码头的苦力、茶马古道上的脚夫，他们像牛马一样卖命，却过着猪狗不如的生活。

但是，他们那么穷，还吸鸦片！看到纤夫、苦力们宁可不吃饭，宁可无衣穿，每天都要蜷缩在烟灯前，拼命地吞云吐雾时，她不知道该说什么好。她知道他们当中的许多人，失去了土地，抛弃了家庭，吸鸦片成了唯一的解脱方式……

这个世界啊，太不公平了！

伊莎白多次去妈妈参与创办的盲聋哑学校，帮助妈妈做一些力所能及的事情。学校的每一个学生，都有令人心酸的经历：有的天生双目失明，有的仅仅因"火巴眼"得不到医治而变成盲人，有的被一次高烧害得又聋又哑，有的则因老叫花子为博取同情故意加害而变得残疾……他们有的是从路边捡来的，有的是被穷困的父母送来的，有的是自己摸上校门，只为求一条活路……

妈妈饶珍芳说："维克多·雨果只写了一部《悲惨世界》，而盲聋哑学校的每一个学生，都有一部他们自己的'悲惨世界'！"

去白鹿镇三天的漫长路途上，看到抬滑竿的脚夫得到赠予的食物后狼吞虎咽的样子，伊莎白觉得很心酸。她家的厨师说："饶小姐，你能看得到的不是最苦的，还有比他们更苦的人，你根本不晓得！"

充满爱心的伊莎白，经常做一些梦：吸食鸦片的苦力戒了毒，变得朝气蓬勃，容光焕发；盲聋哑学校的学生恢复了视力、听力和语言能力，过上了好日子……她总觉得自己有能力，使这个世界少一点黑暗，多一线光明，少一些冷漠，多一些温暖。

为什么如此怀念白鹿镇？

那上山下山弯弯曲曲的盘山路，预示了她的一生要经历坎坷，要不停地攀登。

后来，无论是做人类学家，还是做新中国英语教学的拓荒者，白鹿镇，都是少女伊莎白梦开始的地方。

就这样，告别了少女时代

1930年5月30日晚，漆黑的夜幕低垂。华西协合大学副校长、化学系系主任苏道璞，在赫斐院附近遭到三名歹徒袭击，被抢走一辆"兰令"牌自行车。苏道璞被路过的学生发现时，已经奄奄一息。由于受到多处致命伤，经抢救无效，他于两天后不幸身亡。

那痛苦的日子，华西坝许多人都在为苏道璞祈祷。苏道璞的小女儿和小儿子，在"CS"上小学和幼儿园，是伊莎白天天见面且非常熟悉的小妹妹和小弟弟。一想到他们，伊莎白就难过得痛哭失声。

弥留之际，苏道璞对他的妻子断断续续口述了遗嘱："代我要求学校转告中国政府，不要因为我受重伤引起中英关系的恶化，不要让英国政府出面干预，这是我的恳求！"

当时的英国报纸反复强调，那一天是"五卅惨案"五周年纪念日，这是中国人对英国人的报复行为。硬对一桩刑事案件做政治解读，这是苏道璞最为担心的！苏道璞从歹徒手握扁担就猜想到，他们是农民，非常穷困、愚昧，根本不知道什么"五卅惨案"和政治报复，更不懂法律。他们是在偷盗自行车时，被苏道璞撞上了，才动了杀机。

苏道璞的遗嘱还说："希望中国政府不要处死凶手，以免他们的妻子成为寡妇！我家死了一个人，全家都会痛苦不堪。我希望政府不要枪毙人，造成更多家庭的痛苦。"

苏道璞的遗嘱震动了华西坝：天底下竟还有这样宽容歹徒的受害者！如此大爱，深深地感动了古老的成都。

成都公谊会和华西协合大学为苏道璞举行了隆重的追悼会。四川省、成都市的官方代表，以及华西协合大学和"CS"的师生，手持鲜花，列队走向灵堂，向苏道璞告别。

灵柩上的花丛，呈现出一个巨大的"V"形，这表明伟大的博爱战胜了死亡。

伊莎白注意到了，所有的人——包括美国人、英国人、加拿大人、中国人，每个人的眼里都饱含着泪水。那些泪水，都饱含着同样的悲痛、同样的缅怀之情。那些泪水，是不用翻译的共通语言。

苏道璞之死，引起"CS孩子"热议。有人认为"饥寒起盗心"，是贫穷——极度的贫穷，给犯罪提供了温床；有人认为苏道璞从不坐滑竿、轿子，对中国底层老百姓相当尊重，反而被杀害，太让人想不通了。而伊莎白认为，苏道璞是个高尚的人，他赢得了所有人——包括中国人、西方人最大的尊敬。苏道璞这样的前辈，是学习的榜样！

伊莎白通过父母、同学和朋友，收集到许多有关苏道璞的故事。

苏道璞与陶维新兄弟是挚友。陶维新的父亲亚当·戴维森是英军下士，曾随英法联军打进圆明园。亚当目睹了"文明国家的军队"纵火、抢掠、破坏，在财宝面前，突然撕破面具，变成贪婪的魔鬼，听到了挤在安佑宫的几百名太监、宫女、工匠葬身火海时的声声惨叫。回国后，亚当加入了公谊会，立誓要帮助中国人民解除痛苦，救赎自己参与战争的罪恶灵魂。因为自己身体有疾，他便将四个儿子先后送到中国，并一再叮嘱儿子们，要一心一意为中国人做好事。他的观念，深深地影响了苏道璞。

1926年9月，英国军舰炮轰万县，制造了"万县惨案"。1927年2月，苏道璞应邀在英国议会发表演讲。他慷慨陈词，用一连串的数据，揭露了英国军舰在中国内河耀武扬威，掀翻中国船只，挑起事端的过程。他坦诚地说道："我们在中国办医院办学校，用矢志不渝的努力，希望能得到一点人心。刚刚取得一些成绩，就被大炮给轰得所剩无几！"最后，他呼吁，"我们必须平等地与中国相处，加深了解，相互信任，这才是联合王国应有的立场！"

记者们评议，苏道璞指出了英国应有的立场，而他的立场呢？他是一直站在中国人的立场，为中国说话的。后来，英国出版了一本有关苏道璞的传记，书名就是《他几乎就是一个中国人》。

在热议苏道璞的日子，伊莎白每天都在回忆、思索。痛苦使伊莎白成熟起来。少女时代，在不知不觉中结束了。

1932年，伊莎白远涉重洋，进入了爸爸妈妈曾经就读的多伦多大学。伊莎白回忆在多伦多大学的生活时说："我没能像妈妈那样，成为学习成绩非常优异的尖子生，但我是体育运动爱好者，还是校冰球队的队员。"

多伦多大学的六年时间一晃而过。伊莎白学的是儿童心理学，完成本科学业读硕士研究生时，她选修了最喜欢的社会人类学课程。

每当静下心来，她总会想起生活在多灾多难的中国的底层民众。有一个声音仿佛在她耳边说："还有更苦的地方，你不知道，还有更苦的人，你不认识！"中国正在酝酿着巨变，作为有理想、有抱负的社会人类学者，应该前往"历史正在发生的地方"。

1938年，伴随着抗日战争全面爆发的战火，23岁的伊莎白回到了故乡成都，回到了华西坝。

第二章 / 遥远的赵侯庙

所谓"遥远"，其实不是地理上的距离，而是一种心理距离。

大渡河畔曾有一座祭祀三国时期蜀国顺平侯赵云的庙宇，后来发展为一座彝族村庄，就叫赵侯庙。1939年3月，作为人类学研究者的伊莎白，翻山越岭走了六七天，来到赵侯庙。

伊莎白走向藏彝走廊，有抗日战争这个重要的历史背景。她所受到的挫折，为她此后若干年的人类学田野调查提供了宝贵经验。

葛维汉说藏彝走廊

1938年夏天，伊莎白不顾加拿大亲友的劝阻，毅然回到战火中的中国。那时的成都，已经开始跑警报了。伊莎白仿佛不懂得什么叫惧怕，一切按照心中的想法执行。

"叮当——叮当——"校南路7号，饶和美家的门铃响了。

"大卫！"伊莎白开门迎客。是邻居大卫来了，笑声立刻感染了全家。

大卫就是华西协合大学博物馆馆长葛维汉，他瘦高个，如一根打枣竿子。他常引以为豪的是："我是一名链球运动员，还是撑竿跳高冠军。我在大学时创造的撑竿跳高纪录，至今仍未被打破！"

门一打开，一束阳光照射在伊莎白蓬松的秀发上，散发出金子般的光泽。葛维汉眯缝着眼睛，像欣赏一幅油画一样欣赏着高挑、美丽而笑起来又甜蜜无比的伊莎白："天哪，真是太美了！"

饶和美与葛维汉两家有着一个共同之处，那就是只有女儿没有儿子。

饶和美家有三个公主，葛维汉家有五朵金花，若是算上收养的十个中国女儿，葛维汉就有十五个女儿！欣赏女儿，成了两家父母的习惯。葛维汉在回忆录中写道，刚生下一个女儿，夫人就问："我的女儿是不是特别可爱？"当然，饶和美谈到自己的女儿，也不无得意地夸耀："我的女儿，真是特别可爱啊！"

1933年8月下旬，饶和美夫妇沿岷江河谷探险，与葛维汉在茂县叠溪相遇后又分手。8月25日下午，叠溪大地震爆发，场镇在轰天雷鸣中被劈成两半，一半崩裂，几千人坠入岷江，真是惨烈。发生地震时，他们都不在叠溪。震后，葛维汉和饶和美都很担心对方安危，心里一直牵挂

葛维汉夫妇（前排）和他们收养的中国女儿（摄于1947年）

着，得知对方无恙后两人才放下心来。两位老朋友从此有了同生死共命运的感觉。

葛维汉从1911年携妻子踏上中国土地到1932年成为华西协合大学博物馆馆长，经历了倒袁护国战争和四川军阀混战，在枪林弹雨中度过了20多年。1934年，由他率队在广汉首次发掘三星堆遗址，取得初步成果。他的丰富经历化作了娓娓道来的故事，如香气浓郁的咖啡，让饶和美一家特别"上瘾"。葛维汉还下功夫收集苗寨和羌寨流传多年的民歌和民间故事，有时还会模仿苗寨歌手唱情歌，让一家人笑得前仰后合。

相对于白雪公主、青蛙王子这一类虚构的童话，华西坝流传的有关葛维汉的故事，在伊莎白的少女时代，就是一个个真实而鲜活的"童话"。

在《华西边疆研究学会杂志》上，葛维汉是发表论文最多的作者之一。伊莎白一想到他写作时，不是用一只手拿笔写，而是用左右两只手的食指敲打字机，就觉得有些滑稽。中国武功之中，有一绝活叫"一指禅"，就是凭借一指之力，支撑倒立的身体的全部重量。难道葛维汉是在键盘上玩"一指禅"吗？

葛维汉用"一指禅"在键盘上急行军，是想尽快地把华西边疆研究的最新成果告诉世人。

1922年3月24日，伊莎白还在华西坝的加拿大学校上小学时，华西边疆研究学会就宣告成立。发起人全是华西协合大学的教授，如体质人类学家、解剖学家莫尔思，文学院教授布礼士，理学院教授、首任华西协合大学博物馆馆长戴谦和，医学人类学家胡祖遗等。荣誉会员有扎根于打箭炉（今康定）的地理学、宗教学研究专家叶长青等。伊莎白的父亲饶和美、母亲饶珍芳分别于1923年、1930年入会，成为积极的参与者。

更早一些的1916年，在成都生活的外国人、传教士和外交官中，已经有了学术交流圈。他们在布礼士家中成立了"双周俱乐部"，饶和美也是俱乐部的成员。俱乐部举办了各种小型报告会，目的是最大限度地了解本地社会与文化。

"双周俱乐部"为华西边疆研究学会的成立奠定了基础。

首任会长莫尔思坦诚地说，成立学会只是单纯地出于对知识的渴望和对未来的好奇，学者们只是谨慎地希望能为人类共有知识文库增加一点自己的贡献。

莫尔思还特别强调探险精神。他说，探险精神是人类的天性之一，出于"人对人的兴趣"。他还说，要用人类学的方法来研究这里的人民，并从科学的角度来研究他们所在的地区，要在世界上现有人类和地域学的基础上添砖加瓦。

1920年至1922年，莫尔思、叶长青、赫立德等学者曾两次组织到川西高原探险。一次是从灌县沿岷江上溯至杂谷脑河，深入藏羌山寨，直到四土（今马尔康）；一次是从雅安越大渡河，经瓦斯沟进入打箭炉，走进塔公草原。两次探险，让这一批西方人类学家、历史学家、地质学家、生物学家大开眼界，惊叹不已。葛维汉接替戴谦和出任华西协合大学博物馆馆长之后，以更大的热情推进华西边疆研究。学者们将研究重点放在了岷江、大渡河一带的藏彝走廊。

在抗战的炮声中，中国的大学由沿海和北平（今北京）、南京纷纷内迁，华西坝大师云集，华西边疆研究学会顺应形势发展，大量吸纳中国学者参与，得到了空前的发展。还有一个中国学者们心知肚明却未说破的原因，那就是四川成为抗战大后方，战略地位空前提升，大后方的大后方又在哪里？从政府到民间，都急于弄清川康、康藏地区自然与资源状况。除了学界，政府也积极组织各种考察。

葛维汉已经十几次深入藏羌地区，他的"江湖故事"给即将走向人类学研究的伊莎白提供了许多鲜活经验，他敢于冒险、勇于探索的精神深深地影响了伊莎白，也为伊莎白树立了榜样。

在多伦多大学读书的伊莎白，所修的专业是儿童心理学。因为父母都是教育工作者，这仿佛是顺理成章的事。但天生好奇又好动且关注社会底层的伊莎白，兴趣在发生变化。那时，美国《国家地理》已经是精彩纷呈、影响极大的杂志。美国人约瑟夫·洛克撰写的关于"女儿国"与东巴文化的长文，深深吸引了伊莎白。在多伦多大学图书馆，她读到了《华西边疆研究学会杂志》，一翻开，好多熟悉的名字——他们从各个领域展示出中国西部的丰富、神奇与美丽。

不解之谜就是最大的诱惑。读研究生时，伊莎白转变了攻读的方向，选修了社会人类学。学成后回到成都，相关教会批准了她的申请，资助她进行社会人类学的田野考察。

妈妈饶珍芳深知，"蜀道之难，难于上青天"，那挂在悬崖上的路，多么难行；在那与现代文明隔绝的村寨，生活上将会多么困难！但是，女儿决心已下定，出发在即，妈妈只好说："鸡妈妈生了只小鸭子，除了把它引到水边，还能做什么呢？"

在饶和美家，葛维汉喝着喷香的咖啡，热情鼓励着伊莎白："陶然士的夫人伊丽莎白——就是那个夏莲茹，还有60多岁的英国旅行家伊莎贝

从加拿大学成回成都，伊莎白（左一）和父母、妹妹在华西坝（摄于1938年）

拉，都走进了杂谷脑河谷，也都没有问题！凭你这个冰球运动员的体魄，爬更高的山，蹚更多的急流，就更不成问题！"

多次走进岷江河谷的葛维汉，感到一股"后浪推前浪"的力量。想想自己，25岁才走到上海港，头脑中有关中国的历史文化知识还是一片空白；而23岁的伊莎白，跨出人类学研究的第一步，就直接触摸几千年历史文化的根脉，这个女孩是多么幸运啊！

滴酒不沾的葛维汉，如同手持盛着葡萄美酒的夜光杯，举着咖啡杯说："伊莎白，你一定会成功！"

翻过泥巴山，遥望贡嘎山

1939年3月，一个风和日丽的日子，伊莎白和熟悉彝族地区的美国传教士艾玛·布罗德贝克，各骑一辆自行车，后架上捆着行李包，从成都出发，一路朝南，直奔雅安南边的彝胞聚居区——汉源县顺河乡赵侯庙。

经金陵大学（今南京大学）的友人介绍，伊莎白决计去找中国学者马长寿，他正在彝族地区做川康民族考察。葛维汉也认为，马先生田野调查经验丰富，伊莎白可以向他取经，做人类学调查的初步尝试。

这是成都平原上最美的季节。阳光下的油菜花，像一片耀眼的金黄色海洋，散发出一阵阵浓烈的香气。千百条河流沟渠，一放纵起来就激情涨满，春水盈岸，乐得成群的鸭儿们"嘎嘎嘎"地大叫。伊莎白凭着身高腿长，把自行车蹬得飞快，胖胖的艾玛在她身后紧追不舍。成群的小蜜蜂飞来飞去，耳边不断响起"嘤嘤嗡嗡"的声音。她们俩像燕子一样，在春风中低飞，再低飞。不时有农家院中飞出的花雨，飘飘洒洒，让她们禁不住回头张望。

双流至新津，有几个乡镇正逢赶场天。狭窄的公路，被鸡公车（独轮车）、架架车、骡马队和背背篓、挑担子的行人挤得满满当当。不时还有卡车开过，性急的司机猛按喇叭，仍难免走走停停。幸亏艾玛熟悉情况，从公路旁的小路绕过，避开了阻塞。

到了新津古渡口，撑摆渡船的老板见是面熟的女传教士，要免收乘船费。艾玛谢过老板，硬将乘船费付了。艾玛说："我们两架自行车一摆，已经占了位置，让你的船少载了人，你已经吃亏不少，咋个能不收费呢？"

骑了两天自行车，终于到了雅安。有时是人骑车，坑洼不断，震得双臂发麻，蹬得两腿酸痛；有时是"车骑人"，泥泞难行，只得把行李背在背上，把自行车扛在肩头，踩着稀泥往前走。

出了雅安尽是山路，只能放弃自行车步行。烟雨朦胧中，崇山峻岭布下无数隘口，将要考验初次出征的伊莎白。

从雅安到荥经、清溪，再到富林，得走四五天。

从雅安翻过麂子岗，到黄泥村时天色尚早，艾玛就对伊莎白说："早点歇息吧，明天要翻泥巴山，那又黏又滑的泥泞路会耗尽你的精力。"

近千年来，凡是有关泥巴山的记载，都有最难走、最危险的描述。其实，泥巴山主峰海拔仅有3300米，并不算高。但是，它占据着华西雨屏核心位置，暖暖的东南风吹来的浓积云被它"屏"住，导致这里四季雨雪不断，年降水量高达2700毫米。入冬后，山上积雪经人踩踏，结成厚厚的"桐油凌"，稍有不慎，连人带货便滑下山崖，尸骨难存。进入夏季，暴雨夹着山洪，轻而易举地毁路断桥，让人进退两难，苦不堪言。

多次翻越过泥巴山的艾玛，指着山崖下面对伊莎白说："不知道有多少人和骡马葬身在这些深渊里。夏天的晚上，只要天晴，就会有一闪一闪的磷火，中国人说是鬼火，很让人害怕。"

她俩不知摔了多少跤，终于走到了海拔2552米的泥巴山垭口。脚下是一片云海，视野顿时开阔起来。这时，天已放晴，艾玛对伊莎白说："你看，那就是贡嘎山。"

只见那云海之上，一排雪山露出头顶，而贡嘎山却比它们高出半个身子，昂然挺立于云海之上。那气势如擎天巨柱，支撑着碧空。

据葛维汉说，叶长青一直在测量贡嘎山的高度。叶长青总认为，贡嘎山比珠穆朗玛峰更高。而葛维汉却说，青藏高原整体高度在海拔4000米左右，高原之上的珠穆朗玛峰海拔超过了8800米，但相对高度却比不上贡嘎山。因为贡嘎山处于青藏高原东部边缘，这里整体高度在海拔1500至2000米，所以海拔7500多米的贡嘎山看上去就比珠穆朗玛峰高。

贡嘎山的雄伟，令伊莎白赞叹不已。艾玛说："不管怎么说，贡嘎山都是蜀山之王。"

泥巴山所属的大相岭，是中国西部一道气候的分水岭。翻过泥巴山，便是晴空万里，空气中几乎不带一点水汽。走着走着，一身的泥水就风干了，她们在清溪休息了一晚上，第二天到富林。

富林镇与羊司令

花木繁茂的富林镇，有一条清澈的小河流过，一直流向野性的大渡河，那里有集散木材的河湾和码头。老街上行人不多。有一个门前石阶宽大、门楼高耸的大院，院门口有荷枪的卫兵站岗。艾玛悄悄对伊莎白说："这是汉源九襄沿大渡河一带最有权力的总舵爷、总司令的府邸。他是汉人，叫羊仁安，也是大毒枭。"

艾玛带着伊莎白走过几家店铺，买了蜡烛、蜂蜜和草纸等生活用品。这时，有"嗨咗——嗨咗——"的号子声传来，八个壮汉脚步整齐地抬着一口黑油油的大棺材，走过石板路，准备抬上船运走。艾玛说："羊仁安垄断了汉源的鸦片生意和军火生意，还和上海大老板签有合同，垄断了大渡河的阴沉木生意。他光是做棺材生意就赚了好多钱。离这里几十里有一个皇木镇，历朝历代专为皇宫提供最优质的木材。由于有了皇木的名声，羊仁安四处搜寻参天巨树，做贵重的大棺材，生意好得很。"

艾玛边走边给伊莎白介绍羊司令，一个军官走过来挡了路。伊莎白正在愣神，那军官双腿一并，向她们敬了一个军礼，说道："羊司令听说贵客光临富林，特别恭请二位到府上小憩。"

艾玛耸耸肩膀说："我们本打算在富林转一转就走，不敢打扰羊司令。既然司令这样看重我们，好，我们就去见司令吧。"

拾级而上，走进门楼，堂屋前站着身材魁梧、宽皮大脸的羊仁安。他朗声大笑着，拱一拱手说道："贵客来啰，有失远迎！"

艾玛和伊莎白分别向羊司令问好，然后被引进饭厅。

令艾玛和伊莎白吃惊的是，在座的有富林小学的校长和几位老师。他们齐刷刷地站起来向她俩鞠躬。原来，艾玛和伊莎白到了富林后，就有人向羊司令报告了她们的行踪，羊司令早早地安排了一桌酒席。

丰盛的菜肴，醇香的烈酒，热情的主人，精选的陪客，让伊莎白既感到意外，又觉得羊司令实在用心良苦。

羊司令说，他在成都青石桥南街有一座公馆，从公馆往南走，拐几道弯，过了新南门大桥就是华西坝。羊司令先举杯："先为鄙人仰慕已久的、来自华西坝的饶素梅小姐干杯！"

有羊司令这一开头，富林小学的校长和老师纷纷向伊莎白敬酒。

几杯下肚，羊司令便大谈他的"教育宏图"，谈他架桥铺路，为民生操碎了心。小学校长激动万分，说羊司令如何慷慨解囊，投资办学，开了汉源一代新风，其成果可圈可点，其精神可钦可佩，竟还有外人不理解，屡屡曲解仁安先生造福桑梓之仁心，令人愤慨啊！

羊仁安问伊莎白和艾玛要去哪里，伊莎白回答说她们要去赵侯庙，还要去会一会马长寿先生。羊仁安便说马先生在越嶲（今越西），那边是岭光电的地盘，他打个招呼，沿途安全不成问题。他还说："马长寿现在是岭光电的座上客，你们一去就热闹了——我那个干儿子，比我还会待客，特别是对你们这样的文人，包你们满意。"

岭光电是甘洛斯补土司后裔。斯补土司曾盛极一时，后家道中落，其产业由年幼的岭光电继承。1926年，因偶然事件引起彝汉纠纷，汉民诉于官府，官府以土司办理不力，派地方军阀刘某南办理。刘某南打着"改土归流"的旗号，搜刮岭家钱财，将岭光电的堂兄扣押。1927年，14岁的岭光电来到富林，投靠了羊仁安，被羊仁安最宠爱的三姨太认作干儿子。后来，羊家出资，让岭光电先后在西昌、成都读书。1933年，岭光电考入南京中央陆军军官学校。他毕业后先在重庆国民政府任职，1937年回到家乡，恢复土司职务，并出资将"私立斯补边民小学"办得有声有色。他还利用土司的身份以及他与刘文辉、羊仁安的特殊关系，调解民族矛盾，协调各方关系，避免了大小战祸，获得了良好声誉。

羊仁安的这一次宴请，让伊莎白初识汉源这块彝汉杂居地区社会的复杂和权贵人物的多样面孔。

从富林到赵侯庙，这一段大渡河宽阔而平缓，伊莎白和艾玛搭乘竹筏顺流而下。经过一道道险滩，浪花飞溅，竹筏轻摇，撑船的老板左一篙右一竿，有惊无险，让伊莎白有了不一样的体验。两岸青山，次第展现，美如画屏。桃花一片粉红，李花一片雪白，一群群水鸟高飞低旋，给大河带来了无尽的诗情画意。几天来的艰难，仿佛被河风吹走，换来了从未有过的愉悦。终于要到达目的地了，伊莎白的心情真是好极了！

猛然间，河畔梯田上的一片片粉色映入眼帘。那绽开的花朵，色彩特别艳丽。伊莎白惊叫起来："罂粟花！"

伊莎白知道，因为气候、土质特殊且海拔适宜，四川最有名的花椒就产自汉源。而罂粟对于生长环境也有与花椒相同的要求：雨水少但土地要湿润，日照长但不干燥，土壤养分充足而酸性弱，海拔在900至1300米为好。眼前的一片片粉色，让伊莎白的心情变得沉重起来。

花椒，可以麻醉舌尖，能给人味觉之美；而鸦片，直接摧毁人的身心，能毒害一个国家、一个民族，让其走向万劫不复的深渊！自1840年鸦片战争以来近百年了，中国还有如此多的烟民，这是多么恐怖的事情啊！

竹筏靠岸之后，伊莎白和艾玛背上行李包，走向赵侯庙。在当天的日记中，伊莎白写道：

> 赵侯庙或叫作半阳村3号村庄，位于快速流动的大渡河的一个平缓弯道的东岸，依偎在一个山谷的河口。从山上流下来的水经过一条沟壑穿过村庄，流到一个水田三角洲，呈扇形流入河流。当我们走进村庄后，作为头人的客人，住在他家的一个房间里。

李氏家族屹立不倒

"你好，饶素梅小姐！"

李光斗热情而有礼貌地迎上前，跟伊莎白打招呼。

"你好，李光斗先生！"

伊莎白点头微笑，一身风尘，却难掩到达目的地的喜悦。

"你好，李光斗！"艾玛画着十字，"主保佑着你！"

包着厚厚的布头巾、身穿长衫的李光斗，一脸黧黑，淳朴大方，看不出是雄霸一方的人物。据艾玛说，李氏兄弟都已受洗，信奉了基督教。他安排伊莎白和艾玛住在他的家中，一个单独的房间，算是最高规格的接待了。

艾玛表示："我们路过了富林，到羊团总府上去'拜了码头'。因为伊莎白要做的事是田野调查，走村串户，了解各种情况，可能要先给羊团总打个招呼。"

李光斗点头称是，并说："赵侯庙的事，我说了算。你们安心住下。

不要走出村子，一是怕有野兽，二是怕遇上土匪。"

艾玛补充说道："老虎都跑到皇木镇的教堂里来找吃的了，把老牧师吓了一跳。"

在头人家住下之后，伊莎白很快就与其家人熟悉起来。李光斗有个小侄女，3岁多，长得十分可爱，见到伊莎白总躲躲闪闪，藏在大人身后，偷偷观察。伊莎白学过儿童心理学，很快让小女孩变得大方起来，主动投入伊莎白的怀抱，让伊莎白"举高高"，乐得咯咯大笑。

后来才知道，小女孩名叫李国淑，是李光斗五弟李明扬的女儿。

来赵侯庙之前，一些对彝胞的负面评价塞进了伊莎白的耳朵。伊莎白坚信：眼见为实！她仔细观察了当地的青年男女，他们的面部轮廓分明，挺直的鼻梁，又黑又亮的大眼睛，显得精气神十足。由于常年劳作，他们的身体都很健壮。可以说彝族的青年男女个个都英俊、美丽。

在赵侯庙，李光斗是奴隶主、头人，整个宗族聚集在他的周围，几个能干的弟弟担任他的副手，控制了大渡河东岸以赵侯庙为中心的一大片地区。李光斗家族还拥有数十名锅庄娃子（奴隶）。

赵侯庙，不像汉源县南部的许多村庄那么干旱。这里有几片稻田，溪水从山上流下来，进入灌溉渠，这是村里人在20世纪30年代修建的。伊莎白在这里逗留期间，拍摄了人们用水牛犁田的照片。有稻田，赵侯庙与农耕文明更贴近了，与其他彝族同胞占据的高山峻岭相比，这里算是较为先进与富庶的地区了。

与李光斗接触了几次，伊莎白便感觉到他并不快乐，仿佛心中有一道抹不去的阴影。

后来，伊莎白和艾玛向南走到越巂，发现整个地区几乎成了鸦片之乡，一片又一片的罂粟花，开满山野。在越巂，她们和岭光电相识，并成为朋友。岭光电仪表堂堂，他的妻子也是一位非常漂亮的黑彝公主。当时，他担任土司，管理甘洛、越巂一带的政务。

伊莎白见到了在岭光电那里做客的马长寿先生。马先生面容清癯，文质彬彬。他感到惊讶，一个年轻的外国女子，居然来到彝族核心区。

马长寿劝伊莎白，若要做人类学田野调查，还是回赵侯庙去做。

然后，他们谈到了李光斗。岭光电直言不讳地告诉伊莎白："李光斗怎么睡得踏实？他离羊仁安太近了。"

李光斗心头的阴影就是羊仁安。说武力，羊仁安是川边各军总司令、第三混成旅旅长，是"汉源之王"；说经济，凡是汉源能赚大钱的生意都掌控在他手里。他虽说是汉人，却处处表现出深爱彝胞，尊重彝族风俗习惯，为彝胞谋福利的意愿。他修桥铺路，兴办学校，确实做了一些好事。他还经常说："天下美味，我最爱吃的，还是我们彝族的荞麦粑粑、坨坨肉。"许多彝族头人都拜他为干爹，遇上了难以解决之事，总是求他出主意想办法。

但是，不久李光斗就发现了，对于彝族的"打冤家"（械斗），这位羊司令的态度总是模糊不清、变化多端。久而久之，李光斗悟出一点道道：这位羊司令是在熟练地玩着"以彝治彝"的把戏。

而羊仁安之上，是西康省政府主席刘文辉。刘文辉早已对羊仁安称霸一方心怀不满，曾设法将他弄到成都软禁起来。没料到遇上羊母病逝，羊仁安哭天喊地，要回乡去尽孝，使刘文辉不得不放虎归山。从此，刘文辉再难制服羊仁安了。

李光斗对羊仁安，若即若离。因为李光斗深知，羊仁安一直觊觎赵侯庙这片肥美的土地。但是，只要李氏兄弟掌控着赵侯庙，羊仁安便难以下手。

说最现实的，赵侯庙南边和北边都种上了罂粟，唯有李光斗坚持赵侯庙不种罂粟。羊仁安多次劝告说："你那些山楸楸角角，都是看不到的地方，省上县上铲烟的官员哪能看得到嘛。"他向李光斗表示，"你那个村上种的鸦片，我包销，保你赚得盆满钵满。"

多次劝说碰了钉子后，传言说羊仁安恼羞成怒，想要杀了李光斗。由于李光斗警惕性很高，杀手们均没能得手。

李光斗还让伊莎白观看了一场射箭表演。一排精壮的男子轻舒猿臂，力挽强弓，"嗖嗖嗖"射出一支支利箭。每一支箭都直中靶心，赢得一阵阵欢呼声。接着，又一排男子上来表演。

艾玛对伊莎白说："李光斗还有一支军队，有十几条步枪，还有土枪。他手下的士兵，个个都是神枪手。"

伊莎白感到，这是一群不畏死神的剽悍的勇士，难怪赵侯庙能独立于大渡河畔，让大小军阀难以征服。

调查"害羞的民族"困难重重

伊莎白又想起岭光电说过，彝族是个"害羞的民族"。

大人批评娃娃时总是说："你这样做，好羞人哟！"

公公对自己的儿媳妇，要保持六尺远的距离，而且不直接对话。比如要讨论今晚上吃什么，公公会对锅庄娃子说："嘎西（当地对锅庄娃子的称呼），我们今天晚上吃荞麦粑粑，要得不？"儿媳会说："嘎西，我们今天晚上就吃荞麦粑粑，要得。"

当代彝族诗人吴琪拉达说："当着人放屁，是一件很羞人的事。如果一个女孩子憋不住，无意在公众场合放了屁，她可能会因为害羞而去自杀。"

当然，随着一步跨千年的伟大进步，曾经困扰和戕害彝族同胞的旧习俗早已随风而去，被遗忘在遥远的历史深处。

一开始做田野调查，伊莎白就感到困难重重。许多人家只是笑笑，婉拒采访。伊莎白献上了村民们认为很贵重的礼物：两盒火柴，几根绣花针，几束色彩斑斓的丝线。主人把她们请进屋之后，便沉默不语，显得十分羞涩。提十个问题，能回答一两个就已经很不错了。

语言上也很难沟通。原来，伊莎白总以为，只要把自己扔到陌生的语言环境中，连说带比画，总会慢慢学会当地语言。可是，要真正弄懂"比画"的意思，颇费周折。采访的时间也因此拖得很长很长。

伊莎白的笔记里，留下了一些田野调查的片段。

这个有水田、栽桑养蚕的彝族村庄，还算不上极度的贫穷。

有比较富裕的姓李的人家（估计与头人李光斗有亲戚关系）：

1. 李才能（音译，他家住在第一组三幢齐整典型的彝族风格的房子里）

李先生邀请我们进去坐在火炉边，给我们提供了茶（没有爆米花）。

他们拥有自己的农田，是从父母那儿继承的。田地在陡峭的山坡上，地里有很多石子。李光斗家的果园就在前面。

佤子的妻子正在为他家干活。把谷子放进一只碓窝（石臼）里，然后手把栏杆，不停地用脚踩杠杆，让沉重的石头砸向碓窝，使谷壳和米分离。这种活儿，在汉族地区是用水碾带动石磨或畜力推磨，省下了一些劳力。

家里喂了3头奶牛、2只小猪、6或7只山羊、几只鸡，还养了蚕。李先生说，他们吃不完、用不完自己生产的东西。

另外，一家姓王的也算富裕：

2. 王家（2）（河畔向西1英里）

房子在道路的北边，第二组三幢房子的最东边。

房屋为木质结构，屋顶是用晒干的土和稻草砌成的，没有窗户。

地是租的，租金是一年4或5石粮食。他们自己建的房子，在这里住了五六代人了。

家里喂了3头奶牛、2头猪、2条凶猛的狗（其中一条必须拴着），还有3只大母鸡、4只小鸡以及由儿子放牧的20只山羊，他们也养蚕。他们吃不完所有农产品。

以下应当是能维持一般生活的两家人：

3. 罗先生家（道路尽头西边）

罗先生一家7口人。包括26岁的第三任妻子，他收养的17岁的儿子（以前的侄子）和儿子的妻子，他和第二任妻子所生的10岁的女儿，等等。

河这边的房子是租来的，每年支付1石5斗粮食。他自己拥有河对岸的两套房子，是从父母那儿继承的。

他在河这边有20只山羊、3头奶牛和3头猪，在河那边有2头猪、1只母鸡、7只小鸡和1条小狗。他也喂养了很多蚕，种了很多桑树，每年能售出价值30到40美元的蚕丝。

4. 王先生家（河畔向西1英里）

房子位于道路的北边。地是租来的，每年支付4或5石粮食。由于他们挣的钱不够养活自己，所以儿子出去到一些农户家打工。

有时他们淘沙金，但每天只能带来10美分多一点的收入，有时候什么也得不到。

他们家养了3头奶牛、2只小猪、2只母鸡和2条小狗，也养蚕，但蚕都死了。

以上两户，房子或土地是租来的，每年用粮食来交纳租金。显然，下面这位李二娘就是非常贫穷的一户：

5. 李二娘（河以西的河边）

一间有茅草屋顶的小泥屋。这还是租来的房子，他们已经在这里住了20年了。

他们在离房子大约半英里的地方有一小块陡峭的红土田地。

她曾经有13个孩子，11个死于不明疾病。

她没有足够的粮食，每天只吃一餐。家里只喂了1只母鸡，没有其他家禽。当鸡不再下蛋时，她就把鸡卖了再去买1只小鸡。

她穿着满是破洞的旧衣服。当她对我大惊小怪时，邻居家的孩子便模仿她。她想送给我们两个鸡蛋作为礼物，但只能找到一个。我们尽可能诚恳地拒绝了。

关于李二娘的描述中，最引人注意的是李二娘生了13个孩子却死了11个。这并不是因为缺医少药，而是无医无药。

彝族传统上信奉万物有灵论，他们尊崇有知识的智者毕摩。毕摩能解读天地万象，记载重大事件。而毕摩之下是苏尼——通常被认为具有特殊能力或能与灵魂沟通的人，能实现"人神对话"。

毕摩认为，人之所以会生病，与妖魔鬼怪附体有关。所以，要请苏尼做法事来驱走妖魔。李二娘有没有请苏尼来拯救她的孩子，不得而知。

在赵侯庙，伊莎白遇到了来自田坝镇的毕摩，她姓刘。伊莎白在笔记中称她是李光斗的"得力助手"。伊莎白在去赵侯庙的路上经过田坝镇，目睹了刘毕摩催眠一个男人。然后，刘毕摩做了一个不可思议的动作，"舔了一把烧得通红的滚烫的铁锹"。刘毕摩解释说，这样一种行为，足以把妖魔吓得逃之夭夭。

刘毕摩和另外两名来自田坝的男子，都披着带流苏的毛毡斗篷，一舞动起来，令人生畏。

失去了11个孩子的李二娘，在痛苦中会怀疑毕摩吗？这里，太需要现代医学的进入了。

伊莎白的笔记中，也有对善良的女人极简的描述：

> 两年前，她嫁给姓罗的鳏夫。她看起来爱发牢骚，劳累过度，脾气暴躁，似乎对丈夫的家庭也不太了解。她虽然精力很差，但又十分好客。当艾玛和我给他们的一个女儿送上小礼品时，他们俩非常感激，立刻给我们俩煮了糖水荷包蛋，看着我们快乐地吃下去。

伊莎白还在笔记中写道：

> 在附近的绝陀村，见证了一个仪式，祝福村里的人们，保佑他们免受自然灾害，如水土流失、干旱和风暴。
> 这个仪式在每年农历三月初三举行。

在伊莎白的记录中，我们还了解到，哥哥去世后，弟弟娶嫂子为妻，并抚养哥哥的孩子，已成为一条约定俗成的规矩。

80多年前记下的只言片语，都具有重要的史料价值。

为什么大哭一场

伊莎白离开成都三个月之后，突然回来了。

她面容憔悴，疲惫不堪，回到家中便关上自己的房门。不一会儿，饶珍芳听到了什么声音——是伊莎白在哭！

爸爸和妈妈敲开了房门。伊莎白一边擦着泪水一边说："我不适合做人类学研究……我失败了。"

妈妈摇摇头说："我早就说过，我像母鸡生了只小鸭子，教不了你游泳，你要自己去试！"

汉源归来，伊莎白为什么会大哭一场？

熟知凉山近代史的彝族作家冯良和彝族教授马林英，引出另一些凉山往事，可以完整解答伊莎白为什么大哭一场了。

1996年8月，28岁的英国研究生罗斯小姐，带着自己拟订的扶贫计划走进四川省扶贫办，毛遂自荐要求到一个贫困县去做扶贫试验。扶贫地点选择了汉源。1997年1月，罗斯自筹资金在英国注册创办了慈善机构"四川农村发展组织"，她的父母和理查德先生以及她的两位大学同窗成为这一组织最早的"志愿者"。

四年间，罗斯小姐的扶贫工作卓有成效，她的网站点击量很大，引起了伊莎白的关注。她们很快取得了联系——伊莎白提供了不少关于汉源的老照片，这让罗斯高兴极了！她万万没想到，半个世纪之前，就有一位充满美妙想法的加拿大姑娘，走进了汉源的彝族山村。

罗斯小姐把老照片带回汉源，竟然没有人认得"饶小姐"。一是相隔半个世纪，年代太久远了；二是李光斗家族的后人，大多不住在汉源了。恰好，西南民族学院教授马林英上网时从一张照片上认出了与伊莎白、艾玛合影的那位美丽端庄的黑彝公主是妈妈的表姐，也就是她的表孃！她立即奔赴北京，见到了兴奋不已的伊莎白。

伊莎白仿佛又回到了24岁时的滔滔大渡河畔……

当年，在汉源的三个月，伊莎白的田野调查进展相当缓慢。语言沟通是个大障碍。赵侯庙的彝语与标准的彝语有些许差异，而懂得汉语的当地人少之又少。有时候，一句普通的话，要经过三个人"翻译"。害羞的采访对象本来就紧张，稍微多一两个人，就完全不会讲话了。如此低效的工作，让伊莎白看不到前景，只得失望和沮丧地回到了华西坝。

随着时间的推移，很快，赵侯庙因复杂的社会背景而产生的悲剧，一幕接一幕地上演了。

一直在汉源的艾玛告诉伊莎白：

坚决反对种植罂粟的李光斗，其实是一个瘾君子。由于中毒太深，他无法戒掉毒瘾，最终死于吸毒。但他的头脑还算清醒，坚守良心底线，至死还叮嘱他的弟弟，赵侯庙决不能种罂粟！

李光斗死后，与赵侯庙结怨多年的寨子集了数百名武装分子，从马拖那边翻山越岭，袭击了赵侯庙，双方发生了激烈的械斗。入侵者杀死了70多个村民，大肆抢劫财物，还烧毁了多间房屋。一时间，火光冲天，血尸遍地，一个山清水秀的幽静村庄顿时成了人间地狱。有人分析，这次血洗赵侯庙是羊仁安在背后挑唆的。也有人说，是赵侯庙的人结的怨仇太深，引来了灾祸。

李光斗还有四个弟弟，老三是个老好人，不参与任何公事。老四李明凤、老五李明扬、老六李明才都是在外面读过书的，有知识，有文化，有胆识。他们团结村民，重建村寨。两三年后，赵侯庙又恢复了元气。

1945年秋，按羊仁安的安排，三个村开联防大会，宣布禁烟。李明凤的老丈人，即他三夫人的父亲，也是一个大头人，带了一队兵丁来参加大会。平时，老丈人与羊仁安三夫人的侄儿王义生过从甚密，颇受其影响。

由于是三个村的重要会议，赵侯庙作为东道主，决定杀一头牛款待大家。于是，就在村外挖灶埋锅，生火烹肉。没料到，老丈人不知中了什么邪，带着几个兵丁，在锅边闹事。李明凤赶来劝阻，老丈人完全不给女婿脸面，竟破口大骂。被激怒的李明凤给了老丈人一记大耳光。老丈人挨了耳光后，立即拖走了队伍，并扬言报复。

当天夜里，老丈人伙同王义生杀进了赵侯庙，李明凤在混乱中逃脱，老六李明才和他的一位汉族朋友却成了冤死鬼。赵侯庙再一次遭到血洗，损失惨重。

不久，西康省政府主席刘文辉从云南回来，路过富林，召见羊仁安、李明凤等当地军阀和土司头人。李明凤向刘文辉大倒苦水，讲述这几年赵侯庙李氏家族的灾难。实际上，他是向刘文辉告了羊仁安一状，说到激愤之处，声泪俱下，听得刘文辉脸色大变。

刘文辉走后，李明凤一直在等省政府方面的消息，放松了警惕。没料到，有一天他在富林老街的卷洞桥聚精会神地看布告时，刺客已悄悄贴近了他，然后从袖筒中掏出手枪，对准他的太阳穴就是一枪。

这天是1946年1月26日。

李氏兄弟，管事的就只剩下老五李明扬了，就是伊莎白喜欢抱一抱的小女孩李国淑她爹……

如今，冯良、马林英回顾伊莎白"赵侯庙之行"，都觉得"不成功"是很正常的事。

首先，李氏兄弟与羊仁安的尖锐矛盾，已经到了剑拔弩张的时候，随时可能爆发战火，一个外国女学者住在李光斗家是极不安全的。李光斗作为教徒，出于礼节接待伊莎白，但无法保障其安全。这一点李光斗心知肚明。

其次，在伊莎白感觉到做田野调查困难重重、进展缓慢时，她又得不到李光斗有效的帮助。一方面，李光斗能力有限；另一方面，李光斗无暇顾及。

如果不在赵侯庙，到其他地方去做田野调查呢？伊莎白不是见到过马长寿吗？马长寿是怎样指点伊莎白的呢？

马林英说：马长寿劝伊莎白说，越往凉山深处走，旧俗越顽固。昭觉、美姑、布拖，一个个土司相互独立，戒备森严，从一个山寨到另一个山寨，哪里去找一个接一个的"保头"？所谓"保头"，就是能保证你生命安全的担保人。没有"保头"，寸步难行。再有就是语言不通，根本无法沟通。马长寿劝伊莎白最好还是回到赵侯庙。

可以说，在那样的年代，选择汉源做田野调查，调查者会遇到许多无法克服的困难。伊莎白离开赵侯庙之后，赵侯庙发生了血腥的械斗，也说明伊莎白及早离开是明智的选择。

直到2007年，92岁的伊莎白谈起作为人类学者的首次出征时，还挺激动地说："我当时很傻，以为不懂游泳，被扔进海里，就能学会；不懂当地语言，被扔进不说英语的环境里，也就会用土话来沟通。"看起来，浪漫情怀加理想主义，被现实摔得很痛。

伊莎白为"赵侯庙之行"哭泣之后，经过一段时间的冷静思考，心中又升起了理想的风帆。爸爸的藏族好友索囊仁清说："到我的家乡去吧，就住在我的家里。"

摊开地图一看，从成都向西北方向走到灌县，溯岷江而上，翻过一座座高山，涉过一道道激流，攀过无比惊险的"鸟道"，就能到达索囊仁清的家乡——一个充满神秘感的山寨。

索囊仁清说："饶素梅小姐，山里头的日子，苦得很哟。"

伊莎白说："不怕！"

第三章／

走向咆哮的杂谷脑河

2021年4月底，在好友王曙生的陪同下，我沿当年伊莎白去理县的路又走了一遍。

令我万分惊喜的是索囊仁清的女儿，虽然95岁高龄了，但是头脑还非常清醒，能唱出80多年前伊莎白教她唱的英文儿歌，而且每个音符都唱得非常准确！

索囊仁清的甥外孙仁清朗甲说："从小就听妈妈、孃孃摆我的舅爷和伊莎白的故事。可惜，记忆碎片化了，碎片化之后，离消失也就不远了。所以，我一定要多讲那些老故事，尽量把碎片拼接起来。"

拼接历史的碎片，需要耐心、细心。

跟着"阿凡提"，一路有故事

"三垴九坪十八关，一锣一鼓到松潘！"

这是松茂古道上一首传唱了千年的民谣中的两句歌词，将松茂古道要经过的村寨、关隘概括其中了。所谓松茂古道，是指从灌县经茂县到松潘的骡马小道，全长700多里。伊莎白将要沿着松茂古道北行300余里至杂谷脑河，再往西沿河谷上行，考察属于理番县（今理县）的藏羌村寨。

按隋朝碑文的形容，这条路崎岖难攀，"猿怯高拔，鸟嗟地险"。

一个从未在险山恶水中攀爬过的西方女子，一个在远离现代文明的环境中缺乏生活经验的研究生，怎么走得进去？又怎么坚持得下来？

饶和美夫妇为什么会同意女儿走上松茂古道，去理番考察呢？

原来，六年前老两口不畏艰辛去过理番，考察过藏羌村寨的教育状况。虽然时间短暂，但是印象深刻。这对开明的夫妇认为，对于人类学的研究，那块神奇的土地很值得去开拓。一方面，他们坚信女儿有吃苦耐劳的精神，能走进去，并坚持得下来；另一方面，他们认为有一位值得信赖的老朋友索囊仁清可以托付。十几年来，华西坝的外国人大都认得他，熟知他。他既是最好的向导，又会给伊莎白有效的帮助。

怎么描绘索囊仁清这个大名鼎鼎的带着传奇色彩而且智商和情商超高的康巴汉子呢？有一张名片这样写着：

香港良友　上海中华　图画杂志特约藏文翻译

杨青云

索囊仁清

饶和美夫妇送别即将去杂谷脑河谷做田野调查的女儿（摄于1939年）

《良友》是当时中国很有影响力的画报之一，能被这家画报社聘为特约翻译，足见他在文化界的地位。

仁清朗甲是索囊仁清的甥外孙，也是一个英武、剽悍、口才极佳的帅哥。他从小就听妈妈、孃孃讲舅爷的故事。他用精练、生动的语言，描绘出了索囊仁清的形象：

"他无官无钱，只有智慧，没有什么困难能难得倒他，他就是我们心目中的阿凡提！他可以不带分文走遍岷江上游藏羌地区，白天不怕朋友借，夜晚不怕盗贼偷，东边去了东边用，西边去了西边用。有人说他懂'八口话'，也就是懂八种语言，可能有些夸张，但他精通汉语和英语，还会蒙古语，则是真的。

"他曾经当过四川总督赵尔丰的'师爷'，也是翻译，跟随赵尔丰走南闯北，东征西讨，成为赵尔丰非常倚重的人。他又历时五年，随黄孟宣测量康藏，从康定步行到云南和印度的大吉岭。他走的地方多，视野就特别开阔；他结交的中外朋友多，知识就积累得多，思想也就开通得多，活络得多。辛亥革命时，他与时俱进，带头剪掉了辫子。二十多年来，他和华西协合大学的洋人，包括饶和美夫妇交往频繁。他多次陪同藏族地区的高僧大德到成都跟藏学家、华西边疆研究学会的学者进行深入交流，还多次带领动植物学家、考古队进入藏族地区进行科学考察、考古研究。葛维汉、陶然士、叶长青、李安宅、庄学本等多次提到他，有的学者还在学术著作的前言或后记中对他表示感谢。

"我觉得，我的舅爷索囊仁清就是一座桥，一座从成都通向神秘藏羌地区的桥，一座从现实通向远古的桥，一座联结岷江河谷各民族友谊的桥，一座让我们八什闹、理县走向世界的桥。"

索囊仁清亲自当向导，让饶和美夫妇一百个放心。

竹箱里装着睡袋、衣物、打字机、洗漱用品，还有足够的纸和铅笔。除了索囊仁清，还有一位姓向的女子陪同，加上两个背行李的脚夫。1939年9月的一天，伊莎白一行出发了。

那时，成灌公路已经修通，搭乘一辆华西协合大学去灌县拉木料的卡车，他们顺利到达了灌县。

他们从宣化门进，从宣威门出，向西北拾级而上，走向杜甫诗句"玉垒浮云变古今"所描绘的玉垒山。初秋雨后，满眼苍翠欲滴，空气微凉，沁人心脾。索囊仁清却一直在唠叨，怎么会有那么多人上路！因为，每当有成队的脚夫背着茶叶包或骡队驮着货物经过时，索囊仁清一行只得贴山坡而站，让出路来。索囊仁清说："过了凤栖窝，就不那么挤了。"

许多年以后，百岁的伊莎白还说："索囊仁清这个人，非常喜欢开玩笑，又很会摆龙门阵，跟他一起走，不觉得累。"

凤栖窝一瞥

下了玉垒山，眼前是一个绿茸茸的斜坡，斜坡之下，是一片马蹄形的低洼地，那里竟有一座热闹的场镇。索囊仁清说："那就是凤栖窝，有名的'灌县八景'之一。"

凤栖窝，仿佛是一座观景平台。远眺对岸，云飞云落，玉女峰时隐时现，令人遐想。再看近处金刚堤，日夜听着涛声，严阵以待。野性的岷江，被层层大山关闭得太久了，冲着最后一道屏障玉垒山，止不住大吼着，高唱着，迎头撞来。山脚之下，白浪翻滚，水花飞溅。成群江燕竞相在浪中嬉戏，翻飞出千姿百态。伫立在凤栖窝，古堰美景，尽收眼底。

索囊仁清指着一片翠绿的山坡对伊莎白说："你看，那像不像凤凰头伸到江中喝水——传说有一只凤凰飞到了这儿，见这儿山清水秀，风景好看，就在这儿筑巢，不走了，所以这儿叫凤栖窝。"

索囊仁清一边走一边说："其实，都江堰最重要的秘密，就埋在这凤栖窝！"

伊莎白有些不解："有秘密埋在这里？"

索囊仁清解释说："岷江水每年都要从上游带来大量泥沙，到了都江堰，水流缓下来，就会淤塞河床。所以，两千多年来，都江堰每年都要进行岁修。岁修的主要任务是加固堤岸，深淘泥沙。泥沙要淘好深呢？淘深了，水多了，下游要遭淹；淘浅了，水少了，下游要遭旱。李冰在修建都江堰时，就用很大一块石头，制了一个石马，埋入内江江底，地点就选在凤栖窝。之后，每年岁修淘挖河床，挖到石马，就刚合适。"

伊莎白问："两千多年了，石马还在吗？"

索囊仁清说："石马早就不在了。从朱元璋当皇帝开始，朝廷在凤栖窝先后埋下四根铁桩，铁桩就替代了石马。只要挖到铁桩，就合适了，岁修也就完成了。"

伊莎白还来不及细细领略凤栖窝的美景，"活生生的现实"就展现了出来。

凤栖窝的场口是一溜歪歪斜斜的小平房。还未走近，一股粪臭便直冲鼻孔。黑压压一大片骡马吼着叫着，夹杂着鞭声、吆喝声，一路拥来。

"借光，借光。"索囊仁清走在前面，拨开人堆，直接穿过场口最拥挤的一段。伊莎白注意到，有背茶叶包的苦力正准备往山里走，而大批山里人则带着兽皮、药材、土特产，经过长途跋涉，刚刚走到凤栖窝，抹着汗水，喘着粗气，露出苦路走到尽头的喜悦。

还有挎着腰刀的卫队，簇拥着穿金戴银的土司，横冲直撞，那耀武扬威的气势，使行人纷纷避让。

一间又一间茅屋，门上挂着脏得看不出颜色的布帘子，不断有苦力进出。一股异味飘过来，伊莎白下意识地捂住了鼻子。索囊仁清说："这一排，都是烟馆。这里的烟馆远近有名，是因为特别相因（便宜），一百文钱就可以打个泡子，烧几口。最穷的脚夫都出得起这个钱。"

有人掀开门帘时，伊莎白看到了肮脏昏暗的屋子里，躺在烂草席上的烟客。他们一个个颧骨高耸，眼窝深陷，形同鬼魅。

索囊仁清说："前两年，我陪庄学本老师经过这里时，他硬是感兴趣得很，趁那些烟客不注意，拍了好多照片。开店的还塞给他一张传单，请他进县城，光临新开张的烟馆。"

伊莎白不理解，为什么有那么多人吸鸦片。

索囊仁清说："这个，说起来原因很复杂。你不晓得，烧烟有烧烟的快乐。有人编了个顺口溜：'烧烟之人福气好，上床就把脚弯倒；脚一弯，手一弯，手上拿根钢扦扦；钢扦扦，四寸长，上头裹着救命王；要救命，烧口烟，烧烟之人赛神仙！'"

听完顺口溜，伊莎白摇头苦笑。

再往前走几步，是一排挂着灯笼的大小客栈。奇怪的是，家家客栈门口都立有写着"客满"的大牌子，却还有衣衫不整的男子和一脸亢奋的苦力们朝里面挤。这是怎么回事啊？

索囊仁清朝一家锅盔铺瞄了一眼，摇摇头说："今天，锅盔铺都打拥堂（拥挤）了。你看，你看。"

说着，两个蓬头垢面的女人从锅盔铺挤出来。她们手上都捏着一只刚出炉的红糖锅盔。一个女人恐怕是饿极了，慌忙下口，冒着热气的红糖汁烫得她一边咻咻叫着，一边舔手指头。客栈门口，老板叉着腰，呵斥道："快点嘛，客人都等不及了！"

索囊仁清说："这几家挂着客栈牌子的，全都是土窑子。今天生意太好了，你看她们忙得连吃饭的工夫都没得了，买个锅盔来填肚子。一个窑姐，这一天恐怕要做十几趟生意了！"

那两个啃锅盔的女人，眼泡肿起，趿着破绣花鞋，与他们擦肩而过，身上带着一股馊臭味。伊莎白不由得皱紧了眉头。

索囊仁清说："庄老师头一次来，端着相机，东拍拍，西照照，硬是瘾大得很。不晓得是他的眼镜片起雾，还是老眼昏花了，竟然闯进了窑子里。顿时，尖叫声、吼叫声一片，把他吓惨了。幸好撤得快，不然要遭暴打。"

最后，他们走到稍微干净的凤栖饭店。老板满脸堆笑，迎了上来，一拱手："青云大哥，请！"索囊仁清还了礼，便让伊莎白和向小姐放下行李，去后院老板家中的茅厕方便。他说："不敢让你们去街上的茅坑，那会吓死你，饶小姐。"

喝茶时，老板向索囊仁清报告新闻：哪个团长从山上出来，没捞到油水，在酒馆撒气；哪里来的商家，路上遭了土匪，被抢得只剩下摇裤（裤衩）了。前两天，又死个长梅毒大疮的窑姐，甩在河边好多天，还是几个信教的人路过，捐了钱，请人把尸收了，埋了。老板之意是，信奉基督教的人心眼好，爱行善。这话显然是有意说给伊莎白听的。

伊莎白想调查了解，为什么这里的烟价低。

老板说，这个塌塌（地方）出了灌县县城，灌县不想管，绵虒（今属汶川）更管不着。三不管的塌塌，官府还能收一些捐税，又从不来这里缴鸦片、封烟馆，这里烟价一直就低。开烟馆就赚钱，哪个不爱钱喃？

索囊仁清向伊莎白解释说，那些泼了命（拼了命），来来回回走这条茶马古道的苦力，在大山里爬了好多天，累惨了，只有鸦片和女人能刺激他们木戳戳的神经。没办法，这个凤栖窝——这么好听的名字，这么好的山水，迟早得改名字。

老板说，早就有人给它改了名字，叫粪箕窝。

不到半天，伊莎白就听闻了中国古代先贤的智慧与功绩，也看到了当时中国社会的病态与糜烂……

一路上，伊莎白在想，风光如此美丽的凤栖窝，总不会一直这样堕落下去吧。猛抬头，一座飞檐翘起的门楼呈现眼前，这就是去松茂古道的第一关——玉垒关。

在历史文化长廊中穿行

出了玉垒关，寒风扑面而来，奔腾的岷江哗哗有声，一座两百余米长的索桥横卧江上，看上去很有气势。这座索桥，伊莎白在华西坝读书参加春游时就见识过。当时，同学们站在桥上荡来荡去，觉得好玩，仅此而已。

索囊仁清说："这就是夫妻桥，又叫安澜桥。我们得过桥，一直要沿着岷江左岸朝北走，才能走拢理番。"

"夫妻桥？"伊莎白对这个桥名很感兴趣。

索囊仁清一边走一边细说："从唐代到宋代，这里一直有一座索桥，

从二王庙通往鱼嘴的安澜索桥（摄于20世纪30年代）

到了明末被张献忠烧掉了。两岸的居民要想过河，只能出高价乘摆渡船。遇上涨洪水，摆渡非常危险，年年都要淹死人。到了清嘉庆八年（1803年），河对面有一个教书先生，叫何先德，下决心要给当地百姓做好事，便四处募集银钱，积攒了几十年，还到处寻访能工巧匠，终于初步修好了一座索桥。可索桥还没有安上护栏，就有人急着过桥，恰巧遇上刮大风下大雨，索桥像荡秋千一样，把过桥的人甩下桥，淹死了。这时，就有人跳出来状告何先德，说他谋财害命。昏官不分青红皂白，就把何先德问了斩。其实，状告何先德的是一帮恶人，他们霸占渡口，随意加收摆渡钱，老百姓只能是哑巴吃黄连——有苦难言！这帮恶人，因为造桥会毁了他们赚钱的买卖，所以狠死了何先德。何先德的妻子一边喊冤一边坚持修桥，终于感动了周围的老百姓。他们一齐努力，终于修成了风雨不动的安澜索桥。所以，这座桥又叫夫妻桥。你看嘛，半山腰上有座庙子，是祭奠何先德夫妻的，香火旺得很。"

一队背茶叶包的脚夫，手握背杵，来到桥头。索囊仁清说，等一等，让他们先过。只见脚夫们微弓着腰，黧黑的脸上毫无表情，整个上身与高出头颅许多的茶叶包合为一体，如同一座座长了两条短腿的小山，在索桥上有节奏地移动。顿时，索桥荡来荡去，晃得厉害。还没等桥荡到最高处，他们已经走过了索桥。

伊莎白走上索桥，手扶着碗口粗的竹缆索，稳步前进。脚下，铺着一层木板，缝隙之间，是一江浪花。过完索桥，这一路上，伊莎白对何先德夫妇称赞不已。

到了绵虒，伊莎白想去看看庙宇。索囊仁清说："你看这座山，叫石纽山，像一道门锁住了岷江的咽喉。山下有个刳儿坪，据说就是史书上说的大禹的出生地。"

索囊仁清带着伊莎白一行走进了香烟缭绕的禹王宫。伊莎白注意到，除了汉族，羌族、藏族同胞也在敬香，便问："这是怎么回事？"

索囊仁清解释说："羌人认为禹王是他们羌族人。汉人认为大禹治岷江，治黄河，是汉族人。藏族人认为，反正大禹是好人，走过路过，献上一把香，保个平安也无妨嘛。总而言之，只要是给老百姓做好事的人，都应该纪念。"

伊莎白想起在华西坝读书时，老师讲的那些中国故事。有关大禹治水的故事，已经流传了三四千年。

在路上，伊莎白问了索囊仁清一个很敏感的问题："许多人介绍你的时候，都说你跟大清帝国关系深得很，现在你又跟政府、跟外国人合作得很好，这是怎么一回事？"

索囊仁清说："在清朝，我主要是给赵尔丰当翻译，鞍前马后好几年。我觉得这个白胡子老头，很能吃苦，很会打仗，很会体恤老百姓，真是少有的国家栋梁。可惜，他阻挡辛亥革命，遭砍了脑壳。唉！"

一路上，索囊仁清滔滔不绝，伊莎白也听得饶有兴趣。

这一路，伊莎白感到，她是在中国的历史文化长廊中穿行。

一路上都是索囊仁清的朋友

头一天，不紧不慢，沿着岷江走到了龙溪，不到60里。脚夫觉得很轻松，因为伊莎白和向小姐的行李比起茶叶包轻了许多。索囊仁清极有经验，他说："头一天，一定要缓缓地走，适应了之后，再多走一些，走快一些。"

投宿歇店之后，伊莎白还是感觉脚板有点痛。在亮油壶下一看，脚板上打了两个小泡。向小姐叮嘱，千万别挑破它们。她打来一盆热水，让伊莎白泡了脚，又找来纸捻点了火，慢慢将水泡熏干。向小姐说，这是脚夫们传下来的屡试不爽的好方法。

第二天，伊莎白的脚板不痛了。索囊仁清要给她雇滑竿，她坚决不接

陪同伊莎白去杂谷脑河谷做田野调查的索囊仁清（右）和向姓女子（左）
（摄于1939年）

受，索囊仁清只好作罢。

一路上，伊莎白感到，索囊仁清有数不清的朋友。

走到一个半坡上，大家都有些口渴了，感觉喉咙在冒火。索囊仁清让大家停下来，说："没得水，吃几根萝卜要得不？"

伊莎白很惊奇地四处望了望，说："这荒草丛生的坡坡上，哪来的萝卜？"

索囊仁清说："跟我来嘛。"于是，一行人跟着他绕了个弯，看见一个土墙围着的农家小院。他喊了几声，没有人应，只有狗叫了两声。他便推门，招呼大家进去。那大黄狗竟然朝他友好地摇着尾巴。大家一看，院子后面有一片萝卜地，萝卜的叶子闪着一片青绿的光。索囊仁清顺手拔了一根大白萝卜，拍拍泥土，掏出腰刀，"嚓嚓嚓"削了皮，递给伊莎白。伊莎白推让着说："大家吃吧。"

索囊仁清说："这一大片，我们几个人能吃多少？"

接着，索囊仁清给每个人都削了一根大萝卜。

伊莎白啃着那根大萝卜，萝卜略带一点辣味，又脆又嫩汁水又多，一根萝卜吃完，口不渴了，喉咙也一下子清爽了。

索囊仁清掏出一张纸币，理平后放在窗台上，捡了一块小石头压着，说了声："走！"

又一次，走过小山寨，有一家人的红苹果伸出了墙头，真是逗得人垂涎欲滴。索囊仁清喊主人的名字，主人正在山坡上收柴火，大声喊："杨大哥，你随便吃嘛！"

索囊仁清便摘下十几个红苹果，大家一路走一路啃。

索囊仁清说："三十年了，来来往往，这一路上的石头都认得我了。种苹果这一家，几棵苹果苗苗都是我给他的。我是从你们学校丁克生老师那里要的，好品种。"

这一路上，住了七个晚上，索囊仁清总是挑最干净的客店歇，若是只有一家客店，他也会挑最好的房间，让老板换上干净被褥，给伊莎白和向小姐住。客店的老板们，都跟杨青云杨大爷称兄道弟，总是想法满足杨大爷的严苛要求。

东垴界客店的老板娘张幺婶，是远近闻名的能干人。她在山坡上，远远瞧见索囊仁清带着伊莎白等人来了，便喊道："啊——杨大爷，又带洋人来啰？"

"是华西大学——饶主任的——千金小姐！"索囊仁清答道，"要干净床铺！开水！热水！整点——好吃的！"

张幺婶的店，果然是这一路上最干净、最宽敞，也是菜肴最丰富的店。

走进店门，那大通铺也是一色的人字呢被面，蓝布里子，整整齐齐放成一排。院坝的台阶上两间上房，更是涂金描彩，挂着白纱窗帘，显得不同凡响。张幺婶说："被子都是才换的，里外三新的！"

伊莎白懂得"里外三新"是指被面、被里和棉絮都是新的。她一摸被子，果然又松又软又厚实。

当天晚上，除了一坛咂酒，牛羊肉和野味摆了一桌。索囊仁清和住店的朋友大吃大嚼，开怀畅饮，放肆地跟老板娘开玩笑，气氛非常热烈。

言谈中，伊莎白才知道，辛亥革命成功后，索囊仁清剪了辫子进山。由于消息闭塞，山里人不知道外面的世界已变天。一位土司抓捕了索囊仁清，根本不听他的诉说，硬要把他拖到河边去砍头。千钧一发之际，恰好有脚夫进山，证明了索囊仁清所说："大清帝国早就幺台（垮台）啰！全国都在剪辫子啰！"

这一夜，炉火很旺，屋里很暖和，钻进里外三新的被窝，伊莎白感觉如同睡在温暖的云朵里。

攀越"鸟道"，"飞过"岷江

这一路上的艰险，不用细说。有时，路在云上；有时，路在谷底；有时，路宽可骑马；有时，路窄只能放下半只脚。最险之处，要数那在绝壁上开凿的"鸟道"了。走上那段"鸟道"，真要让初行者三魂七魄吓掉两魂六魄！

直插云端的大山，一层又一层涌向东方，被野性的岷江一挡，那临江的山，止不住脚步，向前一趔趄，一下子凝固成悬崖陡壁。十余里的"鸟道"，远看像细细的绳索，悬挂在半山腰。那路最窄处，人得像壁虎一样贴着崖壁，小心地挪动脚步。往下一看，江水澎湃，猛撞山岩，浪花飞溅。一脚踩虚了，下面就是万丈深渊！索囊仁清在前，一步步给伊莎白做示范，叮嘱她只要盯着脚下的小路就行了，千万别朝悬崖下面看。

许多人走这段路时，吓得哭爹喊娘，两条腿不停哆嗦，如同走过鬼门关。让索囊仁清大惑的是，伊莎白一步一步走得稳稳当当，被江风吹乱的秀发，遮住了她的眼睛，她便不时捋一捋头发，面带微笑，竟然没有一丝一毫的畏惧。

歇气的时候，伊莎白告诉索囊仁清："你知道我小时候有多么调皮吗？爬树，爬到很高的树梢上，把围观的大人吓得惊叫。我还爬过华西坝那些楼房的房顶，顺着高耸的屋脊，像走平衡木一样，来来回回行走，一点都不害怕。"

索囊仁清这才发出一声感叹："原来如此啊！"

不断地攀越一条条"鸟道"，最后，走到飞沙关时，山风凛冽，夹着箭镞般的冷雨，密密地射来。索囊仁清问，要不要退回去，在绵虒歇一歇。伊莎白说："走在前面的脚夫，恐怕已经走过了飞沙关。他们没得钱，到了幺店子，别人不赊东西给他们吃咋办？"

就这样，他们顶着"飞沙"，走过了最险要的"鸟道"。

其实，对于伊莎白来说，最为惊险的是在桃关，要抱着溜筒"飞过"岷江。这是她之前从未有过的体验。

在岷江狭窄处，一根溜索横空而过，固定在两岸岩壁上。溜索下面，奔腾的江水杀气腾腾，如虎啸狮吼，拧成斗大的漩涡，将冰凉的水雾和一股寒气泼向两岸。溜索那么长，是用一根根竹篾编成的，能不能承载人的重量？会不会断？如果出现了意外，不幸掉进岷江，哪怕是游泳高手，也无法在刺骨的雪水里扑腾，会直接被漩涡吞没。

面对悬崖下的岷江，伊莎白不禁倒吸一口寒气，心怦怦跳起来。

索囊仁清已经准备好了溜筒。那是用坚硬的木材制成的半圆形木筒，木筒外壳有"鼻子"可穿绳子。过河的人将两个半圆形木筒合拢绑好套在溜索上，再通过兜在膝盖、腰部和肩背下的绳子，将自己拴捆在溜筒上，凭重力滑过河。

索囊仁清示意，让一个脚夫先做示范。

脚夫极其熟练地将自己拴捆在溜筒上，然后伸脚朝岩石上用力一蹬，唰地飞下悬崖，到了溜索弧形最低处，双手使劲，如拔河一般，一把一把握紧溜索，努力向上，不一会儿就攀到了对岸。

索囊仁清对伊莎白说："你看他，趁着下滑的力道，还没等溜筒下到最低点，便伸出双手，马上展劲（使劲），往上攀了。"

又一名脚夫，如法炮制，也熟练地溜了过去。

接着，向小姐也溜过去了。

索囊仁清对伊莎白说："说不定，你溜过了这一盘，还想溜下一盘。"

极具运动天赋的伊莎白，已经观察清楚了。她拴捆好溜筒，深深吸了一口气，脚用力一蹬，嗖地往下滑去。她只觉得疾风在耳边呼啸，浪花在脚下翻腾，身体在岷江上空"飞翔"了十几秒钟，还不等身体坠下，她便伸出双臂，抓紧溜索，凭借着强大的臂力，"噌噌噌"攀上了对岸，然后，取下绳索，纵身一跳，在一块大石头上站稳。

太惊险，太刺激了！面对一江怒涛，伊莎白挥了挥拳头，似乎在说："你——没能拦住我！"

索囊仁清在对岸，举起双臂欢呼。

除了一路惊险，更让伊莎白惊讶的是，这一路都是世上罕见的美丽风景！

伫立在雪浪奔涌的杂谷脑河畔，斧劈刀削的群峰耸立在面前，更远处是一排排雪峰，竟有种登临阿尔卑斯山的感觉。

然而，四川盆地西部是中国第二级阶梯跃上第一级阶梯的地方，这里有岷山、邛崃山、贡嘎山和大小凉山等，绵亘上千公里，有数不清的雪峰耸峙其间，其气魄之大，阿尔卑斯山又怎能相比？伊莎白这样想。

八什闹终于有了歌舞声

这是杂谷脑河与岷江交汇处。

索囊仁清一行出威州（今属汶川），走过岷江索桥，再走过杂谷脑河索桥，走了一个半圆形，到了咆哮的杂谷脑河南岸，便一路西行，在离县城大约40里的地方，经过了一个名叫"堂上"的小村，盘山路在此消失了，乱石灌木丛中隐现一条羊肠小道。这时需要足够的脚力，沿小道登上一座200多米高的山梁子。伊莎白一步不停地紧跟着索囊仁清，走，走！步履稳健，越走越精神。走上山梁子，伊莎白汗津津的脸上露出了灿烂的笑容。

伊莎白终于看到了这次人类学田野调查的第一个目的地——坐落在山沟里的有着20多户藏民居住的八什闹。下到沟里，往左看是青龙山，往右看是白虎山，两山对峙，气势雄伟，像是在给八什闹做守卫。

索囊仁清家是一座两年前盖好的三层土楼，用片石与黏土一层层铺就。与众不同的是，他家的窗户比任何一家的窗户都开得大，糊着雪白的窗纸，屋内的光线要好得多。按传统布局，土楼内，一层是牛羊圈，二层是火塘、厨房和卧室，三层是经堂，供着佛像，四壁是彩色图画。索囊仁清让伊莎白在三楼经堂住下。楼顶上的平台，是晒粮食、跳锅庄的地方。

爱开玩笑的索囊仁清说："看那窗户，像英国人喜欢的方格窗吗？"

特别要说一说的是索囊仁清家的厕所，是在二层墙外搭了一间板房，地板上开一个长方形的洞，离地有数丈高，大小便均落入田中，方便时闻不到臭气。一年前，庄学本在此居住后，评价说："这比不上抽水马桶，可较之普通汉人的茅坑，的确改良了。"

20多年来，先后有陶然士、葛维汉、饶和美、彭普乐、陆德礼等20多位客人，在索囊仁清的陪同下来到八什闹。而像伊莎白这样年轻靓丽，让人眼睛为之一亮的洋姑娘的到来，却是一件新鲜事！

索囊仁清安排妹妹专门照顾伊莎白。伊莎白叫她"嬢嬢"。嬢嬢慈眉善目，很会持家，因为接待过多名洋人，她懂一些简单的英语生活用语。索囊仁清把伊莎白安顿好了之后，便离开了。

住下来后，伊莎白发现，小山村出人意料地安静。走在村里，许多面前走过或擦肩而过的村民都沉默无语，伊莎白想象中的藏族同胞的热情与豪放，都没有表现出来。

夜里，山风像魔鬼在尖啸，又似冤鬼在哭泣。

渐渐地，伊莎白了解到，这里之所以成为一个"鬼村"，是因为几年前的一场战斗。那是1935年，红军来到杂谷脑河。在红军来之前，国民党军队就向藏民们宣传，说红军是大头魔鬼，专吃娃娃的心和眼睛，可怕极了，千万别让红军进村来。后来，八什闹发生了战斗，红军和国民党军队均有伤亡，这给村民们留下了巨大的心理阴影。之后几年，八什闹一直被阴影笼罩着。

由于伊莎白的到来，嬢嬢找到了走出阴影的契机。她是酿酒高手，她酿的咂酒，香气扑鼻，醇厚浓烈，远近闻名。这一天，她发出了邀请："饶小姐来到我们八什闹了，晚上请到我家来喝酒！"

全村的老小都记得饶和美这个谦逊、和蔼的外国老头，如今他的女儿来了，左看右看，真是美若天仙。

傍晚，姑娘小伙们三三两两集合成一大群，有五六十人，沿着独木楼梯，鱼贯而上，来到屋顶平台上。

这真是一次服装的大展示。男男女女都身着鲜亮的衣服，红色、紫色、蓝色绸缎做成宽衣长袖，有的还绣着古式大花纹，腰束飘须绸带，色彩斑斓，如云霞相映。

一坛咂酒放在平台中央。两盏油灯高挂在平坝的两头，淡黄的光烘托出温暖的气氛。按照当地习俗，嬢嬢让家人给伊莎白搬来一张太师椅，请她坐在最佳位置欣赏歌舞。

先是一位小伙子领唱，同时提起右脚，一顿。接着六个小伙子随着唱和，开始起舞。粗犷浑厚的男声，引来七个清脆高亢的女声。随着歌声，姑娘们踩着节奏，扭动腰肢，然后男女牵手，迎向伊莎白。歌声从小声到大声，舞步由徐缓到激越。周围所有的人都唱起来，越唱越热情。看着一张张笑脸，伊莎白猜想，这是在冲着她唱歌跳舞。

嬢嬢在伊莎白耳边口译，这是《迎客歌》：

> 远方的朋友，
> 欢迎你到山寨上来！
> 远方的朋友，
> 欢迎你到云朵上来！
> 这里的咂酒喷喷香，
> 这里的蜂糖蜜蜜甜，
> 这里的牛羊肥又壮，
> 这里的锅庄跳得欢！
> 嚯嚯……

顷刻间，彩袍翻飞，长袖旋舞，羊皮鼓引领着踢踢踏踏的节奏，如千溪飞漱，万马奔腾，牵动着层层叠叠的山峦，也在一起狂舞！

一曲《迎客歌》，如同突然凝固的瀑布，戛然而止。

伊莎白正热烈鼓掌时，索囊仁清的小女儿端来一碗青稞酒，高举过头顶。伊莎白双手捧起酒碗，连忙说："谢谢，谢谢你们！"

一声吆喝，下一曲开始，这是圆圈舞。先是一个小圈圈，随着周边人们的加入，圆圈越来越大。

嬢嬢邀请伊莎白试一试，把她拉进了圈子。伊莎白也跟着大家，转身，甩袖，弓腰，踢腿，一边嘻嘻哈哈笑着，一边转着圈子，还没转上两圈，就踩了旁人的脚，被踩的姑娘毫不在意地冲着伊莎白笑着，更投入地边唱边舞。几圈下来，伊莎白跳得一身大汗。由于动作加快，她真怕再次踩了人家的脚，便主动退出来。

这是伊莎白毕生难忘的一次跳锅庄。几十年之后，已经104岁高龄的她，跟索囊仁清的甥外孙说起那次跳锅庄，还记得清清楚楚。那歌声，仿佛还在她身边回响；那舞影，仿佛还在她身边旋转！

墨蓝色的天幕低垂。一弯新月，挂在楼角；点点繁星，伸手可摘。咂酒下肚，激情更猛烈地燃烧。四周的山峦，回荡着羊皮鼓的声响："咚咚——咚咚——"男女对唱的悠悠歌声，变得更婉转，更深情。那歌声仿佛来自千山万壑，像是大地敞开了胸怀纵情释放出来的：

> 今日日月同辉，祥光普照；
> 吉祥的日子，吉祥的征兆！
> 不会忘记，永远也不会忘记，
> 这里是勇士出征的起点——
> 五屯父老乡亲在这里欢呼，
> 这里是博巴森根凯旋的地方；
> 五屯父老乡亲在这里期盼！
> 英雄的汉子们，
> 逢水架桥，逢山穿洞；
> 飞崖走壁，战无不胜；
> 攻无不克，视死如归！
> 哪怕只剩家中独子，
> 也必前去保家卫国！
> 这就是宁愿马革裹尸，
> 战死疆场的铁血男儿；
> 这就是英雄的汉子博巴森根——

雄狮般的藏兵!

八什闹的藏寨歌舞盛宴,一直进行到黎明。伊莎白深深懂得,八什闹已经完全接受了一位金发碧眼的姑娘。她将尽快地融入八什闹的生活,收集相关资料,开发这一座人类学的富矿。

一首儿歌和一架纺车

伊莎白做田野调查,要走遍每一家,都是孃孃带路,当翻译。孃孃一声吆喝,主人家的狗抽了一下鼻子,不再叫了。门开了,热腾腾的茶水也准备好了。

大山里,气候变幻无常。刚刚还是艳阳高照,热浪扑面,让人汗流浃背,一瞬间阴云滚滚,还来不及加衣服,冰雹如弹,就疯狂袭来,接着山风怒号,暴雨如注,冻得人直哆嗦。

孃孃一再叮嘱伊莎白,要注意随时增减衣服,千万别生病了。

刚来到八什闹,伊莎白就对索囊仁清说:"千万不要把我当成外国人。一家人吃啥,我吃啥。千万不要给我搞特殊的饮食。"

这样,玉米粑粑、荞麦糊糊、荞麦酸菜面、烤土豆成了伊莎白的日常主食。她以超强的适应能力,吃着这些粗粝的杂粮,成为"素食者"。她喜欢吃孃孃做的手擀面,吃得特别香。

快要过燃灯节了,从来没有梦到过吃肉的伊莎白梦到了吃肉。

醒来,她闻到了肉的香气。原来是孃孃在吊锅里煮腊肉,她远远闻到了肉的香味,沉睡的味蕾苏醒了!

她从来没有吃过那么好吃的腊肉。燃灯节那一次打牙祭,让她一生难忘。百岁时,她接受记者采访,回忆到这一段,她抽抽鼻子,深深吸了一口气说："炉子炖着黄豆，加了肉，好香啊！"

她情不自禁地笑了，把记者们全都逗笑了。

除了挨家挨户地调查采访，伊莎白总想多为八什闹做些事情。她得知八什闹有一所小学，有八名学生，只配了龚家让一个教师，便主动要求给娃娃们上英语课。经索囊仁清联系，伊莎白终于如愿以偿，当上了英语老师。

没有课本，也没有纸和笔，就先从最简单的初次见面的问候、穿衣、吃饭、游戏开始。伊莎白在多伦多大学学的就是儿童心理学，她深知，孩子们在玩耍中学习，效果最好。

于是，孩子们装扮成各种角色——爸爸、妈妈、哥哥、姐姐、弟弟、妹妹，排演一幕情景剧，一个个笑得前仰后合；然后，孩子们又变换角色——大灰狼、小狐狸、小山羊、老黄牛，再排演一幕情景剧，一个个非常投入。这样的演出，吸引了许多大人和孩子围观，小学校的学生在不断地增加。索囊仁清的女儿央宗，也成为学校的一名学生。

如今已是90多岁的老奶奶央宗，还能用英语清晰而准确地哼出80多年前伊莎白教她唱的儿歌《划船歌》：

Row, row, row your boat

Gently down the stream

Merrily, merrily, merrily, merrily

Life is like a dream...①

伊莎白教孩子们唱的歌，真好听；伊莎白带孩子们做的游戏，真好玩。从朝阳升起到太阳落山，八什闹的孩子都喜欢跟伊莎白玩耍，不知不

---

① 这首儿歌可翻译为："划呀划，划你的船／轻轻地顺流而下／快乐地，快乐地，快乐地，快乐地／生活就像一场梦……"

觉，在玩耍中英语就越说越溜。伊莎白感觉，这些山里的孩子，听课特别专注，记忆力相当好，学习热情相当高——他们最缺少的，就是学习的机会，这让伊莎白常感到力不从心。

除上英语课外，伊莎白还饶有兴趣地跟着村民们学习各种生产技能。

她发现，在村里，从小姑娘到老婆婆，只要有一点空闲，都在捻毛线。捻毛线的方法非常原始，就是用一只手摇的转筒，一圈一圈地摇，从一堆羊毛中纺出粗毛线，效率非常低。伊莎白挨家挨户地问，纺线女百分之百没听说过，更没有看见过纺车。

伊莎白告诉索囊仁清，她要回成都一趟，给八什闹买一架纺车。索囊仁清大吃一惊："你要背一架纺车回来？"

看到伊莎白坚定的目光，索囊仁清知道，这个加拿大姑娘表面看起来十分柔和，内心却非常倔强。她认定要做的事，肯定是拦不住的。正好，索囊仁清要去成都办事，便答应带上她同行。

嬢嬢扳着指头算日子，半个月过去了，饶小姐也该回来了。她正准备和一些荞麦面做酸菜面，忽然听见孩子们在大喊大叫：

"饶小姐回来了！"

"饶小姐从成都回来了！"

"饶小姐背上背了个啥子东西啊？"

"饶小姐发水果糖了！"

"发糖了，发糖了！"在孩子们惊喜的叫喊声中，伊莎白分发着糖块，不一会儿，就把一包糖分发干净了。

嬢嬢喜出望外，迎上去。只见伊莎白风尘仆仆，背上背了一架木制纺车，两颊被太阳晒得泛红，更显得容光焕发。嬢嬢由衷地感慨道："真是个吃苦耐劳的好姑娘啊！"

当天晚上，来参观的人络绎不绝。伊莎白一手轻摇纺车，一手捋着羊毛团，一根又细又匀的毛线便缠绕在车轮上。虽然伊莎白的技术还很不熟练，但纺车的效果已经显现。伊莎白说："我是生手，只能做给你们看看。这纺车比起你们手捻毛线如何？"

"这个，当然比我们手捻强多了！"

"这个机器，好多钱一架？"

伊莎白耐心地回答着人们的提问，一直忙到参观的人散尽才歇下来。

从第一架纺车出现在八什闹，杂谷脑河两岸的村寨开始进入纺车时代。伊莎白纺出的第一根线，让古老的山寨与现代文明联系起来。

孃孃问路上遇到些什么困难、发生什么意外没有，伊莎白回答说："这一趟，比上一趟轻松多了！"

从成都回到八什闹，她正好与一位摄影师同行。摄影师抢下了最精彩的瞬间——

伊莎白背负纺车，怀抱溜筒，从湍急的岷江上溜过。如此惊险之时，伊莎白竟然在哈哈大笑！

伊莎白背着纺车坐溜索过河，为八什闹村民带去现代纺线技术
（约摄于1940年）

初识"云朵上的民族"

伊莎白在华西加拿大学校读书时，就多次参观了华西协合大学博物馆。看到那些羌族的碉楼照片和器物，她感到很新奇。她听说过"羌族人是从西亚迁徙而来的犹太人的后裔"这一惊人的论断。这之后，她才知道在绵虒生活了20多年的陶然士牧师，以及陶然士与葛维汉有关羌族历史的激烈论争。

1920年，陶然士出版了专著《羌族的历史、习俗和宗教》，较为系统地阐述了他对羌族历史、习俗和宗教的研究。陶然士认为，川西的羌族山区就像"巴勒斯坦或中东，因为建筑是如此地相似"，平顶石头房和高塔"让人联想起这样形式的房子从小亚细亚，跨越北印度和中亚，再从甘肃到达华西的传播路径"。密密麻麻沿山脉而建的寨子，"其外观很像扩大了若干的中世纪城堡"，此景此物似乎"使人回到了大主教时代"。

年轻的葛维汉，对"羌族人是东迁的犹太人的后裔"的高论表示怀疑时，陶然士不以为意。那潜台词就是："你这个毛头小子，懂什么？"华西坝有一传说是："陶然士与葛维汉在学术上争论不休，却又是忘年之交。是陶葛之争促使葛维汉转向，成为考古学家、历史学家和人类学家的。"

在杂谷脑河谷，著名的羌寨有桃坪羌寨和佳山羌寨。

西方探险家和摄影师最迷恋那高耸入云的"东方古堡"，那是用石块和黏土砌成的碉楼。桃坪羌寨，位于杂谷脑河北岸一片台地上，数十座碉楼笔挺向上，又高低错落，比肩而立，仿佛在用建筑语言对上天宣示羌族顽强不屈的品格。而与桃坪隔河相望的南岸，是一座巍峨的大山，这就是佳山。佳山时而云遮雾罩，时而袒露峥嵘，半山上颓圮的烽火台，见证了古代的战争和佳山作为咽喉的重要地位。

向导带着伊莎白沿着"之"字形的小路，向着佳山寨攀爬。伊莎白总感到这座山的黄土层很厚实，植物有些异样，断崖上黄土与片岩层次分明地展示出古老岁月残留的自然变迁以及人类活动的痕迹。她想：难怪有数十名华西边疆研究学会的专家先后来到佳山做调查研究。

一身汗水，伊莎白终于爬到了寨门。她没想到，寨门口竟然有一座魁星楼。

从成都市区到周边城镇，被称为魁星楼的并不少见。伊莎白知道，魁星是汉族学子们尊崇的神，传说中他主宰着文运的兴衰。

这座楼呈门状，两根方形立柱有四五米高，横担着魁星楼的主体。门楼上的魁星面目狰狞，头长双角，豹目怒睁，金身赤面，右手握朱笔，左手持墨斗，右脚踩鳌鱼之头，寓意"独占鳌头"，左脚摆出扬起后踢的样子，脚下的靴底上有北斗七星，寓意"文光射斗牛"。历朝历代，学子跪拜魁星，祈求金榜题名。而在这遥远的杂谷脑河畔，也出现了一座魁星楼，可见汉族文化已经影响了佳山。

走过一段缓坡，一片碉楼屹立在眼前！

由于它们修建在山坡之上，湛蓝的天穹上呈现出一片气势磅礴的剪影，如同突然崛起的山峰，实在是壮观！向导说："这是佳山最大的家族——龙家的房子。"

向导向伊莎白介绍说："整个佳山，是由额达、若达和撒达三个村落组成的。按家族算，主要是姓龙、姓马、姓陶的三大家。也有人说是龙、马、陶、杨四大家。还有人说陈家算是第四大家，因为陈家的土地多，粮食收得多，在三个村子中最突出。当然，龙家的碉楼修得最好。"

伊莎白端起相机，对准碉楼群，不断地拍摄。向导向伊莎白挥挥手，让她往下看。半山腰，竟有几朵白云，像一片盛开的白莲花，缓缓飘过。有人赶着羊群，有人拾掇着庄稼，来往于云朵之上。从云缝之间向下探视，可以看到桃坪羌寨星星点点的房屋，杂谷脑河如一条弯弯曲曲的细线，在阳光下闪着翡翠般的幽光。

如果有恐高的人爬上佳山往下看，肯定会眩晕。

佳山寨的龙保长在他的碉楼前，见伊莎白快步走来，远远地就打着招呼："欢迎饶素梅小姐！"

龙保长黧黑的脸上带着微笑。他包着头帕，束着腰带，穿着牛皮鞋，身上的羊皮背心干干净净的，长衫的袖口和衣领周边绣着云纹图案。从穿着可见，他早就准备着盛情接待伊莎白了。

碉楼之间，道路狭窄，纵横交错，形成迷宫一样的胡同。墙上，还残留着不少红军标语。龙保长说："红军的徐总指挥，就曾把指挥部设在我的家里。他在我家住了四个多月，我家小侄女还给他煮过饭，烧过开水。"

顿时，伊莎白感到，这佳山，除了蕴藏着人类学之谜、考古学之谜、气象学之谜、生物学之谜，还蕴藏着中国工农红军之谜！

龙保长说："那段时间，只要天气好，国民党军队的飞机就在佳山上空盘旋，飞过来，飞过去。站在我家的碉楼顶上，连飞行员的脸都能看清楚。"

伊莎白问："你们不怕飞机吗？"

龙保长笑着说："怕啥子嘛！徐总指挥说，佳山好呀，国民党军队的飞机就是看到了红军的大队伍也没法子扔炸弹。你看嘛，山这么陡，炸弹丢下来，也会像红苕一样滚下坡，一直滚到岩坎下去，炸得到哪个嘛！"

说着，龙保长带着伊莎白走进碉楼，走过牛羊圈，从锯齿状的独木梯上到二层。火塘上，吊锅里的水沸腾着，新鲜玉米做成的玉米面饼散发出一股甜甜的香气。再看小餐桌上，摆满了腊肉、野味、蔬菜、瓜果。

见到伊莎白来了，几个老辈子一一向她打招呼。其中，最让伊莎白注意的是留着长胡须的龙自先。他自称是教书先生，在佳山上办私塾。

龙保长说："我的这位大伯，教书教出了名。山下桃坪的，还有大西山的，都把娃娃送来读书。"

伊莎白问："娃娃天天要上学，上山下山，要走好久？"

龙老师说："本村的娃娃，就不用说了。远一点送来读书的，都投亲靠友，就近吃住，我们这里叫'寄饭'。'寄饭'的学生家长，只要每个月背一袋粮食、砍一块猪膘到山上来给人家就可以了。"

一边吃喝一边闲聊。从寨门口的魁星楼，联想到龙老师办私塾，伊莎白感觉到了佳山人对文化的追求。龙老师欢迎伊莎白随时来学堂看一看。

龙保长说："饶小姐，你带着相机来，肯定想拍些照片。你拍山呀水呀，花花草草，都随便拍。拍寨子的人，恐怕就不那么好拍了。他们没见过世面，诧生（认生）得很，紧张得很。你看，英国旅行家伊莎贝拉拍的相片，一个个表情都是木戳戳的，好像我们羌族人不会笑，只会发瓜（发傻）。庄学本老师就不一样。他先给大人娃儿摆闲条（闲话），东说南山西说海，说得高兴了，偷偷拍一张；或者就叫他们不要紧张，表情尽量自然一些。庄老师拍的，就好看得多。饶小姐，反正你在我们佳山随便住好久，跟大人娃儿混熟了，你想咋个拍，就容易了。"

龙保长这一番话，伊莎白听来，很中肯。不知不觉，一边吃喝一边就摆了许多龙门阵。

宴请之后，龙保长又带上两个姑娘，抱上被子褥子，送伊莎白到川主庙西厢房二楼住下。

在四川境内，川主庙是一个很有意思的景观。有的川主庙是祭祀李冰的，有的是祭祀刘备的，还有的塑着关二爷的像，而佳山上的川主庙中端坐着手执羽扇的诸葛亮。从寨门的魁星楼到半山上的川主庙，足见佳山融合了不少汉族文化元素。

诸葛亮是智慧的象征，他摇着羽扇，守护着伊莎白。早上醒来，推窗俯视，朵朵白云在窗下飘过。透过云缝，一座座碉楼如突兀的奇峰，在云雾中沉浮，让人充分体验到"云朵上的民族"的韵味。

一股海碗粗的清泉，从川主庙地底下穿过，终年流淌不断。后人雕一龙头，让泉水从龙口喷涌而出，这就是佳山的生命之水。在这海拔近两千米的山上，有水，还有上千亩台地，经过佳山人上千年的勤劳耕种，佳山变成了远近闻名、易守难攻的"粮窝子"。

对于龙保长而言，他又接待了一位充满了好奇心的外国女子。

佳山之谜与佳山宝藏

中国西部的羌族，是东迁的犹太人的后裔吗？

带着太多的疑问，伊莎白在佳山细细观察了一座座碉楼。

陶然士有关"东迁的犹太人"之说的重要依据就是建筑物。

在佳山寨一座古老的碉楼上，外墙面上有两个明显的"十字架"，仔细一看，更像是砌墙时横竖两道缝交叉自然形成的两个"十"字。此外，还有一串谁也认不出的符号。伊莎白想知道这些图标和符号有什么意义，可是谁也说不明白。看来，如果单凭"十"字就说这是犹太民族的文化遗存，确实牵强得很。

几天之内，伊莎白看遍了佳山上的碉楼，再经龙保长一解说，她很快读懂了碉楼。

碉楼大致分为四种，即家碉、寨碉、战碉和烽火碉。

家碉，就是各家各户修建的相对矮小的碉楼，与住宅相连。一旦发生战事，也能成为独立的作战单位。

寨碉，是修建在家碉群中最高大、最坚固的一座，一般是寨主居住。它俯视众碉，便于战时指挥村民迎敌。

战碉，一般建在山口关隘等险要位置，可以屯集武装队伍，一夫当关，万夫莫开，御敌于村外。

烽火碉，顾名思义，是村寨之间发出烟火信号、相互联络的碉楼。

让伊莎白惊叹的是，垒砌碉楼时既没有图纸，也不用吊线，更没有脚手架，全凭目测和代代相传的经验——先用片石、碎石错落搭接，再用小石片揿紧按平，然后用黏性很强的黄胶泥混合细麦秆填好细缝，等完全干透之后，再砌一层。这样层层叠砌，底大头小，一座碉楼便拔地而起。

看遍了佳山的碉楼，伊莎白并没有陶然士那种"类似中东以色列建筑"的感觉。而华西边疆研究学会李哲士"类似欧洲中世纪的防卫塔"的描述，倒比较符合实际情况。

看过碉楼，再观察羌族人，个头比较高大，面部线条分明，确实与汉人有些分别。但是，凭这些就能说明他们是犹太人的后裔吗？

龙保长介绍说："华西的牙医刘延龄专门来佳山，看了我们的牙齿病。他还让我想办法，找了好多男男女女，测量他们的骨头长短。"伊莎白明白，龙保长说的是刘延龄曾在佳山进行体质人类学调查。在华西坝，多才多艺、兴趣广泛的刘延龄非常有名。他戴着一副金丝眼镜，头发梳得一丝不乱，留着一撇小胡子，显得很有风度。他是华西合唱团的指挥，抗

历经风雨的佳山碉楼（摄于2011年）

战时期，五大学在华西坝联合办学，刘延龄又成为五大学合唱团的指挥。

1930年，刘延龄来到神往已久的佳山。按14项计算指数，测量了上百个成年男女。结果是，羌族成人头面部为圆头型、高头型、阔头型、阔面型、中鼻型的出现率最高，体部为长躯干型、亚短腿型、宽胸型、宽肩型、宽骨盆型的出现率最高。结论是，羌族人体质特征与藏缅语族群类似。

而早在刘延龄之前，华西协合大学的创办者之一莫尔思，曾对四川10个民族中的3051人进行人体数据测量，也无法为陶然士的"羌族人是东迁的犹太人的后裔"提供论据。

佳山还分布有广泛的石棺葬遗址，葛维汉曾多次来到这里进行考察。

这里还有新石器时期的人类活动遗址。一只黑陶双耳罐，被陶然士认定为早期的犹太人的用品。此孤证，既无人反驳，也无人肯定，一直是个悬案。

上佳山的头几天，伊莎白的相机快门"咔嚓咔嚓"响个不停。她欣赏过伊莎贝拉和庄学本在杂谷脑河谷拍下的山水风光和人文风情照片，感觉摄影家快门一按，就是经典。伊莎白虽说对二位前辈非常崇敬，但在选材、角度上尽量与他们不重复。后人研究这些珍贵照片时，才发现伊莎白是在用自己的独特眼光来看世界。

龙保长说："暑假期间，胡秀英老师带着学生，就住在川主庙。她性格开朗得很，整天乐呵呵的，像个娃娃头儿。她采集了好多标本，还对我说：'从河谷里的仙人掌到雪山上的雪莲，一座佳山有几个气候带的植物，实在是一座植物宝库。'"

伊莎白知道胡秀英，这位华西协合大学生物系的教授，在佳山发现了一个冬青新种。

在佳山，伊莎白感觉真不错，仿佛面对一个立体的书架，摆着地质学、气象学、植物学、动物学、考古学方面的罕有人翻阅的大书，这激发了她极大的调查兴趣。

伊莎白还观看了跳神表演。龙保长说："大旱之年，老龙头那一股水，只够人畜饮用，庄稼地干得要命，跳神求雨都解不了旱情时，就有人带队去大雪包，把云喊下来，下一场透雨。"

对此，伊莎白半信半疑，更觉得佳山充满了未知之谜。

据多年研究佳山的学者王曙生统计，有30多名中外学者到佳山做过研究，他们是伊莎贝拉·伯德、弗格森、W. R. 诺恩、陶然士、伊丽莎白·夏皮、葛维汉、叶长青、莫尔思、闻宥、王文萱、刘恩兰、胡秀英、于式玉、芮逸夫、凌纯声、马长寿、刘国士、侯宝璋、陈耀真、刘延龄、芮陶庵、饶和美、布礼士、陆德礼、冯汉骥、胡鉴民、郑德坤、李绍明、张雪岩、白永达、金鹏、孙绍谦、蒋翼振、丁骕、柯象峰、徐益棠、张伯怀、伊莎白等。

对陌生的世界充满好奇

"呜——呜——"

1934年1月22日，应华西协合大学的邀请，杂谷脑宝殿寺的32位僧人来到华西坝，参观了博物馆，并举办了演出活动。华西坝响起了低沉、浑厚的长号声。

在华西坝常能听到唱诗班的合唱和当时的流行歌曲，来自藏传佛教寺庙的号声则让华西坝的中外学人感到既新奇又欣慰。一种不可名状的感动，涌上了饶和美夫妇的心头。

那是1933年8月，饶和美夫妇带上二女儿，请索囊仁清当向导，走进了杂谷脑。他们来到了宝殿寺，寺内人声鼎沸，香火旺盛。他们来得稍晚了一点，错过了观赏大威德金刚舞的表演。他们游览了庙宇之后，一座雄伟的白塔吸引了他们的目光。

索囊仁清指着四面的高山说："这四面的山，如同莲花瓣绽开，杂谷脑的官田村就处于莲花中心。听老人说，清顺治十年（1653年）就开始修宝殿寺，规模不算大。到了乾隆四年（1739年），最后一任杂谷土司苍旺征集当地民众上千人，参照尼泊尔夏仁格青大金塔的式样，前前后后花了十年时间，建起这座大佛塔——白塔。围绕着这座白塔的是108座小佛塔，就像春笋一样，所以有人叫它们'笋塔'。"

索囊仁清说："走，进去看看。"饶和美一家三口，便跟着索囊仁清走进了塔楼。一股浓郁的藏香味在塔中弥漫。塔内，地下九层，地上九层，有100多个小殿堂，酥油灯光焰闪耀。佛祖妙相庄严，端坐莲台，供信徒们顶礼朝拜。

饶和美一家三口，兴致勃勃地参观了白塔，不禁交口称赞一番。

午后3点过，饶和美一家正在寺庙旁一家客栈喝茶、休息。突然间，随着隆隆的山崩之声，大地如万牛拱动，剧烈摇晃起来，杂谷脑的房屋，瓦碎墙倒，惊慌失措的人们在滚滚烟尘中钻来钻去，尖叫着，呼喊着，一片混乱。饶和美知道是发生地震了，但震中是何处、震级是多少、范围有多大，所有的人都不清楚。

令人痛惜的是——宝殿寺大殿受损，白塔垮塌了，还有10名僧人遇难。宝殿寺内外，一片狼藉。

当饶和美想去看一看损失情况时，两个年老的僧人围了上来，愤怒地比画着，叽里咕噜，不晓得说了些什么。索囊仁清说："他们说，宝塔不准女人爬上去，这是天规！你们有两个女人，钻进了宝塔。你们看，菩萨被惹怒了！宝塔垮塌了！"

看来，老僧认定，是饶和美的夫人和女儿引来了灾难。饶和美又比又画，有口难辩。索囊仁清及时做了一番解释，让饶和美一家三口赶快离开。

宝殿寺成了是非之地，老僧的观点扩散开来，对于饶和美一家极为不利。由于交通受阻，他们一时还难以离开杂谷脑。

终于，从苟守备和桑守备那里传来消息，是南边的叠溪发生了7.5级大地震，大半个叠溪场坠入了岷江，而杂谷脑河谷两岸的村寨损失还不算太惨重。驻杂谷脑的联保主任杨继祖派出的打探消息的兵丁也证实了两位守备的消息。

杨继祖在成都的华美中学上过学，因为他解放了手下的奴隶，废除了进衙门见官先下跪的礼节，被庄学本戏称为"杂谷脑的林肯"。他获悉宝殿寺的僧人将地震震垮白塔怪罪于饶和美一家之后，亲自去宝殿寺解说了一番，小小风波表面上暂时平息了。

震后，华西坝发起了援助叠溪大地震受灾群众的慈善活动。经索囊仁清牵线搭桥，宝殿寺的32位僧人来到成都，为重建宝殿寺、修复文物募集资金。

此行，僧人们募集到一笔可观的资金，对饶和美的妻女进入宝塔的指责以及对索囊仁清的不满至此告一段落。

六年之后，伊莎白和孃孃以及八什闹的村民们，结伴来到了宝殿寺。因为宝殿寺要举办一场盛大的法会。

天刚亮，就从宝殿寺传来了低沉、浑厚的长号声。伊莎白听父母形容过这号声。号声在山谷间回荡，周边村寨的人们从一条条山路走向宝殿寺，络绎不绝。

在号声中，磕长头的虔诚信徒早已提前出发，从遥远的山寨一直叩到了大殿之前。寺内已是人山人海，在喧腾的鼓乐声中，四个戴魔鬼面具的人跳出来，绕场一圈，又绕一圈，人们自然围成了一个大圈。突然，伊莎白身边的男孩子喊了起来："你们看，快看，那个戴面具的，不是鬼，他是我的叔叔！"观众立即爆发出笑声。

大威德金刚舞的表演，把观众的情绪推向高潮。

伊莎白跑来跑去，选择最佳角度，拍下了大法会最精彩的画面，对特别珍贵的大威德金刚舞的场面，做了最好的图像记录。

理县史志专家们盛赞伊莎白拍摄的这一组老照片。

80多岁的龙金平老人说，1976年，伊莎白和丈夫柯鲁克带着三个儿子回到杂谷脑，她来到佳山，说起当年祭祀山神的一次祈雨活动，还记忆犹新。

那是酷热的夏天，佳山上久旱无雨。龙保长决定派出18个精壮的小伙子，上到海拔5000多米的大雪包去祈雨。

小伙子们爬到了浓云密布的大雪包，在祭了山神之后，他们齐声大吼，声波震动了空气，让悬崖积雪崩裂，引发更大的气流——脆弱的平衡瞬间被打破了，饱含水汽的浓积云被一股力量推动了，顺着山坡倾泻而下，向上的热空气将浓积云一阻挡，迅速形成雨水，"哗哗哗"朝山下淋去。

当小伙子们跑回寨子时，大雨也跟着追来了。伊莎白只是看到小伙子们上山，后来就下雨了。她半信半疑，觉得很不可思议：难道真是龙王、山神大发慈悲，给佳山下了及时雨？

龙金平老人说："我要是有机会，就和伊莎白讨论讨论，那样的祈雨活动好像是声波震荡空气引发的'蝴蝶效应'，就和用高射炮发射炮弹进行人工催雨是一个道理！"

沿着杂谷脑河，伊莎白没有停止探寻的脚步。她已经学会了简单的藏语，习惯于喝酥油茶和吃糌粑。每当走过有转经筒的路边、桥边，她都会很认真地手抚经筒，转动它。每当经过经幡下的玛尼堆时，她总是按随行的人数，给石头堆上增添几块石头。她深知，作为一个人类学家，入乡随俗是一项基本功。

从八什闹、佳山到杂谷脑，伊莎白走过甘堡屯，走向梭磨河，经过曾是繁华的贸易中心的马塘，最后到了马尔康。她看过宗教表演和祭祀活动，了解了婚丧嫁娶和家庭结构，走的路越多，见识就越广，疑问也就越多。

人类学，是探索人类在不同环境中的生存现状、生存方式的学问，也是一门直通心灵的学问——因为人类学要做最基础的田野调查，如果被调查者拒不说话，或不敢开心扉说实话，人类学家又如何开展工作呢？

所幸，伊莎白以超强的适应能力，适应了当地的生活，在杂谷脑的田野调查越来越顺利。对于陌生世界的好奇心，让她的精气神一直处于最佳状态。

第四章 /

大渡河做证，相爱一生

在北京外国语大学校园内的一个小广场上，长青的松柏拱卫着柯鲁克的雕像。柯鲁克微笑着眼望前方，充满乐观与自信。雕像下的基座上，镌刻着几行字：

大卫·柯鲁克

（1910—2000）

英国人　犹太人　共产党人

中国人民的朋友

1948年起在北京外国语大学及其前身任教

这是柯马凯陪妈妈遛弯的必经之地，也是柯鲁克众多中国朋友和学生来看望他的地方。

柯马凯说："爸爸和妈妈，从相知到相爱，一生一世，从未分开。"

满腔的热血已经沸腾

1910年，大卫·柯鲁克在英国出生。

说起来，柯鲁克的家庭可以算是没落的中产阶级。他小时候听父母讲，他们十几岁就辍学去给别人当学徒工。柯鲁克18岁时，父母开始经营自己的小买卖。后来遇到了经济危机，家里的小买卖无法再做下去。为了生活，19岁的柯鲁克远渡重洋，想到美国去碰碰运气。可运气不好，他刚到美国就遇上了"大萧条"，即1929年至1933年发生的世界性经济危机。

1929年10月24日，纽约证交所的"黑色星期四"。这一天，美国金融界"大雪崩"，股票一夜之间从巅峰跌入深渊。可怕的连锁反应很快发生：疯狂挤兑、银行倒闭、工厂关门、工人失业。成千上万的家庭因交不上按揭房的月供，携家带口被扫地出门，有些甚至露宿街头，四处流浪。失业者胸前挂着自制的牌子，上面写着："要面包！要工作！"他们聚集在交通要道，饥饿的目光让人不忍对视。随着寒风呼啸，严冬降临，报刊上尽是破产者自杀的新闻。

那时，纽约流行一首儿歌："梅隆拉响警笛，胡佛敲起丧钟。华尔街发出信号，美国往地狱里冲！"大萧条造成了大饥荒和普遍营养不良，导致大量人口非正常死亡，千百万人像畜生一样苟活着。

柯鲁克在纽约一个制作服装的社区找到一份工作。中国籍犹太人、翻译家沙博理曾亲眼看见柯鲁克是如何工作的："我就是在那个社区长大的人，不时见到他推着装满服装的手推车满街奔跑，收货送货，争分夺秒，忙得满头大汗。"

推着手推车奔跑的柯鲁克，工资菲薄，每天出几身大汗，累得要死。他还不算最辛苦的，那些在地下室幽暗的灯光下，一干就是十几小时的成衣车间的男女工人，身体成了机器的附属物，那才辛苦！不，那还不算最辛苦、最可怜的。柯鲁克读过盖斯凯尔夫人的小说《玛丽·巴顿》和杰克·伦敦的报告文学《深渊里的人们》，其中描写的挣扎在社会最底层的人才是最辛苦、最可怜的。

也就是在20世纪30年代，美国服装工人组织的工会爆发出极强的战斗力，他们是美国工人阶级中先进的队伍。柯鲁克是工会中的积极分子。

"满腔的热血已经沸腾……"大萧条时期，美国发生过两千多次罢工。那是高唱《国际歌》和《华沙工人歌》的岁月，许多著名文化人公开拥护共产主义，主张向苏联学习。在斗争中，美国共产党和工会发挥了极大的作用。

1931年，渴望学习的柯鲁克考入哥伦比亚大学。他不得不边读书边打工挣钱交学费，在课余工余，他还积极参加学生运动。

1934年，柯鲁克加入了美国的共产主义青年团。

在美国生活了七年后，柯鲁克于1936年夏天回到英国。一回到伦敦，柯鲁克就径直到考文特花园附近的英国共产党总部领了一张党员卡。

尽管毕业于美国哥伦比亚大学，但柯鲁克就业并不顺利。在弟弟莫里斯的帮助下，他勉强干上了推销员的工作，可这份工作却让他很不愉快。很快，他便辞掉了这份工作，找了两份薪水可怜但是自己很满意的兼职：为左翼工党议员约翰·帕克当秘书，在左翼学生杂志《前进的大学》当编辑。

这时，欧洲大陆枪炮声隆隆响起，西班牙内战爆发——那是西班牙人民反对国内武装叛乱、保卫共和国的战争。西班牙人民阵线成立的联合政府得到了世界进步力量的支援，而佛朗哥的叛军则有德、意法西斯的支持。在牛津举行的国际学生大会上，一位年轻的西班牙代表发表了热情洋溢的讲话。所有观众起立、鼓掌、叫喊、欢呼。此情此景，让柯鲁克的心飞向了西班牙。

1936年9月，共产国际和法国共产党首先提议由各国共产党招募志愿者，组成国际纵队，投入西班牙内战。除了法国的工人、波兰的矿工、一战的老兵，还有很多著名的作家、诗人、艺术家、医生和记者等也加入其中，比如后来的诺贝尔文学奖得主加缪、聂鲁达、海明威，以及画家毕加索、医生白求恩等。

10月的一天，共产党员、青年诗人康福德来到杂志社办公室，只见他头上缠着一圈白色绷带。康福德8月去了西班牙，因头部受伤返回英国。他到处做报告，以招募更多的英国志愿者前往西班牙。康福德在英国伦敦东区的演讲，"一石激起千层浪"，引发了左派与右派对抗性的示威游行。共产主义者将自己的支持者聚集起来，实实在在地阻止了英国法西斯联盟成员的游行。

在示威游行中，柯鲁克收获着胜利的喜悦。他在日记中写道："他们把我挤得越紧——有些时刻人群的压力大到我难以呼吸——我就从中吸取了越多的力量。"

最终让柯鲁克下决心去西班牙的，是一篇有关德国的反纳粹主义的纵队进入马德里的报道。字里行间，回响着坚定的脚步声和战斗的歌声："满腔的热血已经沸腾！"

全世界无产者都在行动了，柯鲁克岂甘落后？他知道去西班牙上战场的危险性，却给母亲写了一封热情洋溢的信，是安慰母亲，也是在祝福自己能奏凯而归。

鲜血洒在西班牙战场

西班牙的天空中，有苏联援助的军机编队飞过，大街上，有苏联援助的坦克群驶过。国际纵队和当地民众一起构筑街垒，士气高昂。他们坚信：正义在我们这一边！胜利在我们这一边！

马德里成了一个激情燃烧的城市。虽然这场战争的最终结果是佛朗哥获胜并建立了法西斯政权，但是当时传唱的革命歌曲《到街垒去》《第五团》《唉，卡梅拉！》《如果你想给我写信》《得土安广场》《悉尼塔咖啡馆》《统一战线之歌》等一直流传至今，深受世界各国听众喜爱。这些歌曲也是柯鲁克哼唱了几十年的歌曲。

入夜之后，马德里的街头巷尾到处能听到战士们用英语或法语或西班牙语高唱的《国际纵队之歌》：

> 我们来自遥远的国家，
> 都有仇恨记在心里。
> 可是我们并没有失去祖国，
> 我们今天的故乡是马德里。
> 西班牙弟兄们坚守着街垒，
> 全是农民和无产阶级。
> 前进，前进，国际纵队的战士，
> 团结旗帜要高高举起！
> …………

马德里保卫战打得空前惨烈。在西班牙的几个战场，共和军一次又一次击退了佛朗哥的军队发起的进攻，双方伤亡都很大。

1937年1月初，柯鲁克和国际纵队的战士们越过法国边境，进入西班牙。

在马德里附近的村庄训练期间，国际纵队的战士们和当地村民之间的关系很友好。十多年后，在中国的晋冀鲁豫解放区，柯鲁克听到"军民鱼水情"这样的比喻时，就想起了这里的村民们。

在焦急的等待之后，战士们需要的武器——苏联步枪到了。它们轻便，有窥视孔，但要想精准射击还需要和三棱刺刀一起使用。分枪的时候一片欢腾。苏联拒绝了英法政府那套虚伪的"不干涉"政策，不但送来了食物，还送来了飞机和飞行员、坦克和坦克手，现在又送来了枪。然而同佛朗哥从希特勒和墨索里尼那儿得到的相比，这些都远远不够。柯鲁克没有分到步枪，他和其他14个人一起被安排在刘易斯机枪班。

经过训练，拥有600名战士的英国营变得强大起来。而此时，战火已在不远处燃起。

2月7日，英国营接到命令，要求机枪班把刘易斯机枪交给法国营，柯鲁克和他的战友都很不情愿地将机枪交出去，换回苏联步枪。

就这样，柯鲁克拿着苏联步枪投入了著名的哈拉玛战役。

从西班牙内战爆发至当时，这场战役是关键：法西斯军队正试图切断位于西班牙中部被包围的马德里和位于东海岸已经成为战时中心的瓦伦西亚之间的通路。在挫败敌军的过程中，英国营责无旁贷，必须成为英雄的集体。

阵地战打响之时，火光中出现了戏剧性的一幕：柯鲁克被敌人发现了——他正在树丛里方便。突然间，两拨飞机凌空而至，一场空战在天上展开。柯鲁克从没想过自己会被打死或打伤——直到当天快结束的时候。当时，他兴奋不已，甚至像喝了酒一样飘飘然。他们被命令转移："爬到那座该死的山上去，没有命令，不许离开。"幸运的是，他和好哥们萨姆·威尔德在一起。没有他，柯鲁克不可能从山下密集的炮火中活下来。那座山后来被称为"自杀山"。到下午3点左右，他们和指挥员失去了联系。四下张望，目力所及，尸横遍野。是时候了，必须离开这座血染的山头。正好，撤退的命令传来了。

终于，他们钻进了山下的橄榄树丛，躲在树旁鼓起的土堆后。到了傍晚，他们发现不远处有移动的东西，就开枪射击。敌人也进行了还击，萨姆被击中了。柯鲁克把他挪到一个更大的土堆后。后来，柯鲁克的右腿被击中了两次，另外还有两发子弹，一发打进了他右脚靴子的后跟，一发穿透了他的水壶，壶里最后一点酒渗入了已被染红的土地。

柯鲁克躺在橄榄树下像河堤一样的土堆上，心想：那群混蛋该放过我们了。眼下唯一希望的是，在被敌人发现之前天黑下来。柯鲁克从未如此渴望夜幕的降临。

战友、硬汉萨姆虽然比柯鲁克伤得更重，却挣扎着先回到了自己的阵地。在倒下之前，他告诉担架队到哪儿去找柯鲁克。此时，柯鲁克的右腿下已经成了一摊"果冻"，他用双手和没有受伤的腿撑着地，坐在地上一寸寸地向阵地挪动。

柯鲁克被送回马德里养伤。两三周后，他就可以拄着拐杖四处走了。他急切地想看看马德里，也渴望用母语和人说说话。于是，冒着被轰炸的危险，他拄着拐杖走进了据说有英国记者聚会的格兰维亚宾馆。进入这家宾馆的地下餐厅后，柯鲁克突然眼前一亮，他看到了文化界的灿烂群星：海明威及后来成为他妻子的战地记者玛莎·盖尔霍恩，布鲁克林斗牛士西德尼·富兰克林，英国作家斯蒂芬·斯彭德，印度作家莫克·拉杰·阿南德，英国《每日快报》的记者赛夫顿·德尔玛，美国《纽约时报》的记者赫伯特·马修斯，等等。柯鲁克对这些名人中的任何一位都谈不上有多了解，但他们个个都很友善，对柯鲁克的经历表示了极大的兴趣。

柯鲁克清楚地记得，一天晚上，在海明威的房间里（在宾馆的最顶层，当然也就是最危险的楼层），大家伴着炮弹呼啸而过的哀鸣和轰然爆炸的声音，就着红酒，在哲学层面上谈论战争、爱与死亡。

有一位女作家，也是加拿大共产党出版机构的女记者，名叫瑾，和柯鲁克年纪相仿，两人一见如故。瑾和其他加拿大人一起，住在白求恩大夫所在的医院里。由此，柯鲁克结识了白求恩并与他成了好朋友。

西班牙内战，改变了柯鲁克的人生轨迹，因为他认识了两个影响了他一生的人：加拿大的诺尔曼·白求恩大夫和《红星照耀中国》的作者埃德加·斯诺。

有关白求恩，有关斯诺

从认识瑾到回到前线的这段日子里，柯鲁克每天晚上都在白求恩所在的医院里度过。最初，他在日记里写道："诺尔曼·白求恩，他是个自大狂……绝不是共产主义者！"

但当营养不良的马德里市民——大多是女性——在街上排起队，为白求恩所在医院的输血站献血时，柯鲁克被白求恩所做的工作感动了。

白求恩开着救护车，冒着炮火去抢救伤员。他的车，就是流动的血库。

柯鲁克目睹了护士喊血液不够时，白求恩把衣袖一挽，厉声说："快，抽我的血！"

护士愣了一下，犹豫了。

白求恩瞪大了眼睛时真吓人，他吼道："没听清楚？抽我的血！"

护士不敢怠慢，立即抽了白求恩的血。如果再犹豫，白求恩会骂人的。

加拿大作家泰德·阿兰评论说："自从人类学会了残杀自己的弟兄以来，第一次有一个人出现在战场上来扭转历史——来输血，不是来制造流血。"

那一瞬间，柯鲁克真正认识了白求恩——伟大的白求恩。柯鲁克一直关注着白求恩的行踪，知道他回到加拿大后又去了美国，到处演讲，试图为西班牙募集修一座医院的经费，结果却到处碰钉子，遭冷遇。这之后，白求恩加入了共产党，并选择了最需要他去的地方——中国共产党领导下的抗日根据地。再之后，很长一段时间，柯鲁克都没有白求恩的消息。

1937年10月，英国伦敦维克多·戈兰茨公司出版了斯诺的英文版《红

柯鲁克深受斯诺和白求恩的影响（摄于1940年）

星照耀中国》（*Red Star Over China*）。此书轰动了西方世界，很快就连续再版了五次。

养伤的柯鲁克读到了《红星照耀中国》，越读越激动。特别是读到第五篇《长征》的《大渡河英雄》一节时，更是心跳加速，手心出汗——

泸定桥建桥已有数百年的历史，同华西急流深河上的所有桥梁一样都是用铁索修成的……反正谁会想到红军会在没有桥板的铁索上过桥呢，那不是发疯了吗？但是红军就是这样做的。

时不可失。必须在敌人援军到达之前把桥占领。于是再一次征求志愿人员。红军战士一个个站出来，愿意冒生命危险，于是在报名的人中最后选了三十个人。他们身上背了毛瑟枪和手榴弹，马上就爬到沸腾的河流上去了，紧紧地抓住了铁索一步一抓地前进。红军机枪向敌军碉堡开火，子弹都飞迸在桥头堡上。敌军也以机枪回报，狙击手向着在河流上空摇晃地向他们慢慢爬行前进的红军射击。第一个战士中了弹，掉到了下面的急流中，接着又有第二个，第三个。但是别的人越来越爬近到桥中央……

四川军队大概从来没有见过这样的战士——这些人当兵不只是为了有个饭碗，这些青年为了胜利而甘于送命。他们是人，是疯子，还是神？迷信的四川军队这样嘀咕。他们自己的斗志受到了影响；也许他们故意开乱枪不想打死他们；也许有些人暗中祈祷对方冒险成功！终于有一个红军战士爬上了桥头，拉开一个手榴弹，向敌人碉堡投去，一掷中的……

在硝烟弥漫的西班牙，共和军和国际纵队节节败退，悲观的情绪在蔓延。此时，《红星照耀中国》给了柯鲁克极大的鼓舞。

多年之后，柯鲁克告诉中国记者：

"你问我为什么加入共产党，信仰共产主义吗？这很简单，直接原因有两个——我所赖以生存的中等资产阶级家庭彻底崩溃了；我是犹太人，恨透了希特勒的法西斯政策，对资本主义制度持批评态度。

"这中间，有两件事情对我的思想影响很大。一件是在西班牙国际纵队时，我有幸结识了白求恩医生，我们成了好朋友。我经常去拜望他，多次看到他把自己的血输给伤病员。可当时我对他并不理解，直到后来在中国读到了毛主席的《纪念白求恩》一文，读到毛主席对白求恩的评价'一个高尚的人，一个纯粹的人，一个有道德的人，一个脱离了低级趣味的人，一个有益于人民的人'时，我才感到真正开始理解白求恩。白求恩永远地离开了我们，他那种对待革命事业兢兢业业、认真负责的精神一直激励着我。

"另一件事就是读了埃德加·斯诺的《红星照耀中国》。这本书就像金子对于淘金者一样，一下子把我吸引住了。来中国后，我一心想去斯诺书中所描绘的圣地看看，但由于反动派对延安封锁得太紧，我身在上海，又没有去延安的路费，最终没能去成。"

在西班牙，柯鲁克洒下了鲜血，却看到了远方，红星在闪耀。

在上海执行共产国际的任务

1938年的一天夜里，国际纵队的共产党员柯鲁克来到接头地点，又被召唤到一辆豪华轿车上。

轿车在黑夜的掩护下兜着圈子，车上两个苏联人问柯鲁克愿不愿意到上海去执行一项任务，苏联人还补充了一句："如果家里经济困难，每月会给你十五英镑的特别津贴。"

去中国？那里正是他向往之地。同时，他也明白，这是共产国际的任务，便几乎不假思索答应了。

1938年夏天，柯鲁克到了上海。

一踏上中国的土地，他就感觉到这个世界极端地不合理。

柯鲁克身上只剩下十先令，在上海这个纸醉金迷之地何以为生？幸好，甲板上的一个中国通告诉了他在上海肤色与信用之间的秘密——白人不付现金打白条，月底一批白条送到面前，再结账。同时，薪水也由肤色、国籍与种族决定。

柯鲁克在上海执行任务，得有一份工作做掩护。这时，哥伦比亚大学的品牌就发挥了作用，柯鲁克很快找到了一份在圣约翰大学教授文学的工作。他了解到，在圣约翰大学，任教薪水的金字塔顶端是西欧人、北美人，其次是南欧人，然后是苏联人，再后面是欧亚混血，最底部是中国人。

怀着好奇心，柯鲁克开始了解上海。

在仙乐斯、百乐门这些灯红酒绿、醉生梦死之地，那些身穿旗袍的苗条而性感的女招待迷人的微笑、绵软的低语，无不散发出让人难以抵御的诱惑力。但只要轻轻揭开光鲜的外表，就是一个个来自苦难家庭、深陷贫穷泥淖的小姑娘被出卖、被鞭笞、被凌辱、被恐吓的故事。也许，她们交了好运，经过千般努力，终于跻身上流社会，可那又会怎样呢？卡尔登大戏院正在上演曹禺的《日出》，柯鲁克成为一名全神贯注的忠实观众。当他看到陈白露的最后归宿时，他也仿佛把这个霓虹染得天空变色的上海看透了！

柯鲁克对劳动者的情况有着细致的观察和深切的同情。他特有的敏锐目光、工作需要及个人兴趣，使他在上海期间留下了几百张照片。其中最多的拍摄对象便是苦力：拉黄包车的苦力，当搬运工的苦力，苦力在吃饭，苦力在等活儿，苦力收工后在洗脚……在他为照片所写的文字说明中，"苦力"一词频繁出现。有时也会有这样简洁、克制但充满同情的描述："干着本应由汽车完成的活儿的男人们。"

在各种苦力中，黄包车夫引起了柯鲁克格外的注意。在他看来，黄包车夫就像是舞女的男性对应者，"他们挣扎在饿死和累死的边缘，快要把肺咳出来。稍微违反了一点交通规则，就会被警察找麻烦。他们身处同行的残酷竞争中，为了抢先跑到客人面前，而自杀性地冲进汽车的洪流，横穿马路，还要在接下来的价格上接受最低的报价"。

柯鲁克还在朋友的帮助下，被"带进了"纺织厂，目睹了那些童工超负荷地工作，那一双双在滚烫的水里浸泡得变了色的小手震撼了他的心灵。而挤在弄堂里的灯泡厂，昏暗，狭窄，恶臭，让他体会到血汗工厂的味道。

除了共产国际分派的任务，柯鲁克在教书之余，就是搞摄影。朋友们认为，柯鲁克既是一位杰出的文学教授，又是一位技艺超群的摄影家。

1940年夏日的一天，柯鲁克像往常一样来到接头地点，才发现这里人

柯鲁克在上海时观察社会百态，留下劳动阶层的大量影像资料（摄于1939年）

去楼空。他与所属的组织失联了。那时，上海已经成为"孤岛"，而他成了一枚遗落的"棋子"。

柯鲁克陷入了经济困境，于是他去找圣约翰大学的教务长，希望教务长考虑到在通货膨胀越来越严重的情况下，能给自己涨薪。这位教务长身穿牧师服，低头从眼镜镜片上方看着柯鲁克说："我理解，也同情你的处境。但是，能给你涨工资的唯一方法是你加入教会。"听到这个要求，柯鲁克脱口而出："我恐怕没法这么做，我是个无神论者。"

就这样，虽然没有当场被辞退，但是涨薪的希望泡了汤，于是柯鲁克开始想法子离开上海。他一直渴望进一步了解中国——他很想奔向斯诺笔下的陕北，苦于一无路径二无路费，无法成行。但要在中国待下去，总得找个工作。后经介绍，他决计奔向大后方成都，去内迁至成都华西坝的金陵大学教书。

离开上海时，一位美国朋友预言："你到了内地，不是和传教士的女儿结婚，就是和中国女人结婚。"

柯鲁克回答说："那么一定是中国人。"

多年后再分析，其实那位"预言家"说的完全正确——因为伊莎白既是传教士的女儿，又是中国人——一个一生一世爱着中国的，有着中国永久居留权的人。

柯鲁克乘船南下，先到香港，再到海防，接下来乘坐窄轨火车，穿过茂密的热带雨林，驶向中国境内。途中，遇上了被炸断的桥梁，所有的人不得不下车，乘坐渡船，再爬上另一列火车。

在摇晃的列车上，柯鲁克遇到了一群朝气蓬勃的年轻人：有从美国学成归来的留学生，也有参加抗战合唱团的高中生，还有到大后方去求学求职的青年。在货物和人挤得满满当当的车厢里，他们慷慨激昂，高唱起了抗战歌曲。柯鲁克则唱起了《国际纵队之歌》，出乎意料的是，一些学生也应和着——他们也会唱这支歌。很显然，是参加国际纵队的中国战士把这首歌带回了国内。

青春的激情，太容易点燃了；青春的热血，太容易沸腾了。乘坐火车的漫长之旅，在歌声中不知不觉地完成了。下了火车，接着乘坐汽车，从云贵高原到四川盆地的盘山公路，将奇特的景观和少数民族村寨串联在一起。从上海到海防是"绕"，在西南山地是"绕"，绕了数千公里，终于绕到了目的地——成都。

相识，相知，相爱

关于柯鲁克何时"第一眼"看见伊莎白，比较准确的说法是，喜欢打网球的柯鲁克，挥拍打球，激战正酣，忽然间，他瞥见一位美丽的女子正骑着自行车路过网球场。围观打网球的观众，也都扭头看美女去了。柯鲁克看痴了，手握球拍，忘了发球。

伊莎白太出众了。她身材高挑，金发碧眼，始终面带微笑。每当她骑着自行车，带着一股轻风，穿过华西坝风光如画的校园时，总会吸引路人的目光。其中，就有柯鲁克火热的目光。妹妹早就注意到了柯鲁克，断定他是姐姐的追求者。伊莎白却好像瞧不上他："你看他的个儿，是不是矮了一点？"

其实，老天爷早已经在安排人间的姻缘了。还在多伦多大学读书时，伊莎白就读到过来自西班牙前线的长篇报道。

在惨烈的拉锯战中，国际纵队的战士们所表现的大无畏精神，真让人敬佩。伊莎白进一步了解到，许多志愿上前线的并不是职业军人，而是完全出于正义感，从世界各地汇集于保卫马德里的战壕，无所畏惧地与法西斯拼杀的有志之士。这就更令伊莎白佩服了。

从此，伊莎白开始关注西班牙战事，积极参与一些相关的社会活动。不知不觉中，她的思想和感情向着革命者靠拢。

到了成都，柯鲁克受聘于内迁至华西坝的金陵大学，教授英语。而他的办公桌，与同样受聘于金陵大学的伊莎白的妹妹朱莉亚的办公桌挨得很近。一天，妹妹因事不能上班，请姐姐替她批改作业。伊莎白全神贯注于批改作业时，柯鲁克走进了办公室。他瞟了伊莎白一眼，随口说了一句："嗯，怎么发型变了呢？"

伊莎白不禁笑出声来。她抬起头，落落大方地瞧着柯鲁克，仿佛在说：请你看清楚啰，我是谁。这时，就像有一束阳光照得柯鲁克睁不开眼睛，他惊喜地说："哦，怎么是你！"

于是，他俩相顾大笑起来。

他俩就这样开始了第一次对话。当伊莎白听柯鲁克说他参加过西班牙国际纵队时，敬佩之情油然而生，隔膜也就自然消失了。

柯鲁克的一位朋友，美国记者杰克·贝尔登，说他曾追求过伊莎白，并不无感慨地向柯鲁克坦言："伊莎白，确实不错，可是，个性太鲜明，吓跑了我。"

敢爱敢恨，性格鲜明，有什么不好？柯鲁克没有被吓退。

他立刻买了一辆二手自行车，以便和伊莎白"并驾齐驱"。第一次同行，去龙泉驿，有上坡下坡，有多个拐弯，有几个么店子歇脚。他们品尝了最辣的凉粉，吃了最新鲜的水果，真是开心极了！

此后，他们经常相约骑游，两人总有聊不完的话题。柯鲁克始终关注社会的底层，从战乱的西班牙到沦陷的上海，对不怕牺牲的反法西斯战士有最深的理解，对牛马一样卖苦力的中国劳工有最深的同情；伊莎白在中国社会的苦海下潜得很深，从白鹿镇周边的贫穷山民到杂谷脑河畔的农奴，她对他们都怀有悲悯之心。只要是关于挖掘贫穷与愚昧之根，他俩就有太多的共同语言。

伊莎白的男朋友竟然是一个犹太人！这让饶和美夫妇有点难以接受。况且，这个犹太小伙子还是个无神论者——信奉马克思主义！这就更难以接受。

尽管柯鲁克不信基督教，他却仍然陪伴着伊莎白一家人，走进教堂去做礼拜。柯鲁克一开始就表现出"求同存异"的豁达，显得非常随和。他在日记中不无自信地写道："至于政治立场，我未来的岳父岳母是有良知

志同道合的伊莎白和柯鲁克在成都相识、相恋（摄于1940年）

的人，他们相信献身于某种社会事业，即使是他们不认同的，也比献身个人利益好。"

聪明的柯鲁克有充分的耐心"拿下"岳父岳母。他从来自西藏的小贩那里买来了一件精致的工艺品——他认为是一只茶壶——送给了饶和美。喜欢把玩工艺品的饶和美爱不释手。后来才弄明白，这不是茶壶，而是一只酒壶。饶和美夫妇所属的基督教加拿大英美会，是严格禁酒的，这就引起了他们关于酒的争论。

饶和美认为："酒会乱性，是邪恶之物。《圣经》告诫我们：'不要醉酒，酒能使人放荡；乃要被圣灵充满。'"

柯鲁克则非常客气地说："你说的这一段，出自《圣经新约·以弗所书》第五章十八节。耶稣要求我们'不要醉酒'，并没有说'不要喝酒'啊！喝酒和醉酒，完全是两码事啊！"

细细想来，柯鲁克说的有点道理。因为《圣经》中有多处涉及酒，但确实没有说信奉了耶稣就要禁止饮酒。

柯鲁克对饶和美说："《圣经新约·约翰福音》第二章里就记载了，耶稣所行的头一件神迹，不就是在迦拿的一个婚宴上，因为酒不够了，于是把水缸里的水变成了酒，帮主人家解了围吗？"

饶和美心里想了想，嗯，也对，上帝把五谷和新酒赐给人，按照教义，只要不醉酒就不算犯罪啊！

这样的探讨丝毫不影响感情，反而消除了疑虑与隔阂，彼此更加深了了解。

而喜欢观察和思索的伊莎白，早已经对从小浸淫其中的基督教产生了质疑。看看那些拥有大量用人、住着洋房子的传教士，过着多么好的物质生活，与中国教徒的生活有着天壤之别。他们给娃娃举行一次生日派对所花费的钱财，就足够中国教徒一家人吃一个月。

伊莎白一方面感激父母在中国生下自己，一方面又常常感到身为加拿大传教士的父母所崇信的有些虚幻。

她亲眼看见，基督并不能使身处穷乡僻壤的苦难农民摆脱疾病和饥饿。她去加拿大，进了多伦多大学，六年后回到中国，面前依旧是那幅满目疮痍的景象，与她走时没啥两样。所不同的是富人更加富有，穷人的境遇则更加凄惨可悲。

柯鲁克一直鼓励伊莎白的质疑精神。但是，伊莎白对于革命、暴力，没有什么好印象。她认为，可以用"圣雄"甘地的和平手段，和风细雨、有条不紊地对社会进行改良，不能操之过急。而柯鲁克认为，中国已病入膏肓，只能做外科手术——采取革命手段才是唯一的出路。

他俩在如何改变中国这个问题上，还有不小的分歧。

1940年，伊莎白接受了中华全国基督教协进会（中国基督教会的全国性组织，简称协进会）在四川创办乡村建设实验区的工作，去了璧山兴隆场。除了做人类学田野调查，雄心勃勃的伊莎白和同事们还试图办一个小小的食盐合作社，使穷苦村民免遭奸商盘剥。这样一个好项目，却只运行了半年就夭折了，这让伊莎白很沮丧。

柯鲁克曾多次到兴隆场看望伊莎白，他也从自己的角度，给了伊莎白一些建议。

当食盐合作社在兴隆场顺利地打开局面时，伊莎白异常乐观，柯鲁克却并不看好。食盐合作社解散后，柯鲁克冷静而客观地对伊莎白分析道："只是这一点小小的改革，有关食盐的公平买卖的事情，因为触犯了某些权贵的利益，就遭到了疯狂的反击。你能和风细雨地去说服那些财主吗？'求求你们了，少剥削我们一点吧！'行吗？绝对不行。失败是预料中的事，别气馁。别忘了，你还有更崇高的目标——做好人类学研究，这有利于中国，也有利于世界。"

伊莎白感到，这不只是深深的相知，更是一种暖彻心窝的真爱。

柯鲁克已经急不可待地向伊莎白表白，希望尽快进入谈婚论嫁的环节，而伊莎白却要他等一等。柯鲁克想：还要等到什么时候啊？

泸定桥上的求婚

1941年的暑期到了。

柯鲁克给身在兴隆场的伊莎白写信，告诉她，他准备带几个学生去打箭炉远足，顺路去泸定看看铁索桥——斯诺在《红星照耀中国》中所描绘的红军冲过铁索桥的故事，他早已绘声绘色地给伊莎白讲过了。

伊莎白回信说：我也打算去那里。我们约好，7月23日下午，在泸定桥相会。你若能按时到那里，我将接受你的求婚。

柯鲁克收到这封信，喜不自胜。立即准备，出发。

伊莎白积累了很多在山区生活的经验，她背着行囊，经雅安，翻二郎山，昼行夜宿，一路顺利前行。

大约六年前，即1935年，红军曾在横断山脉的皱褶间艰难前行，在饥饿与寒冷的折磨中，走过长征中最险恶的路段，并写下了许多气壮山河的标语。一路上，读着红军的标语，伊莎白知道，离泸定越来越近了。

经过多次争论，反思，再争论，再反思，伊莎白渐渐接受了柯鲁克的观点：当时的中国就像一个得了肿瘤的重症病人，吃药，安抚，都无济于事了，只会被拖垮、拖死。唯一的办法就是采取外科手术，彻底把这一块肿瘤切下来。革命就相当于外科手术，肯定会引起流血甚至牺牲，肯定要付出代价。但是，从长远来看，这是必要的。斯诺所记录的二万五千里长征，就是中国共产党用革命手段改变中国的壮举。

伊莎白回想着与柯鲁克的争论，不知不觉就来到了斯诺描绘过的泸定桥头。

这是7月23日午后，很显然，伊莎白先到了。

桥头的小茶馆走出来两位同学，跟伊莎白打招呼。他们一脸汗水，一瘸一拐，显然是经过了好一番折腾。他们告诉伊莎白，有一位同学崴了脚，柯鲁克一路上照顾他，走得很慢。一位同学说："抬滑竿的脚夫已经去了，搞得快的话，用不了多久，他们就会走到这里。"

苦苦等了三个小时，两位同学都失去耐心了："不知道他们还要多久才走得拢，我们先到旅店休息一会儿吧。"

伊莎白笑笑说："我在这里等吧。"

直到黄昏时，柯鲁克魁梧的身影才出现在伊莎白的眼前。

有十来天没有刮脸了，柯鲁克满脸胡须，两颊泛红，浓密的头发被山风猛吹，如腾起的火焰。他像谁？哈，活脱脱一个绿林豪杰罗宾汉！

柯鲁克笑了："我知道，你肯定会在这里等我！"

伊莎白说："不等你，等谁？"

柯鲁克说："我们一起，到桥上去走一走。"

伊莎白说："好，我们一起走！"

突破了群山层层包围的大渡河，一河怒涛如群狮咆哮，震撼着两岸山谷，也震撼着伊莎白、柯鲁克两个年轻人的心。粗壮的铁索横空掠过，铁索冰凉，木板摇晃，他俩手牵着手，一步一步地挪动着。

柯鲁克喊着："别往下看，看前面！"

伊莎白喊道："别管我，一步步走好！"

一步步走到了桥中间，他俩相视一笑。

同学们也跟着上桥了，桥像秋千一样剧烈晃动起来。柯鲁克一手抓着铁索，一手牵着伊莎白，哈哈大笑着说："前面没有机枪扫射，后面没有追兵，我们怕什么，紧张什么！"

伊莎白也笑起来，对着后面的同学喊："别怕，一步步走稳！"

柯鲁克和伊莎白快要走到桥的尽头时，柯鲁克对伊莎白大声喊道："我要当着大渡河的面，向你求婚！"

伊莎白故意问："你在说什么？"

柯鲁克说："我向你求婚！我爱你，伊莎白！"

伊莎白说："我爱你，大卫！"

在雷鸣般的水声中，他俩热烈相拥。

太阳落山了，晚霞如火。大渡河的每一朵浪花，都在燃烧！

他们说了些什么？以后数十年，漫长的人生之旅，他们风雨同舟，携手并进，实现了泸定桥上的海誓山盟。

大渡河做证，他们相爱一生！

回到华西坝后，"罗宾汉"把脸刮得干干净净，又变成了儒雅书生模样，再穿上笔挺的西装，更加帅了。伊莎白和他都明白，虽有大渡河铁索桥上的"私订终身"，但老人们非常看重的"求婚"程序，省略不得，更马虎不得。

于是，选定了美好的一天，精心打扮了一番的柯鲁克，手捧一束鲜花，按响了校南路7号饶和美教授家的门铃。

第五章／

青春的丰碑：《兴隆场》

1911年爆发了辛亥革命，推翻了封建帝制，建立了中华民国。可是由于军阀连年混战，四川的老百姓并没有过上好日子。

　　在离陪都重庆不远的璧山兴隆场（今大兴镇），有日寇飞机在头顶飞过，有爆炸声响起。伊莎白深切感受到：这就是战争！它使民众的苦难更加深重了。

　　伊莎白和俞锡玑，在抗战中最艰苦的岁月，来到兴隆场做人类学田野调查，并写出《兴隆场》的初稿，实在令人钦佩。

初识晏阳初

伊莎白从杂谷脑河归来之后，华西边疆研究学会的前辈们对这位浑身洋溢着青春气息的加拿大姑娘，不能不刮目相看。她绝不是那种凭一时的好奇心，在险山恶水中寻刺激的姑娘，她是在扎扎实实地做自己的学问。葛维汉向专家们介绍说，在羌寨佳山，在藏寨八什闹，她克服了重重困难，白天走村串户，夜里整理笔记，带回来一大堆有关人类学的珍贵资料，真是不容易。

此前，华西协合大学医学院的莫尔思，带着他的学生杨振华等人走村串寨，已经在体质人类学方面做了卓有成效的研究工作。伊莎白会沿着这条路走下去吗？

让华西边疆研究学会的中外专家暗暗吃惊的是，伊莎白并未沿袭前人的路探索，她完全是另辟蹊径，走自己的路！

按人类学奠基人马林诺夫斯基的学说，人与人的差异有两个方面，即"体质"和"心灵"。

体质人类学用了比较精确的方法及一套复杂的定义，把人类各支系依他们的体形及生理特性，分成不同的类型。

文化人类学研究"心灵"的差异。不同的语言、习惯、思想和信仰，又被组合在不同的社会组织中。以上的差异和所谓"社会嗣业"，正是文化人类学的主要概念。

很显然，伊莎白要在中国研究文化人类学。

伊莎白正准备深入杂谷脑河谷的藏羌山寨继续探索时，却突然接到一项新的重要任务。

1940年，协进会的农村工作任务有重大调整，由原来的福音传道、公共教育和公众健康三大任务，改为改善农民生活、推动经济发展两大任务。这是因为抗战已经进入最艰苦的阶段，四川农村经济濒临崩溃的边缘，协进会若不在"民生""经济"上贡献力量，怎能体现救苦救难的大爱之心呢？

于是，协进会确立了一个以璧山兴隆场为调查点，由齐鲁大学孙恩三教授负责的项目。经加拿大教会推荐，协进会选中了伊莎白去做田野调查，首要任务是感知当地群众的实际需求，为即将实行的乡村建设计划打下良好的群众基础，其次是筹办一个食盐合作社，使当地穷苦百姓免受盐价暴涨之苦。

对伊莎白而言，去兴隆场，就不得不暂时舍弃已经熟悉的藏羌村寨，走向陌生的川东璧山——在人类学的前辈没有涉猎的地方，迎接一次新的挑战。

去璧山之前，葛维汉匆忙赶来通知伊莎白："你不是想见晏阳初吗？他现在就住在老南门内文庙前街15号省政府招待所，但是他很忙，如果今天下午3点你能赶到，就可以去拜访他。"

伊莎白真是喜出望外！在这样关键的时刻，能和享有国际盛誉的平民教育家晏阳初先生见面，不仅是一种荣耀，更能增加自己对未来工作的信心。

伊莎白骑上自行车，从校南路出发，一阵风出了校门，经小天竺街、万里桥、南大街，轻轻按几下铃铛，不到20分钟，就钻进了文庙前街。她试着念了一声："晏阳初！"真是一个悦耳的名字啊！抬头望望湛蓝的天空，初秋的阳光，温暖而透亮。

伊莎白早就听葛维汉讲过，晏阳初1918年毕业于耶鲁大学，是学者中的学者，精英中的精英！他不求当官发财，经常骑着一头小毛驴，在河北尘土滚滚的农村奔忙，"吃土又吃苦"。他在定县（今定州）苦心经营了八年的平民教育，吸引了500多名中国知识分子参与，已经卓有成效。只因日本侵华，河北沦陷而被迫中断。

早在1924年，四川的乡村建设运动就开始了，当时成立了成都平民教育促进会分会。此后，四川乡村建设学院、四川平民教育促进会陆续成立，并相继开辟白沙、复元、嘉陵、新丰、歌乐山等乡村建设实验区。1940年，晏阳初在北碚歇马场创办了中国乡村建设育才院（后改名为中国乡村建设学院），培养乡村建设人才，乡村建设实验又有了新的进展。

协进会的璧山兴隆场项目，与晏阳初的乡村建设实验有着同样的振兴农村的目标。经葛维汉介绍，晏阳初也很乐意与志同道合的加拿大年轻学者伊莎白面谈。

在文庙前街15号，刚刚送走客人的晏阳初，听门卫在身后喊："晏先生，有客来会你！"他回头一看，金发碧眼、身材高挑的伊莎白，披一身阳光，大步流星走了过来。伊莎白远远伸出手说："晏博士，您好！"

一老一少，热情握手。

晏阳初想，他刚给葛维汉打过电话，伊莎白就风风火火地赶来了，真是快啊！这个锐气逼人的年轻的人类学者，宛如从深山中急急奔来的一股涌泉，谁也无法预测她的未来将会如何波澜壮阔。

50岁的晏阳初，慈眉善目，亲切地微笑着。他贴心的问候，让伊莎白联想到她的中文老师讲的"水深而静"的大江大河。

"涌泉"与"江河"，因为有着奔向海洋的同一目标，自然相会了。

伊莎白特别欣赏的是，中华平民教育促进会的领导人不叫主席，也不叫总裁，而叫总干事——总干实事的人。

伊莎白说："见到您真高兴，您是中国人引以为傲的实干家。"

晏阳初谦和地说："我没有什么值得骄傲的。中国，号称五千年文明古国，却有那么多文盲，实在让人羞愧！"

他们坐下来，一边喝茶一边摆谈。

晏阳初简单地介绍了他的教育理念："'民为邦本，本固邦宁。'这一句在中国社会流传了数千年的至理名言，过去由于中国社会历史条件的限制，没有也不能认真地去实践。直到中国进入民国以后，这句话还只是令人向往的一句空话。今天如果大家认为是'人民世纪'，就必须从事这种固本的工作。乡村建设就是从经济、政治、教育、卫生各方面为占全国人口80%的农民谋求改善生活的工作，所以乡村建设运动就是固本的运动。"

伊莎白很想知道，晏阳初是虔诚的基督徒，如今是平民教育大家，这样的"大转变"是如何形成的。

晏阳初告诉伊莎白，第一次世界大战结束时，他刚从耶鲁大学毕业，就被北洋政府派往法国，为中国劳工当翻译。

在法国，他所接触到的5000名华工，吃苦耐劳，勇敢善良，头脑聪明。他们并不比洋人差啊，为什么中国比欧美国家落后那么多？看看这些劳工吧，他们缺什么？缺文化！缺教育！"大脑矿藏"没有被开采利用起来，几乎完全荒废。

他大胆试验，先教35名劳工认字。四个月之后，他们居然能写简单的家信了，这让其他劳工又羡慕又振奋。第二次招生，就有300名劳工报名；第三次招生，竟有1000名劳工报名。最早毕业的35名华工，成为新教员，活跃在工营。35名新教员为了教别人识字，又怕教错了或不会教而失面子，便努力充实自己，不断进步。由此，晏阳初发明了先学引导后学的"导生传习制"。在法国，他摸索出了扫除文盲最快捷最有效的办法。

经过一战的历练，又取得了扫盲的经验，晏阳初大彻大悟，立志开创中国的平民教育事业。

"要改变中国，首先要改变中国的乡村，针对国民的愚、贫、弱、私四大毛病，推行平民教育是最佳的切入点。"

对于晏阳初的观点，伊莎白完全心领神会。

晏阳初认为，改造好乡村，办好平民教育，才能救苦救难。这需要一大批"走出象牙塔，跳进泥巴墙"的知识分子全身心地投入。伊莎白临走时，晏阳初说："在中国，有文盲，也有'民盲'。'民盲'就是身处社会上层不知民间疾苦的人，这种人也是瞎子！"

与晏阳初对话，伊莎白感到非常愉快。虽然晏阳初讲的那些话，她还不能完全理解和接受，但她坚信，只要像晏阳初那样"吃土又吃苦"，自己就一定能出色地完成璧山兴隆场的田野调查任务，在人类学方面取得一些成果。

璧山的天空和村庄

一辆烧木柴的长途汽车，冒着浓烟，在盘山路上经过三天颠簸，从成都开到了璧山。伊莎白带着一身烟熏味下了车。先期来到兴隆场的俞锡玑，一个有着圆圆的脸，看上去非常和善的姑娘，专程到县城车站来接伊莎白。

重庆璧山区璧山县县政府复原建筑（摄于2021年）

偏僻的璧山，爆发出空前的抗战激情。抗战的标语、横幅贴满街巷，从沦陷区流落到璧山的大中学生和本地中小学生一起，走上街头，高唱着抗战歌曲。戏剧教育家熊佛西的演出队正在表演街头剧《放下你的鞭子》，吸引了很多观众。

突然，空袭的警报声尖啸起来。伊莎白跟随俞锡玑躲进了防空洞，直到警报解除，她们才往兴隆场赶。从县城到兴隆场，不到20里路，竟然走了一天。

就在三天前，默默无闻的璧山突然在中国甚至在全世界都出了名，因为一场中国空军与日寇空军的大战在璧山的天空上演。

1938年10月，广州、武汉先后失守。中国空军大撤退，进驻四川，以保卫陪都重庆。

二战前，日本的年钢铁产量近600万吨，而中国仅有5万吨；开战后，中国工业受到重创，一蹶不振。日本能造航空母舰、飞机、大炮、坦克，中国只能造步枪、轻机枪。一个贫穷落后的农业国，与先进的工业强国硬拼，怎能不付出惨重代价？尤其在航空工业方面，日本年产能已达到1580架飞机，而中国却只能依靠苏联飞机。

1940年9月13日清晨，日本海军航空队的36架轰炸机在13架零式战斗机的护航下，从三个方向直扑重庆。中国空军第三、第四大队的34架苏制伊-15、伊-16战斗机全部出动，迎战日机。

双方机群在璧山上空遭遇，日本护航的零式战斗机随即抛掉副油箱冲出编队。中国空军按照以往经验，立即散开，利用自身战机机动性好的优势，在空中画着大圈，力图咬住这种日本新型战斗机。然而，中国飞行员发现，日本这种新型战斗机速度更快，机动性更好，火力更强劲，远超中国使用的苏制战斗机。

空战，从3000米的高空打到1000米的低空。璧山的天空，爆开一团团火球，在凄厉的尖啸声中，中国战机纷纷被击落。空战结果，一种说法是中国战机损失了27架；另一种说法是中国战机全毁13架，损伤11架，人员阵亡10人，伤9人。据日方资料记载，有4架零式战斗机被中国空军击伤。

璧山的天幕，用烈火与鲜血书写了悲壮。一架坠毁的中国战机，就在兴隆场的田坝里熊熊燃烧，后来这块田被叫作"飞机田"。璧山百姓看到的，是何等揪心的一幕！

空战之后，满天阴霾。兴隆场的空气中，焦煳味久久无法散去。

长长的石板路，逶迤于浅山丘陵之中。俞锡玑一边走一边介绍说，乡村建设的华西实验区就在璧山，晏阳初的办公地在来凤驿，梁漱溟创办的勉仁中学也在来凤驿，卢作孚创办的模范小镇北碚离这里也不远。

这意味着，伊莎白与当时中国投身于乡村建设的一批文化巨擘靠得很近。

谈到几天前的空战惨败，所有的人都知道，国家已经到了最危险的时候。税收与征兵的巨大压力，必然会波及兴隆场。对兴隆场的社会调查，在抗战时期这一特定历史背景下，无论是对于协进会制定战时新政策，还是对于人类学家收集鲜活资料，都极为重要。

苍茫暮色之中，一棵巨大的黄桷树挺立在岔路口，粗壮的枝丫仿佛伸出的长臂，在招呼远客。

俞锡玑说："兴隆场到了。"

一边是一块块冬水田，夹在树木和草丛间，高低错落，映照着灰蒙蒙的天空；一边是两排高高矮矮的民房，夹着场镇唯一的通道—— 一条三尺宽的石板路。石板路随着山坡起伏蜿蜒，伸向远方。

走进场口，臭味扑鼻而来。俞锡玑要伊莎白小心脚下，别踩着牛屎猪粪。这是什么地方？整条街简直就是猪圈和垃圾场！还有一个个大小水凼散布其间，稍不注意就会让人栽倒。

伊莎白注意到，稍微好一些的房屋，下半截墙体用红砂石砌成，配上粉墙青瓦和厚重木门，门上贴着门神，便显得高出邻居一头。夹杂其间的低矮平房，有的粉墙破旧，甚至露出竹篾黄泥，有的门窗朽烂，甚至歪斜欲倒。贫富差距，由此可见。

正是吃晚饭的时候，呛鼻的柴烟满街乱窜。不时从暗处蹿出一两条野狗，被挑行李的苦力大声呵斥，闪到路边。

近1500户人家，有82户就这样挤在场镇上。其余的1000多户人家，散居在场镇外的丘陵之中。此刻，远处山色如黛，炊烟袅袅，灯火闪烁，不时有狗吠声传来。俞锡玑说，因为匪盗厉害，几乎家家户户都养狗。

初来乍到，伊莎白对兴隆场的印象，确实很差。

俞锡玑宽慰伊莎白说："明天是赶场天，情况就完全不同了。"

赶场天确实大不一样。人山人海，推挤喧嚷，像一股汹涌的洪流淹没了整座集镇，死气沉沉的场镇瞬间变身，成了繁荣的商业中心。

伊莎白在给父母的信中写道：

> 我非常喜欢整个旅程。早上8点半到达了璧山，大约半小时后发出了空袭警报，这使我直到下午6点才到达兴隆场。入口处有一棵巨大的黄桷树。……这个场镇的面积至少是我预期的两倍。这里有一条迷人的街道，走在上面，好像在探索一个迷宫。

大概是不想让父母为自己操心，任何艰难困苦，在伊莎白笔下都是轻描淡写的。难道说，此次兴隆场之行，是在"一条迷人的街道""探索一个迷宫"吗?

这是一张摊开在大地上的试卷，考验着人生地不熟的伊莎白。

俞锡玑和蒋旨昂

在协进会孙恩三教授的领导下，投入这项"感知"任务的，除了伊莎白、俞锡玑，还有一名医生朱秀珍和一位教员李文锦，全是女性。她们四人在镇上开办了一家诊所、一所幼儿园和一个妇女识字班，还要去镇上小学教卫生学和公民学。

伊莎白的合作者俞锡玑，出身于书香门第，是清末经学大师俞樾的玄孙女，她的父亲俞同奎曾任北京大学教务长、化学系首任系主任，后在南京国民政府教育部工作。俞锡玑在上海沪江大学读的是社会学系，毕业论文的社会调查还是在北平周边完成的。1937年刚大学毕业就遇上了"七七事变"，她不得不滞留日占区北平。这个"袖子一挽就要做事"的泼辣能干的姑娘，在北京协和医学院医疗社会服务部找到一份实习工作。当时，门头沟一带已经有八路军的地下武装在活动。一些八路军伤员混在被骡马踢伤的矿工之中被送到协和来治疗。对此，俞锡玑和其他医疗社会工作者心领神会，暗中帮助这些伤员。但是，日本特务也渗透到了医院中。一次，俞锡玑偶然发现一个在医院工作的男子在病人病历上做了特殊标记，一个伤员的病历上竟然用英文赫然写着"此患者是八路军"的字样。俞锡玑把标签拿给好友吴贞看。显然，伤员的身份已经暴露，作为同情者的俞锡玑处境也非常危险，吴贞建议她赶紧逃走。

俞锡玑独自从日寇占领的北平，经天津、大连、上海、香港、河内、蒙自，辗转数千里到了西南大后方。当时上海已经沦陷，来自"敌伪区"的俞锡玑要前往大后方，需要一个合适的身份。当时协进会正准备派工作人员入川，而中国卫理公会的会督、协进会的总干事是俞锡玑的表姐夫，俞锡玑又是教会大学的毕业生，协进会便决定派俞锡玑入川。

晏阳初还委派华西协合大学社会学系的蒋旨昂到兴隆场，协助伊莎白、俞锡玑开展工作。对伊莎白而言，蒋旨昂既是同道，又是学兄。他的经历，伊莎白早有耳闻。

蒋旨昂在燕京大学社会学与社会服务系读书期间，就发表了人类学论文《卢家村》。

20世纪二三十年代，在改造农村社会的所有实验区里，燕京大学主持的清河实验是真正意义上的专业社会工作实践，因为参加实验的人员均是受过社会学专业训练的燕京大学师生。蒋旨昂曾担任清河实验区的社会服务股股长，主要负责儿童工作（包括教育和健康）、妇女工作（包括教育、手工和家事改良）和社会教育工作（包括办壁报、旬报，开设图书馆及平民学校）。在这次实践中，蒋旨昂受到了良好的专业训练。

《卢家村》是一篇调查报告。当时，卢家村属于河北省昌平县（今北京市昌平区），距离清河实验区很近，故而蒋旨昂有机会对其进行为期长达一年的实地调查。他住在村子里，与农民"同吃、同住、同劳动"，所得到的资料丰富、翔实。不少研究民国时期华北农村的论文，以《卢家村》的记载为原始资料，引用率很高，可见其学术价值之高。

1941年，刚满30岁的蒋旨昂，就在华西协合大学社会学系担任副教授，并开始对"社区政治"进行研究。他发表的《战时的乡村社区政治》是他"社区政治"研究的理论成果。

幽默、风趣、温文尔雅的蒋旨昂，接受了晏阳初的委托，经常来兴隆场，毫无保留地向伊莎白介绍自己做田野调查的经验和体会。他说："同吃、同住、同劳动真不是闹着玩儿的。"他没有讲自己，但讲了一个社会学前辈李景汉在定县翟城村入户调查的故事：

> 那一家农户为了表示对李先生的尊敬，烧水泡茶，并拿出了久已不用的茶壶、茶碗，上面积了一层厚厚的灰尘。那家人用一条又脏又黑的毛巾反复擦亮，倒上茶水，请李先生喝。当时李先生心里在打鼓，茶壶里面不知道装着多少细菌啊。但是又想，做社会调查，就要与民众打成一片，这壶茶就必须喝，否则，就不用做社会调查，明天就得收拾行李离开定县。他心想，农民是人，我也是人，我为什么不能喝？一咬牙，一口气喝了下去。

蒋旨昂的英语极为流利，还带有黑人口音。他解释说，在美国留学期间，为了节约经费，他住在黑人较为集中的"贫民区"，听黑人对话听得多了，自然就"染"上了黑人口音。

伊莎白、俞锡玑和蒋旨昂经过多次交流，都觉得很有收获，感觉非常愉快。

一座老屋，一位百岁老人

兴隆街86号，一座老房子，灰砖瓦，石门框，门额上荒草萋萋，院子里青苔斑斑。这是兴隆场留下的唯一的老房子，也是当年伊莎白和俞锡玑办妇女识字班的地方。

伊莎白在《兴隆场：抗战时期四川农民生活调查（1940—1942）》

伊莎白在兴隆场办妇女识字班的地方——兴隆街86号（摄于2021年）

（简称《兴隆场》）一书中写道：

> 在兴隆场，15岁以上的居民中，大约70%的男人和98%的女人没进过学堂……政府诏令所有16到40岁的文盲必须参加三个月的学习。我们使用大众教育读物，学校被分为少儿班和妇女班。
>
> 我每周三天教女孩跳民间舞蹈，俞老师教已婚妇女家庭理财。

书中记录了妇女识字班18名学生的姓名，年龄从11岁到24岁。当时16岁的曹红英，如今是识字班唯一健在的伊莎白的学生。因为伊莎白中文名字叫饶素梅，学生们都叫她饶老师。

说起伊莎白，曹红英老人一下子激动起来，说到动情处老泪长流："伊莎白是好人哪，没得她，就没得我一辈子的好运气呀！"

近百岁的老人，有关青春的记忆，如画面一帧一帧闪过，还是那么清晰。

上课了，伊莎白点名，清脆的声音响起："曹红英！"

曹红英回答："有！"

有什么啊？课桌上，有一本薄薄的书《平民千字课》、一支铅笔和一册习字本。课桌前，有注定要在当时社会受歧视、没文化的"睁眼瞎"女子。曹红英和同学们当时并没有意识到，改变自己一生命运的行动，就从这简陋的课堂开始了。

《平民千字课》是由陶行知与朱经农根据陈鹤琴《字汇》中统计的频次最高的常见字共同编写的一套用于推行平民教育的教材。《平民千字课》用1000多个常用汉字组成了96篇课文，每课后面将生字单列出来，以突出重点。晏阳初在进行平民教育时也采用了该课本，并且根据实际情况做了调整。比如，第一课《读书》，第二课《报名》，第三课《平等》……

伊莎白最喜欢听学生们在认得每一个字并弄懂意思之后齐声朗读课文的声音：

你是人，
我是人。
不分贫与富，
不分卑与尊。
同是中国人，
人人该平等。

曹红英上了识字班，能读读写写了，自信的笑容挂在脸上。爱笑的女孩子有好运。那天，她趁天气好将自家的花生晒了一坝。一位翩翩少年路过时说道："哦哟，好多花生啊。"曹红英一笑："请啊，随便吃。"这少年才注意到，这个晒花生的女孩子模样乖巧，挺好看，不由得愣住了。曹红英顿时羞得满脸通红。

这少年是孙家孙绍良的儿子孙辉映，正在上高小六年级，后来继续读书并当了小学教师，在兴隆场算是文化人了。经媒人出面撮合，孙、曹两家举办了订婚宴，将协进会的女工作人员全都请去喝了喜酒。宴席上，气氛热烈，一片欢声笑语。

因为曹红英找到了如意郎君，识字班的姐妹叽叽喳喳，兴奋了好多天。曹红英更是整天乐呵呵的，陶醉在幸福和甜蜜之中。

曹红英说："我那老头子，后来当上了小学校长，我们养育了六个娃，若不是伊莎白让我上了识字班，我咋个配得上他嘛。"

曹红英床头有一个大相框，最显眼的是老夫妻的金婚照，还有1981年伊莎白回到兴隆场时，曹红英和伊莎白、俞锡玑的合影。曹红英的儿媳妇说："妈妈天天都要看这张照片，想念伊莎白。"

当伊莎白了解到曹红英的孙子川川上大学有困难时，她便慷慨支援，直到这孩子从四川美术学院毕业。

古老的兴隆场，两百多年来如死水一潭，只有赶牲口的吆喝声、茶馆里的喧哗声、做买卖的吵闹声、哗哗的麻将声、地痞流氓的打闹声……而今，场口上突然响起18名女子响亮整齐的读书声，让人一怔！

赶场的人们透过窗户，看见一色的女子正端坐在桌前聚精会神地听课，还有一位会讲中国话的洋人姑娘在上课，真觉得不可思议。

变了，变了，兴隆场开始变了！

手握打狗棍，走访上千家

做人类学研究，最重要的基础工作就是田野调查。

逐户调查开始于1941年1月。那时伊莎白已在镇上住了四个月，她和俞锡玑设计、油印了一份包含户主的性别、年龄、家庭住址、经济状况、居住条件等内容的调查问卷。

从1941年1月到5月下旬，用了差不多五个月的时间，伊莎白和俞锡玑握着打狗棍，将兴隆场1497户人家挨个走访了一遍，按调查问卷，细细填写。

由于匪盗猖獗，散居于山间的农户，家家养狗，看家护院，不让生人走近。同时，各家各户也习惯于过各人的日子，很少往来，就连保甲长、治保主任等也常吃闭门羹。这样，赶场天便给伊莎白和俞锡玑做调查提供了好时机。

兴隆场三天赶一次场，按习俗，已婚女人可以像男人一样出门赶场，只是不方便在公共场所逗留，她们巴不得有个地方歇歇脚，喝碗热水，再摆一会儿龙门阵。

这样，每逢赶场天，伊莎白和俞锡玑的住所和办公地就门庭若市，成了妇女专用"茶馆"。

这边在喊："张婆婆，来这儿坐一哈哈儿嘛！"

那边在应："李大娘，我硬是要歇口气了。"

这个嬢嬢，那个姑姑，这个二婶，那个幺妹，喊得热闹，说得亲热。板凳上坐一坐，擦把汗，喝碗水，逗一逗背上的娃娃，说一说家长里短，一阵哈哈笑声，消除了疲劳。全是女人们来来往往，不会引来任何闲言碎语。随着"好客"的名声愈传愈广，客人越来越多。每逢赶场天，专用"茶馆"场场客满，坐了一坝人。

旁边，朱医生的诊所，也为田野调查起到了穿针引线的作用。

比如，伊莎白与候诊的病人闲聊几句，关心一下病情，病人就会说起曾经求助于端公神婆、江湖庸医的失败过程；谈及医疗费用，病人或家属就可能谈到家中的经济如何差，又是如何苦苦支撑等情况。

就这样，伊莎白她们在与乡民逐步建立起信任的同时，也彻底打消了乡民心头的疑虑。乡民原本以为她们造访，是替征兵、征税的政府办事呢。

兴隆场乡村的路大多是黏性很强的黄泥巴路，微雨一下，又溜又滑，有时粘住了草鞋让人拖不动腿，有时又能把人摔个四仰八叉。

当伊莎白和俞锡玑手握打狗棍，走到偏僻的独家独户，恶狗扑上来狂吠时，她们会呼唤女主人的名字。女主人推门一看是伊莎白和俞锡玑，便喝住了看家狗，笑着说："饶老师、俞老师啊，快进屋里坐，屋里坐。"

伊莎白与俞锡玑配合默契，发挥所长，每次家访话题取决于当事人一时的兴之所至。虽然这种漫无边际的谈话效率极低，但却是对小镇上各色人等采取不同方式应付生活中种种矛盾的忠实记录。

两个姑娘握着两根打狗棍，时而拨开荒草走向竹篱茅屋，时而敲着土路奔向田边地角，时而敲开豪门寻访权贵人家，时而钻进茶馆旁听"讲理"解决纠纷……在兴隆场平静的外表下，有尖锐的甚至戏剧化的冲突。随着调查的深入，她们获取的资料越来越多，也慢慢了解到兴隆场的历史沿革。

1740年，这里还是个山垭口。一棵黄桷树撑起巨伞，撒下一片浓荫，有凉风悠悠吹来，走累了的旅客便在树下小憩片刻。

之后，树下有了一家小客栈；接着，有一位叫唐明轩的生意人在这里开了一间小茶馆。随着"湖广填四川"的人口大迁徙浪潮袭来，村民孙忠禄的祖先最早从闽粤交界处迁来璧山，随后搬到村子北端孙家院现在的位置住下来。钟家搬来的时间稍靠后些。

随着移民猛增，荒野变熟田，农副产品交易的需求增大，这里自然形成了摊点。1790年，一条通往璧山的石板路竣工后，兴隆场一跃而成为这一带最先出现的集镇之一。

调查期间，有时俞锡玑与伊莎白一起出门，有时俞锡玑单独出门，所见所闻，回来就跟伊莎白说，伊莎白就连夜用打字机详细记录下来。

就这样，以日记形式写下的长达36万字的抗战时期四川农民生活调查报告——《兴隆场》的初稿，就在夜以继日的打字声中完成了。

抗战时期川东农村的苦难画卷

《兴隆场》用工笔描绘般的细密文字，全景展示了抗战时期川东农村的苦难画卷。

兴隆场，既属于农村，又是商贸与农副产品的集散地，所以在烟火中展现出千姿百态。一些民风民俗，比如神婆看卦、端公跳神、挂红治病、娶亲冲喜、茶馆"讲理"、做冥寿、杀年猪、舞龙灯等，书中都有生动的描写。

比如62岁的村民卫顺生病死后，很显然伊莎白和俞锡玑取得了死者家属的充分信任，才得以连续八天八夜观看祭祀场面（其实是巫术活动）。

死者生前并未得到应有的照料，与家人关系相当紧张，但丧葬却耗费了大量人力、物力、财力。巫术活动养肥了道士、端公、巫婆，还催生了一条"产业链"。这条"产业链"充分利用了一种普遍心理，这就是谁都害怕担上"不孝"的恶名，于是在举办丧事时进行攀比，形成"烧钱"比赛。不言而喻，这种恶劣习俗给当地百姓造成了很大的负担，有的家庭甚至因为办丧事而倾家荡产。

1941年，中国进入抗战最艰苦的时期，物价飞涨，民不聊生，四川农村经济处于崩溃的边缘。越是深入调查，越是触目惊心：底层的百姓，真苦啊！

"一切为了抗战！"对于重税，政府有充分的理由。无须动员，不用解释，因为不断有日寇飞机掠过头顶，不断传来炸死人的消息，农民们只能将裤腰带勒紧再勒紧，无论如何也要完税。而在兴隆场，农民们需要缴纳七个税种。

除了重税，四川还是主要兵源地，先后有350多万川军奔赴战场。新兵则主要来自农村。一部分农村青年，深明大义，主动报名参军，更多的则是按"三丁抽一，五丁抽二"的规定被动地去参军。伊莎白了解到：1940年夏，兴隆场三分之二的适龄青年都不在家——有1123人通过报名或强征方式在军队服役，其余的纷纷远走他乡，主要目的是躲壮丁！

为什么年轻人要躲壮丁？因为壮丁往往是家中的顶梁柱，一旦参军，全家人的生活将更加困难。伊莎白记录道：为了逃避被抓壮丁，农民巫荣光就剁掉了自己的一根食指。

《兴隆场》还写道：有一名妇女嫁给了一个丧偶的男人，对方有残疾，农活全靠19岁的继子来干。不久，她生下一个男孩。新生命的降临带给他们夫妻的不是喜悦，而是绝望。因为一旦成了四口之家，老大就没有理由不被抓壮丁。为了留下家中唯一的劳动力，产妇不得不溺死刚出生的儿子。

可以想象，写到这一段，伊莎白用颤抖的手敲击键盘时，心灵受到了怎样的震动。

伊莎白的目光，总是停留在社会的底层。

1941年3月17日，兴隆场西边的一个村子发生了一件入室抢劫杀人案。两天后的夜里，兴隆场的山梁上也响起了密集的枪声。枪声引出了村民方贡宝一家多年来被抢劫的故事。方贡宝告诉伊莎白，参与抢劫的土匪中，竟然有四五个兴隆场的同乡！伊莎白劝方贡宝的老婆去县里告状，方贡宝的老婆断然拒绝。她说，抢劫不会被判处死刑，如果歹徒被从宽处理，反而会报复他们。

伊莎白这才明白，在这样的政府治下，勤快老实的劳动者的血汗成果都得不到保护，当土匪做盗贼的犯罪成本如此之低，怎么不让盗匪蜂拥而起，成为灾害？

伊莎白还记录了一个"苦命人"的故事。

古大娘是个寡妇，60来岁，18年前丈夫去世，土匪庞老二前后抢了她家13次之多。到了最后，家里的钱财被洗劫一空，土地也被强取豪夺了。她疼爱的自幼体弱多病的老幺，也被抓了壮丁。她想法送钱送礼，也无济于事。这个古大娘，笃信玉皇大帝，每天早上和晚上，她都十分虔诚地跪地念经，尽管她念不利落一句《玉皇经》（过去是小儿子帮助她一起背诵）。她没有成串的念珠，就用豆子替代，心中祈愿玉皇大帝帮助她脱离苦海。

伊莎白还认识好几个童养媳。

比如赵霍姊，7岁送给邹家当童养媳，12岁了，瘦骨伶仃，身体发育得远远不像这个岁数的女孩。她经常饿肚子，便从婆家跑了出来。她来到伊莎白的协进会办事处时，头发里长满了虱子。伊莎白和俞锡玑把她送回家后，她母亲呵斥道："我不是告诉你，不要回来了吗！"这位做母亲的竟然没有一点垂怜之心，嫂子也反对她留下，第二天，邹家来人把她接回去了。

还有一场悲剧发生在"脾气坏得出奇"的农民陶祝家。

陶妻已是两个孩子的妈妈，即将临盆，陶祝却硬要她冒着酷暑下地收豆子。暴晒之下，她晕倒在地，可陶祝却认为她在装病，便找来棍子将她痛打一顿。她再也没有爬起来，几天后便死于流产、大出血。

…………

伊莎白和俞锡玑用最朴素的语言，不动声色地讲述的这些故事，让人陷入沉思。官、匪、财主的压榨是苦难，是悲剧，底层人们的麻木、自私、凶狠、内斗更是苦难中的苦难、悲剧中的悲剧！这也正是《兴隆场》挖掘出的最深刻、最有价值的篇章。

刻骨铭心的败退

伊莎白和俞锡玑做社会调查时，有关地主洪庆云的描述是这样的：

> 14号房：洪庆云一家（两口人）
> 户主洪庆云大约35岁，是个地主，以前拿收来的地租贩鸦片，如今负责在兴隆场收税，开茶馆，兼做其他生意。洪的原配跟两三个孩子在距此五里靠近茅莱山的乡下居住，14号房里住的是他的小老婆……

这位洪庆云见人总是满脸堆笑，礼数周到，一开始并未引起伊莎白的注意。是办食盐合作社的事，让洪庆云露出了狰狞面目。

抗战全面爆发后，出产海盐的中国沿海地区被日寇占领，仅有四川、云南的井盐在日机轰炸下坚持生产，食盐的供应极为紧张，价格不断飞涨，百姓们怨声载道。

为了应对食盐短缺、遏制逃税现象、恢复财政稳定，国民政府着手改革盐政，并出台政策，鼓励民间成立食盐合作社，以期打破垄断，让盐价回落到合理的水平。

1940年11月下旬，一块写着"兴隆场盐糖合作社"的招牌赫然悬挂在一家商店门口，一时间成为场镇上百姓议论的热点。

这是洪庆云的"杰作"——他出资7000元，纠结一帮狐朋狗友，通过贿赂县政府办事员，在县里完成了注册。这家合作社的出现，让12家小店铺关门歇业。洪庆云有了"合作社"的牌子，不但享受着政府提供的各项优惠政策，还操控集市，把盐价哄抬到1.45元一斤。食盐价格，当时璧山是1.05元一斤，重庆仅为0.70元。没有能力远走的买主，明知"合作社"在敲骨吸髓，也只能咬牙买下高价盐；而决心不买本地盐的买主，宁可长途跋涉到别处去买盐。

此事，促使孙恩三和协进会启动了成立食盐合作社的计划。歇马场的乡村建设专家都很认同。当时，乡村建设学院是蒋旨昂在负责。孙恩三和蒋旨昂一拍即合，决定联手为兴隆场做一件大好事。

1940年12月，乡村建设学院派出了杨晨芳和张富民两位顾问，外带一名年轻的助手来兴隆场工作。一个包括协进会乡村建设工作组成员在内的七人委员会也成立了起来，对办社的程序进行监督。协进会通过与地方名流、学校教员开会，不断向他们宣传食盐合作社的好处。

委员会拟挑选一批思想开明的青年农民进行培训。经反复磋商，选定了曾为兴隆场修过石板路的孙氏家族中的孙宗禄和孙宗尧这一对堂兄弟作为培养对象。

洪氏高价坑人盐未能经营多久，1941年4月，"兴隆场盐糖合作社"宣告破产。洪庆云将袖头一甩，两手一摊，做出一种无可奈何的表情："这两年，生意不好做呀！"

洪庆云本人则用低价将囤积的盐全部买走。

1941年5月底，也就是洪氏"合作社"倒闭一个月之后，食盐合作社开始以每股10元的价格发售股份。起初买主都很谨慎，直到获悉肯做担保的并非私人或者乡村建设工作组这样初来乍到的团体，而是已经在兴隆场存在了35年以上的教会，情况才有改观。一直以来，兴隆场的传教士们与官场和商界保持着距离，享有清廉的好名声。因此很快便有300人报名入社，总共买走了价值一万元的股份。这样一来，不但项目的启动资金有了保障，也开了一个先例。

成功，真是来得太容易了！孙恩三大喜过望！

到了6月，孙宗禄被任命为主任会计，全面负责营销业务，并准备采购第一批食盐。

事情似乎在朝着美好的方向发展。但其实，早在5月下旬，孙恩三与歇马场派来的顾问关系便突然恶化。常驻重庆的孙恩三偶尔来兴隆场，对张富民、杨晨芳非常无礼。恰恰在此时，乡村建设学院急调张、杨及其助手回歇马场，于是筹办食盐合作社的担子就落在伊莎白和俞锡玑的肩上。

屋漏偏逢连夜雨，孙宗尧又奉命去歇马场参加培训。

又一位得力干将离去，让伊莎白后背发凉！她已经感觉到，食盐合作社尚未开张，就已经潜伏着危机。

反观孙恩三，却天真地以为合作社已经大功告成，用不着操心了。

伊莎白始终是清醒的，她在日记中写道：

> 我们对本地风土人情已经有了比较深的了解，所以内心充满忧虑。既担心实验失败使入股社员蒙受损失，又害怕教会因此名誉扫地，再次一蹶不振。不出所料，围绕合作社展开的明争暗斗愈演愈烈，而开张之日也似乎变得遥遥无期。

伊莎白的预感是正确的。

孙宗禄终于买回了食盐，准备存放在沿街21号曹跃显的空房里。此前，曹跃显已加入合作社，很爽快地同意拿自己的空房当仓库使用。没料到，7月的一个赶场天，孙宗禄正忙着请师傅粉刷墙壁、打制柜台，曹跃显的老婆突然出现在门口，朝着孙宗禄又吼又叫："哪个喊你们进来的？搞啥子名堂嘛，简直没得王法了！"

原来，兴隆场的人们都晓得，曹跃显平日只顾吃喝玩乐，老婆才是真正的当家人。她扯起嗓子骂了半个小时，招来众多看客，让孙宗禄根本无法招架。这一闹，合作社只得另选一地做仓库。

伊莎白和俞锡玑分析，曹跃显的老婆跳出来大闹，绝不是孤立的事件——她背后肯定有人挑唆。同时也说明，有钱有势的本地人，对即将开业的合作社是耿耿于怀的。她俩希望合作社尽快开张，为兴隆场的百姓做好事，用事实来回击明的暗的挑衅。

到了8月，合作社即使未胎死腹中，也是处于休眠状态。

让心急如焚的伊莎白难以理解的是孙恩三的乐观："单靠动员乡民集资入股就办起了合作社，这在全四川乃至全中国都是绝无仅有的！真是了不起的成就啊！"

进入10月，一阵秋风冷雨袭来。

"咚咚咚"的敲门声，敲得急促，让人心惊。

从黄昏到半夜，一批接一批的社员前来，要求退股退社。

真让人焦头烂额！因为政府有规定，成员必须达到一定数量，合作社才能得到承认，合作社成员锐减，等于自行解体。孙宗尧、俞锡玑苦口婆心地劝慰，好不容易挽留了一部分社员。但退股退社的暗流，已经掀起了波澜，无法挽回了。究竟是谁在暗中捣鬼，要置食盐合作社于死地？

10月初，伊莎白接到家信，因为母亲摔伤，她不得不急忙赶回成都去照料母亲。在陪伴母亲的这段日子，她不断收到俞锡玑的来信，讲述兴隆场发生的事情。这些信件，串起了食盐合作社最后的故事：

进入11月，终于摊牌了——兴隆场食盐合作社的社员们开会，准备选举经理。

乱哄哄的会场，乱哄哄的社员，三五成堆，不知在吵什么，气氛真有些诡异。选谁当经理？有人提出选经过培训、品行好、有能力的孙宗禄，而有人大声喊出一个名字——洪庆云！

洪庆云？这让协进会的成员们大吃一惊。

这个洪庆云，不就是贩卖鸦片、霸占人妻的洪庆云吗？

这个洪庆云，不就是当地百姓切齿痛恨的洪庆云吗？多年来，他以包税人身份代征田税、米税、牲畜税、屠宰税，变着法子赚了多少黑心钱？

他办的"合作社"，因赚黑心钱垮掉了。他又低价买下"合作社"里积存的100斤盐，转手把其中一部分以每斤1.75元的价格卖给了孙宗禄负责采购的新合作社，剩下的以每斤2元的高价在璧山出售。

这样一个贪得无厌、没有一丝公德心的家伙，如果当选合作社经理，能为大家办好事吗？

"选洪庆云！选洪庆云！"

会场上，居然有那么多人在大吼大叫。提出选孙宗禄的社员，只好闭口不言。这一出戏，让俞锡玑看蒙了。

选举结果——洪庆云扬扬得意，露出一脸奸笑。

再看孙宗禄，却沉重地低下了头。

令人震惊啊！原来，自从食盐合作社一筹建，这个洪庆云就伙同他的利益集团在埋定时炸弹。

听说洪庆云当选，歇马场的专家们瞠目结舌，马上自费赶来，召集社员开会，宣布解散合作社，当场偿还每人名下的股份。

当成群的社员排队领钱时，专家们才意识到，大宗的股份早已经换了主人，合作社成为洪氏团伙的投资项目！

事后，伊莎白和俞锡玑才了解到，当食盐合作社筹集资金，有不少人出于对协进会的信任打算入社时，洪庆云一伙就四处游说，说内迁的"下江人"不可信。当地农民本来就与有着较多知识精英的"下江人"有隔膜，这样一来，便不敢加入合作社了。

洪庆云一伙还让佃户用他们的钱去买股份，却登记了佃户的名字，给协进会造成假象，让过于乐观的孙恩三对可能出现的败局没有丝毫的警惕性。

食盐合作社成立的时候，洪庆云便钻了空子，因为办社章程讲得很清楚，任何人都不能被排除在外。这样，洪庆云既然能入社，理所当然拥有被选举权。洪庆云一伙稍加运作，就让洪庆云当上了经理。

就像闹着玩似的，佃户们拿到退回来的入股钱，转手就如数还给了洪庆云一伙。

协进会的同人们看到这一幕，个个脸红心跳，手心出汗，却一筹莫展！这就是受骗上当的感觉，这就是被人捉弄的感觉！

半年多来，满腔热血的投入，殚精竭虑的谋划，苦口婆心的说服，全面细致的准备——伊莎白没有想到，一心为百姓做好事而成立的食盐合作社竟会以这样的方式结束！

从表面上看，"敌对"双方是多么不对称啊—— 一边是有政府及其出台的政策支持的、学富五车的乡村建设专家和勤奋工作的协进会成员，一边是不起眼的、盘踞于兴隆场的诡计多端的一窝地头蛇。

结果呢，地头蛇完胜！

对于这样的结局，协进会成员毫无思想准备，可谓教训惨痛。

伊莎白回想起与晏阳初交谈时，晏阳初有这样一段话：

> 我们有两个发现，那是真正的革命（革命性的发现！）。其一是我们学会了评价农民……我们另一个发现同样令人吃惊，那就是认识到我们——知识分子的无知，并且我们受到我们自己农民的教育。

要认识到"知识分子的无知"——真是太深刻了。

因太平洋战争爆发，协进会在兴隆场的田野调查项目结束了。伊莎白回了一趟兴隆场，孙恩三不让她带走调查表，为此，双方还闹得有些不愉快。但是，她和俞锡玑合作的宝贵记录，还有牢记在大脑中的丰富感受是谁也夺不走的。

识字班的姐妹们送别伊莎白时，一个个哭肿了眼睛。还记得饶素梅老师教的课文吗？第三课《平等》：

你是人，

我是人。

不分贫与富，

不分卑与尊。

同是中国人，

人人该平等。

姐妹们不仅会写字了，还理解了课文的含义。上过识字班的姐妹，渐渐少了逆来顺受，多了自信心，生活悄然发生着变化。

伊莎白眼含热泪，哽咽着说："我还会回来的，我忘不了你们！"

姐妹们的身影模糊了，兴隆场的房屋模糊了，伊莎白毅然转过身，擦了一把泪水，背上行李，快步上路。

几个月前，柯鲁克来兴隆场时，伊莎白与他进行了倾心交谈。一个重要话题是，面对贫穷，中国农民的苦难该如何解决。

当时，伊莎白还有着美好的憧憬：我们要办一个食盐合作社；我们要大力推广平民教育，培养有文化的新型农民……

柯鲁克没有伊莎白那样乐观。他的观点是，中国沉疴已深，除了手术——革命，无药可治。

现在想来，柯鲁克讲的确实有道理：你们想改变中国吗？一个小小的食盐合作社，只动了利益集团的一小块奶酪，就遭到如此反对，你们还能做什么？这样腐败无能的政府，你们还能抱什么希望？

兴隆场的地主、富商、黑恶势力与袍哥紧紧纠结，就像老黄桷树那强大的根系，盘根错节，除非来个天翻地覆，不然怎么撼动它？

数十年后，经过伊莎白和俞锡玑整理，《兴隆场》一书终于脱稿。

《兴隆场》全面、客观地记录了抗战时期川东一个小场镇的生存状态，保存了大量的鲜活事例。书中那些细腻的情节、匪夷所思的故事、原汁原味的民俗描绘，让人如临历史的现场。

随着时间的推移，学术界越来越认识到《兴隆场》的价值。改革开放之后，伊莎白六次回到兴隆场，并与美国学者柯临清合作，对《兴隆场》进行整理、重建。结构上，一改日记式的排列，将相同内容进行合并梳理，条分缕析，归纳提炼，补充整理，使其更便于阅读。

兴隆场，让伊莎白坚定了作为革命者的信心；《兴隆场》一书，是她青春的丰碑。

第六章 /

战火中结为夫妻

第二次世界大战期间，伊莎白和柯鲁克历尽艰辛回到英国参加反法西斯战争。二人在伦敦结为夫妻。

　　由于时间久远，伊莎白的回忆不够完整。所幸采访到柯鲁克夫妇的三个儿子柯鲁、柯马凯、柯鸿岗和柯鲁克夫妇的学生郑海棠，以及对伊莎白有深入了解的向素珍、王晓梅，大家共同"拼图"，帮助我较好地还原出一幅烽火万里，有情人终成眷属的动人画卷。

战争，改变了生活节奏

1940年夏，柯鲁克从上海辗转到达成都。到成都后，他就明显感到，中国人的生活节奏被迫按日寇飞机的轰炸时间来安排。早上，第一次警报响起之后，市民们开始从城里向郊外疏散。第二次和第三次警报响起时，是11点左右，日寇飞机便准时来轰炸。

华西坝的五所大学也调整了作息时间，早上早起上课，不到10点就结束，下午2点再上课。这样既跑了警报，也不耽误学习。

柯鲁克的镜头，对准了战时的成都市民，留下了生动的记录：有勤劳的洗衣妇、叫卖的小摊贩、做游戏的儿童……

最生动的是那个赤裸着上身，坐在自己的鸡公车上扯把子、说笑话、等活儿干的小伙子。鸡公车，是伊莎白一家熟悉的交通工具，姥姥曾抱着俩外孙女坐鸡公车回家。其实，推鸡公车也得有技巧，推车好手能在狭窄的田间小路上把几百斤货载得平平稳稳。而坐鸡公车的人也得会坐，要不惊不诧，无论怎么摇晃颠簸，都要保持平衡。

还有乡间路上跑警报的长长队伍，有的扛着箱子，有的挎着包袱，拖儿带女的，在炎炎烈日下，疲惫不堪地行走着，无声地承受着苦难。

这些照片，展现了抗战时期成都的生活状况，极具史料价值。

因为伊莎白在兴隆场，柯鲁克便经常去饶和美家，陪陪二老，聊聊天，一起吃饭。二老喜欢喝绿茶，柯鲁克也喜欢喝绿茶；二老喜欢吃川菜，柯鲁克也喜欢川菜；二老喜欢吃辣椒，柯鲁克尽管被辣得冒汗也不住地说"好吃，好吃"。饶和美还特别爱吃麻味——比吃辣椒更厉害。柯鲁克也大胆一尝，啊，不幸咬中了一粒花椒，像引爆了一颗小地雷，舌头顿失知觉！未来的岳父乐得哈哈大笑。

大家相处得非常融洽，本来日子就要这么过下去——只等伊莎白把兴隆场的田野调查做完，他们就将顺理成章地走向婚姻的殿堂。但是，战火不仅仅在东亚大陆熊熊燃烧，也在欧洲大陆熊熊燃烧。

收音机里，每天播送着欧洲战场的消息。

法国早已沦陷，大半个欧洲被踩在纳粹德国的铁蹄之下。1941年6月22日，德国又撕毁《苏德互不侵犯条约》，伙同仆从国，对苏联发动闪击战，取得一时的大胜。侵略军长驱直入，直逼莫斯科城下，全世界为之震惊、焦虑。

英国也危在旦夕。希特勒吞并英国的"海狮计划"正在启动。纳粹德国与英国，只隔着英吉利海峡。德国战机的数量是英国的两倍。激烈的空战打了两年，从伦敦传来的战报，令人揪心……

当柯鲁克向伊莎白表露出他对欧洲特别是对英国的战况严重关切、寝食难安之时，伊莎白完全理解。她知道，这就是柯鲁克——从投入西班牙战场开始，他总是把天下大事放在比生命比爱情更重要的地位。

当柯鲁克决定回英国参军时，伊莎白毅然决定跟随前行，但因为母亲摔伤了背需要照顾，而兴隆场的田野调查也正处在收官阶段，她只好让柯鲁克先行，自己晚一些再去英国。

"我们决定，去伦敦参军、结婚。"

在第二次世界大战的硝烟烽火中结婚，这真是一个富有挑战性的决定。所有的亲戚朋友对这一对勇敢的年轻人的决定，又惊讶又佩服。

有情人，烽火中的漫长旅程

在1941年初秋的霏霏细雨中，一辆邮车在四川中部的盘山路上缓缓爬行。邮车，这个战争时期最高效的运输工具，载着十几口袋信件，还有两名特殊乘客——柯鲁克和伊莎白。

柯鲁克后来回忆道：

> 我们甜蜜地依偎在一堆信件口袋上，到了璧山。我们在一座寺庙的青瓦屋檐下，依依惜别。伊莎白将在黎明时分动身前往兴隆场，而我则向战时的首都——长江畔的山城重庆继续前行。

两天的颠簸，他们并不觉得难受。只要是二人世界，再狭小的空间也充满了令人陶醉的气氛。然而，甜蜜依偎只是短暂的享受，一分手即是无尽的思念、绵长的牵挂。为了在伦敦重逢，柯鲁克和伊莎白将踏上漫长的烽火旅程。

在璧山，当鲜红的朝阳从东边升起时，他俩挥手作别。

从没有坐过飞机的柯鲁克，这辈子第一次坐飞机，就坐的是摇摇晃晃的小飞机，座椅没有坐垫，客舱没有加压。为了安全，不得不高高飞过敌占区，下降时耳膜特别难受，不过飞机终究安全降落在香港。在这里，柯鲁克寄宿在香港圣公会的旅店里。

当时，成都教区给柯鲁克的25美元已经所剩无几。主教何明华仿佛有先见之明，及早安排柯鲁克在拔萃男书院任临时教师。结果柯鲁克滞留香港长达两个月，比预计的时间长得多。柯鲁克一边工作一边等着美国的柯立芝总统号游轮来香港。这时，太平洋上战云密布，轮船公司的航班不断改期或取消。最终，柯鲁克乘船去了上海，他决定先到生活过七年并且有许多好朋友的美国，再从美国回英国。

美国航运公司卖给柯鲁克一张法国轮船的三等船票，这艘船计划于11月底到达马尼拉，在那里可以赶上柯立芝总统号前往旧金山。

柯鲁克在给一家报纸写的通讯稿里有这样的描述：

> 波涛汹涌的洋面上，我们的小浴缸（法国轮船吨位较小）原

本悠闲地开着，突然加足了马力一个劲儿往前冲，直到船上的钢结构部件都开始吱吱地响。据说，我们能不能在柯立芝总统号起锚之前赶到马尼拉还未可知。不过，多亏了有头等舱里几位标准石油公司的大佬（他们也要乘坐柯立芝总统号去美国），所以法国轮船加足了马力。我们成功了，我们的船于11月27日上午11点进入马尼拉港，下午1点起程的柯立芝总统号就停在那里，上帝果然站在我们这边。

下了法国船，再上美国船，包括出关入关，手续在最短的时间里办完！

在一艘巡洋舰和两艘驱逐舰的巡护下，柯立芝总统号小心翼翼地开出了布满水雷的马尼拉港。为了安全，船偏离航线向南，绕道东行。

最初的十天很平静。

突然一声炸响，珍珠港被偷袭了，日本向英美宣战！

12月8日星期一，船长通过扩音器向全船广播：从现在起，任何违反灯火管制的行为，都将受到严肃的处理。战争已经开始了！

"海上厨师服务者工会"一致通过决议，承诺全力配合船长在这场战争中实施最高效的行动。

日本偷袭珍珠港事件10天以后，我们的船停在火奴鲁鲁，有120名伤员和一些撤退下来的平民上船，他们将被送回美国本土。

50名前往美国接受特殊训练的中国飞行员，立刻让出他们的特殊舱位，改睡在公共房间的行军床上。我和我的舱友，换到了更低级别的统舱——一间有150个铺位的大屋子里。

看到那些伤员，想起燃烧的石油随着海水四处蔓延，把许多战士烧成了惨不忍睹的人形发条……

医生和护士夜以继日地工作。而那些平时在加班费上一分钱都不肯吃亏的船员，眼下承担着无穷无尽的没有酬劳的工作——照看伤员，喂伤员吃饭……

最终，在圣诞节那天，我们的船冒着蒸汽从金门大桥下穿过，到达旧金山。平时只要15天的横跨太平洋的旅行足足花了30天。太平洋战争爆发之后，我们的船是第一艘到达美国西海岸的船。

这次横渡太平洋的惊险历程，不仅让柯鲁克见证了历史，还让他打破了"上下界限"，开阔了眼界。

他不时突破"上界限"钻进二等舱，找个地方写文章，为的是能挣一笔稿费，换得面包。写作之余，他遇上了一位真正的记者——一名《时代》周刊的通讯员。这位记者听说柯鲁克要回英国参军，建议道："参加皇家空军吧，因为空军是陆海空三军中最民主的。"这一建议，让柯鲁克做出了人生中的一次重大选择。

柯鲁克还经常突破"下界限"，和水手、厨师等聊二战，聊中国，聊得热火朝天。他还和一些美国共产党员、共产主义者聊，他们的经历，让柯鲁克加深了对人生的思考。

柯鲁克从旧金山乘坐大巴，横穿美国，到达东海岸，与一帮老朋友会面之后，再乘挪威游轮从纽约出发，前往英国。

大西洋的航道上，不仅有水雷，还有纳粹德国的潜艇。从美国开往英国的船，不管是民用船还是军舰，均会受到德国的疯狂袭击。柯鲁克很幸运，在他们之前和之后的两艘客轮均被击沉，而他们的船居然从死神的指缝间逃了出来。

由于囊中羞涩，柯鲁克应聘到大厨房做洗碗工，挣点生活费。在热气蒸腾的水池旁，他汗流浃背地洗着堆积如山的碗碟。洗净、擦干后的一摞又一摞碗碟，还要举起来装进橱柜。同样的动作，每天要重复上百次。哪来的力量？

为了战胜法西斯——举起来；

为了圣洁的爱情——举起来；

为了明天的幸福生活——举起来……

尽管双手已经被洗碗水泡得变色了，柯鲁克却满不在乎。

回到家乡后，柯鲁克去理发，遇上一个手艺精湛的理发师。这个理发师还是一个话痨兼"业余侦探"。他一看柯鲁克的双手就说："对不起，先生，我猜你是外科医生！"柯鲁克支支吾吾地回应着。"业余侦探"不无得意地说："哈哈，我的眼力不错吧——你这双手，经常泡在液体里！"

柯鲁克从中国经太平洋和大西洋回到饱受轰炸之苦的英国，这一路真让伊莎白提心吊胆。特别是日本偷袭珍珠港事件之后的半个月，柯鲁克在大洋深处消息全无，更让伊莎白寝食难安。收到发自旧金山的电报之后，伊莎白不禁喜极而泣！

什么是爱情？就是在一起时倾心相爱，分别后又无限牵挂。

柯鲁克也一直关注着伊莎白的惊险旅程。伊莎白在母亲基本上养好伤之后，从成都沿"驼峰航线"飞向印度加尔各答，然后乘车到孟买，再乘船进入印度洋，往西南行至非洲最南端，绕过波涛汹涌的好望角进入大西洋，再往北行。越往北水雷越多，危险性也越大——每天的新闻都在播报，纳粹德国炸沉了多少艘航船。这让柯鲁克心急火燎。

终于有了好消息，伊莎白将在10天后到达英国！

两个油漆工，成了证婚人

伦敦，圣潘克拉斯火车站。

火车呜呜叫着，吐着白雾，缓缓进站。战争岁月的相逢，是多么不容易啊！接站的人们，大声呼喊着亲人的名字；打开车窗，伸出的全是激动得泛红的笑脸。站台上，人们成团成堆，拥抱，亲吻，哭泣，留下一个个感动人心的画面。

当伊莎白出现在柯鲁克面前时，他俩都非常克制，因为伊莎白身边有好几位同行的旅伴，这不是释放激情的好时候。

当他俩兴冲冲地来到布鲁姆斯伯里的登记处时，却被告知，如果要在此登记结婚，他俩必须在本区住满一个月。于是，他俩只好耐心地等待。

一个月后，7月30日一大早，他俩又兴冲冲地来到登记处。工作人员问："你们的证婚人呢？必须有两位证婚人。"

"我们一个都没有啊！"他俩面面相觑，迟疑了几秒钟。

柯鲁克突然有了主意："刚刚进来的时候看见两个正在干活的油漆工，请他们当证婚人吧！"

两个身穿工装的油漆工听说柯鲁克和伊莎白要请他们当证婚人，咧嘴大笑道：

"好吧，先生，乐意效劳。"

"哈哈，走遍全世界，都喜欢热恋中的年轻人，更何况，你们是如此漂亮帅气的一对呢！"

于是，两个油漆工放下刷子，掸了掸工装上的灰尘，走进屋来，手握蘸水笔，认真签下了自己的名字："W. J. 普理查德""A. W. 基尔"。

领到结婚证后，伊莎白和柯鲁克吃了一顿有黑啤、面包、奶酪和腌洋葱的奢华早餐。这是他们两个人的婚礼。

没有金碧辉煌的大教堂，只有一间旅馆的餐室作为婚礼的举办地。

没有神父的传统祝词，只有两人合拍的心跳与深情的对视。

背景音乐，不是管风琴优美的乐音，而是震撼欧亚大陆的与法西斯决一死战的军号声和战歌声，以及响彻云霄的爆炸声、厮杀声、喊叫声。

装满黑啤的两个杯子轻轻一碰，那甜蜜的感觉，真是无以复加！

伊莎白和柯鲁克勇敢地越过了民族界限（一个是盎格鲁-撒克逊人，

烽火中，伊莎白和柯鲁克回英国参军并结婚（摄于1942年）

一个是犹太人）和宗教界限（双方父母分别信仰基督教和犹太教），用一场简单得不能再简单的婚礼，开启了两个人美满、幸福与快乐的生活。

双双穿上了军装

早餐一结束，伊莎白就去职业介绍所找工作。工作人员递过一份表格，问她："你结婚了吗？"

伊莎白笑着说："结过婚了，就在一个小时之前。"

柯鲁克则直奔英国共产党总部所在地。路上，他一直在想，由于委派他去上海工作的共产国际联络人失联，他得做一番解释，才能重新回到党组织的怀抱。

一阵犹豫后，柯鲁克没有去党总部，而是去了党报《工人日报》编辑部，见了主编比尔·福斯特。可比尔一心想着报纸的出版和如何增大发行量，对柯鲁克的党籍毫无兴趣，他让柯鲁克去找监察委员会的鲍勃·斯图尔特。

尽管在党内身居高位，鲍勃老头却像父亲一样慈祥。他充满同情地倾听了柯鲁克的讲述，最后，他建议，既然柯鲁克要去参加皇家空军，那就先不要纠结回归党组织的事情，而是通过阅读《工人日报》，学习马克思主义，紧跟党的政策。眼下，英国和苏联正在并肩作战，反对法西斯侵略。军队中共产党员的任务是当个好兵，为胜利而全力以赴。在如何履行军人职责方面，要为其他人做榜样，反驳一切针对苏联和苏联红军的谣言，因为苏联红军正承担着战争最大的压力。这真是一个参军党员的指导路线，柯鲁克甚至觉得这是专门为他制定的。

柯鲁克听说皇家空军成立了一个分队，专门救治在中国的日占区被打下来的飞行员，这看起来是他最好的去处。他通过一系列关系找到了空军办公地的一位中校。中校接见了柯鲁克，考查了柯鲁克的法语、西班牙语和德语水平。因为中校不懂中文，他就把柯鲁克带到了一位曾在上海海关任职的官员面前，让那位官员测试了柯鲁克的中文水平，并填了一张表。几天之后，柯鲁克收到通知，他被录用为"特殊任务人员"，特殊任务就是收集情报。

1943年2月22日，经过基本的军事训练，柯鲁克穿上了皇家空军的军装。然后，他被派往南亚。

这时，伊莎白已经加入了英国共产党。夫妻成为战友，两人的感情更加深厚。1943年6月，伊莎白加入了驻英的加拿大妇女军团，也穿上了军装。军装非常合体，给脸上总是挂着温婉笑容的伊莎白平添了英武之气。那些戎装照，是伊莎白最为珍爱的老照片。

伊莎白一直没有忘记做人类学家的理想，在参加妇女军团之前，她访问了伦敦政治经济学院。她来到学院后才得知，她最崇敬的现代人类学的奠基人、英国著名人类学家马林诺夫斯基已于1942年去世。

接待伊莎白的是三位人类学女教授：伦敦大学亚非学院的中文教授埃芙斯格琳·爱德华兹、国际关系学院的教授埃塞尔·琳达瑞和人类学家玛格丽特·里德。

身着戎装的柯鲁克夫妇并肩战斗在反法西斯战场（约摄于1943年）

伊莎白非常平静地说，为了学习人类学，做好田野调查，她曾走进青藏高原与四川盆地的过渡地带，走过雪山峡谷、急流险滩以及云雾之中的彝族、藏族、羌族山寨，这让三位女教授瞠目结舌。而她手中的成果，是在日寇飞机的轰炸下，她对一个中国乡村的全面的社会调查。

就是这样一位年轻美貌的女子，在中国挖掘到了人类学家梦寐以求的"富矿"，前途难以估量！三位教授鼓励伊莎白："你一定要坚持追求你的梦想！"她们建议伊莎白，最好去读雷蒙德·弗思的博士研究生，在他的指导下学习人类学。

弗思是马林诺夫斯基的学生，伦敦政治经济学院人类学讲席的继承者。当时，二战尚未结束，弗思利用假期做战地服务，并为英国海军情报部门工作。这天，伊莎白怀着诚惶诚恐的心情去拜见了弗思。弗思翻阅了伊莎白带来的资料，觉得这些资料描写细腻、内容翔实，认为这是中国战时极有价值的研究资料。弗思同意在战争结束后，指导伊莎白攻读人类学博士，同时对《兴隆场》这份调查报告的出版充满了期待。

之后，弗思向著名的社会学家卡尔·曼海姆推荐出版《兴隆场》，他说：“这是冒着炮火在中国所做的非常详细的调查，堪比《红星照耀中国》，我愿意为她写一篇前言。”

曼海姆读了书稿后，到伦敦拜访了伊莎白。

曼海姆满怀热情地说：“我觉得你这本书很有价值。我想，可以纳入由我主编的一套丛书中出版。”

伊莎白没有丝毫受宠若惊的表情，她非常谦和地回答说：“可是，这本书还没完成，我需要再认真地梳理和修改。”

曼海姆说：“没关系，即便还没完成，也有很大的价值，我们可以先行出版。”

曼海姆将这本书暂定名为《兴隆乡：华西红色盆地中的田野调查》，作者为伊莎白和俞锡玑，并将其与费孝通的《江村经济》、杨懋春的《一个中国村庄：山东台头》和林耀华的《金翼：中国家族制度的社会学研究》等，一并列入中国人类学的先驱之作。

不久，出版社致函伊莎白，正式同意出版。

第二次世界大战的欧洲战事即将结束。由于伊莎白曾经于二战期间加入加拿大妇女军团，退役后她得到两年的资助，正式进入伦敦政治经济学院，在弗思的指导下，开始了社会人类学博士生阶段的学习。

柯鲁克也即将从皇家空军退役。他俩有一个美好的学习计划，可是，更大的诱惑——中国，在向他俩招手！

伊莎白说：“我和柯鲁克毫不犹豫地决定回中国，那里是历史正在发生的地方！作为人类学研究者，能置身于历史发生的地方，真是幸运。”

第七章／

踏上华北辽阔的土地

1947年，柯鲁克夫妇从英国返回中国，他俩有一个18个月的工作计划。回到中国后，他俩经香港、上海、天津进入晋冀鲁豫解放区，一路上接触到乔冠华、龚澎、章汉夫、廖梦醒、韩叙、安岗、张磐石、李棣华等优秀的中国共产党人，从他们身上，柯鲁克夫妇看到了中国的希望。他们从记录者变成了参与者，18个月变成了半个多世纪，变成了一生为中国人民服务。

　　这是柯鲁克夫妇一生中最重要的转折期。

吉普车，一直开到解放区

1947年11月，华北平原上炮声轰隆，战云密布。

刘邓大军挺进大别山之后，人民解放军从战略防御转为战略反攻。在国共两军对峙的河北，古老的沧州大地上竟形成了大片"无人区"。在一眼望不到尽头的盐碱地上，西北风刮起尘土，搅得天地浑黄一片。

由北向南的几辆吉普车，驶过尘土飞扬的土路，朝着沧县（今沧州）北面的小王庄驶去。车头上，联合国善后救济总署的蓝色小旗在风中飘扬。当时，联合国的这面旗帜还是相当管用的"通行证"，国民党统治下的所有关卡，见旗一路放行。柯鲁克熟练地驾车疾行，伊莎白坐在他身旁。他们大声地说话，不断地大笑，因为最惊险的检查关口已经通过，最危险的地段也已经驰过，过了这片"无人区"，就是解放区。

心中的喜悦早已按捺不住。离开中国五年多来，他们就盼着这一天，回到中国，亲历中国的巨变。

从1945年5月8日德国法西斯投降那天开始，伊莎白就意识到，人类历史翻开了重要的一页，而自己的生活也将发生变化。在脱掉那一身呢子军装时，她真有点恋恋不舍。她用她的专业知识，全身心地投入了反法西斯的战争。

第二次世界大战，把和平生活搅了个稀巴烂。注重生活品质的英国人天天面对着血与火，还有恐惧与死亡。在军中，伤员们不仅在肉体上遭到痛苦折磨，精神上的那些看不见的伤痕更加难以愈合。伊莎白在军中两年多，之前所学的心理学知识派上了用场，成为军中的专业心理医疗师，哪里需要就到哪里去。

那些受伤之后失去双腿的年轻战士，未来的路如何走下去？那些在战

二战期间，在驻英国的加拿大妇女军团受训时的伊莎白（摄于1944年）

火中几乎毁了容的英俊军官，如何面对自己的亲人？那些痛失家人的老兵，内心已经濒临崩溃，该如何拯救？那些在轰炸后失聪失明的不幸伤员，又该如何走出无尽的黑暗？

伊莎白用娓娓动听的话语，让绝望者感受到温暖，重新燃起生活的希望。她用最大的耐心倾听患者的满腹牢骚，不辞辛劳地奔走在伤病员之间，没日没夜地做灵魂伤口最细心的缝合者。

在德国飞机疯狂轰炸的最艰难的日子里，伊莎白总是与伤病员在一起。她用自己甜美的笑容、乐观的态度，抚慰伤病员的心灵，给予他们战胜困难的信心和勇气。伊莎白也因此多次受到表彰。

在1945年的伦敦，伊莎白与爱泼斯坦有一场奇遇。

爱泼斯坦，原籍波兰，后来加入中国籍，著名记者，杰出的国际主义战士。早在1940年，他就与柯鲁克相识，并一见如故，成为挚友。他只听说柯鲁克的妻子是美丽的伊莎白。而爱泼斯坦的另一位好友美国记者杰克·贝尔登，曾是伊莎白的狂热追求者，只不过他最终败下阵来。他向爱泼斯坦谈到伊莎白时还长吁短叹，黯然神伤。爱泼斯坦心中便有了一个大疑问——不知伊莎白是何等美丽动人。

1944年，爱泼斯坦和妻子突破封锁线，完成了在延安和晋西北前线的采访之后，来到英国。对华友好的朋友们都想知道中国共产党和八路军以及边区的状况。一个名叫"中国战地服务组织"的英国团体（该团体与宋庆龄领导的"保卫中国同盟"关系密切）促成了一次重要集会——在伦敦市中心安排了爱泼斯坦的报告会，并展示了他从边区带来的大量照片与实物，有毛泽东、朱德等领导人亲笔签名的照片，有记录延安和敌后抗日根据地战斗与生活的照片，有从鲁迅艺术文学院收集到的版画、雕塑，还有冼星海的《黄河大合唱》手抄本，等等。这些照片与实物展现了抗战时期中国共产党领导下的边区和敌后抗日根据地的政治、军事、文化状况。事后，爱泼斯坦总结，这是在伦敦向世界展示"新中国的雏形"。

筹办集会，布置展场，需要群策群力。热心参与者之中，有这样一个引人注目的人——一位年轻的金发女战士，挺秀如一株红杉，军装整洁，非常合体，走起路来更是英姿勃勃。她步履匆匆，手脚麻利，对中国的情况非常熟悉，对展出实物与照片的摆放更是符合爱泼斯坦的心意。

爱泼斯坦心生疑惑：她是谁啊？

"我是伊莎白·柯鲁克，我出生于中国的成都。"

哦，这就是老朋友柯鲁克的妻子伊莎白。在中国没有见着面，却在伦敦相遇了。这让爱泼斯坦惊喜不已。

对于这场"新中国的雏形"的展览，伊莎白表现出了极大的热情。

战争结束后，该做什么呢？

1946年，柯鲁克回到伦敦，并开始在伦敦大学亚非学院学习中文。而伊莎白，则开始攻读人类学博士学位。

他俩都关注着中国。国共和谈，签下了《双十协定》，组建联合政府。西方报纸的叫好声让他俩直摇头，他俩太了解中国了——和平只是短暂的。果然，内战全面爆发了。在胡宗南的军队攻入延安时，西方记者断定共产党已经大败，将一溃再溃。没想到，胡宗南的"胜利之师"钻进了毛泽东早已布下的口袋之中，一败涂地。

古老的、百病缠身的中国正在接受一场外科手术，就是用革命的手段，切除毒瘤。出身于基督教家庭的伊莎白，原本不赞同使用暴力，而是希望用温和的、循序渐进的改良方法来实现拯救中国的目标。与柯鲁克争辩多次后，她渐渐放弃了自己的观点，特别是回忆起在兴隆场办食盐合作社的失败经历，更让她陷入深思。在积弊深重的中国，即使是有利于民生的一点小小的改良，都是那么艰难！如果再搞英国式的议会，让政客们争论得口沫四溅，争论个几十年，中国也难以前进半步。中国共产党必将夺取政权，这是大势所趋！没有比中国更让柯鲁克和伊莎白心驰神往的了。他们真是想念中国。能回去吗？不可能，高昂的路费让他们望而却步。

机会来得有些突然。

1947年初，柯鲁克去办理空军退役手续时得知，从哪里回到英国参军，就可以免费被送回哪里。他是从中国来的，就可以获得回到中国的宝贵机会。

真让人喜出望外！柯鲁克毫不犹豫地将伊莎白的名字一并填入申请表。他知道伊莎白一直想回自己的出生地，继续做人类学研究。不久，他俩顺利地获得了批准。

1947年初夏，利物浦港口，汽笛一声长鸣，柯鲁克和伊莎白离开英国，开始了奔向中国的漫长旅程。他俩计划在中国待上18个月，伊莎白要做好人类学调查的一个项目，时间足够了。

临行前，柯鲁克夫妇做了精心准备——柯鲁克取得了路透社和《泰晤士报》特约记者的身份，这样就可以在国民党统治区行动自如了。同时，他们藏有英国共产党的介绍信，以便将来有机会进入解放区。

在香港，他们暗地里与乔冠华和龚澎夫妇取得了联系，交出了英国共产党的介绍信。乔冠华夫妇热情地接待了他们，大家进行了愉快的交谈并共进晚餐。之后，章汉夫又来看望了他们。

在上海，廖梦醒的"审查"颇为严厉，提出了几个尖锐的问题让他们一一回答。很显然，廖梦醒一直保持着极高的警惕性，他们完全能理解。

之后，他们乘船由上海前往天津。

进入天津海关之前，他们已处理掉所有不利于过关的文件。不过，他们在等待海关官员检查那些用牛皮纸包装的"禁书"（马列著作）时还是有些紧张。海关官员翻完书页又检查每一双袜子，这才使他们松了一口气！原来，海关官员主要是搜美元、英镑之类的"硬通货"。

到了天津，柯鲁克向英国总领事馆报到之后，表示要去解放区写作。总领事馆将一位名叫理查德·哈理斯的新闻官介绍给柯鲁克。理查德·哈理斯是一个健谈的家伙，他主动提出，只要柯鲁克能将自己所写的文章从解放区送到他的手中，他就能保证转交到英国。此后，这一直是柯鲁克往英国送稿的最佳通道——"文化大革命"之中，这成了柯鲁克"非法接触帝国主义者"的证据。

在天津，接待柯鲁克夫妇的是韩叙，一位风度翩翩的年轻人。

韩叙办事认真，极讲效率，还处处为别人着想。为了让柯鲁克夫妇顺利进入解放区，他提供了一条重要信息：联合国善后救济总署正在组建一支包括几辆吉普车在内的运输小队，要运送物资到解放区的补给站，恰好缺一名司机。柯鲁克便立即报了名，后被选中承担这一任务。

于是，柯鲁克夫妇拉着一车物资，径直开到了位于小王庄的补给站。一下车，翻译高粱首先迎上去，热情地问候。

高粱问他们这一路上有何感受，柯鲁克的回答充满了诗人气质："踏上华北辽阔的土地，一个新世界就展现在我们面前。"

见到了"比传说中的还要美好"的新世界

柯鲁克和伊莎白被安排在大运河畔的一个临时招待所住宿。高粱经常陪同他们在运河堤坝上散步。1947年10月，中共中央颁布了《中国土地法大纲》，解放区的土改运动正在兴起。为了让柯鲁克夫妇更容易理解土改运动，高粱给他们讲述了当时红遍解放区的歌剧《白毛女》的故事。

此时正是黄昏，坠入西天的残阳在云朵中透出一片熠熠生辉的金黄，广袤的原野正变换着色彩。

高粱讲到穷苦农民杨白劳，因被逼卖掉女儿喜儿还债，在大年三十喝卤水自尽。他的死，并没有阻止厄运，喜儿还是被恶霸地主黄世仁和他的狗腿子穆仁智抢走。在"隔墙好比隔大海"的黄家大院，喜儿过着非人的生活。不堪凌辱的喜儿，终于逃出了黄家，钻进了深山老林，变成了白毛女。她不时在庙中偷食供果，成了传说中的"白毛仙姑"。深爱着喜儿的大春，参加了革命队伍，回到了家乡，准备发动群众开展土改运动。黄世仁要阴谋，试图用"白毛仙姑"来吓唬群众，阻止土改运动的开展。大春率队深入山中，找到了白毛女，一对深深相爱的恋人终于重逢。在山呼海啸般的批斗声中，黄世仁、穆仁智被押到台上，白毛女的血泪控诉，激起台下观众强烈的共鸣。

柯鲁克夫妇被白毛女的故事深深地打动了。

什么叫残酷剥削，什么叫极度贫穷，为什么穷人要闹翻身，为什么要进行土地革命，许多概念和理论在故事中变得鲜活了。一连数日，高梁都在跟柯鲁克夫妇讨论《白毛女》所凸显的主题："旧社会把人变成鬼，新社会把鬼变成人。"中国大地正上演着亿万人投入的震惊世界的活剧。伊莎白和柯鲁克不想当旁观者，他们渴望投身到轰轰烈烈的运动之中。

几天之后，柯鲁克夫妇来到晋冀鲁豫根据地的核心——武安县河西村，入住边区政府交际处招待所。

所谓招待所，其实只有几间农民腾出的空房，专门用于接待国际友人和来自国统区的知名人士以及新闻记者。

这里，曾经接待过美国呼吸道专家艾罗索尔大夫，美国农业专家韩丁、阳早，美国军官卡尔逊等。

韩丁的妹妹寒春，后来与阳早在延安窑洞成婚。韩丁、阳早、寒春，后来成为柯鲁克和伊莎白的好朋友。他们有一个共同之处：一生一世爱着中国。

韩丁无法抗拒远方中国的魅力，他卖掉了自己的奶牛，动身来到中国，又辗转到了延安。

在延安，他见到了传说中的新世界，但比传说中的还要美好。

质朴，清新，脚踏实地，充满希望。

同样地，在武安，伊莎白见到了这个"比传说中的还要美好"的新世界，不由得心潮澎湃。

初冬的田野，一派萧瑟荒凉。尖啸的西北风中，传来欢快的唢呐声和锣鼓声。晋冀鲁豫中央局所在地冶陶村，正在召开庆祝《中国土地法大纲》颁布的群众大会。天寒地冻，压抑不住群众的热情，在喧腾的鼓乐声中，欢乐的秧歌扭了起来。

出于安全上的考虑，主要是担心国民党反动派的飞机趁机来轰炸，加之天寒地冻，交际处的负责人劝说柯鲁克夫妇不要冒险去参加大会。柯鲁克夫妇则认为这是一次非常难得的机会，绝不能放弃。于是，他们去了十里之外的冶陶村。

在庆祝大会后，柯鲁克夫妇表示，想参加伟大的土改运动。

边区政府主席杨秀峰表示，最好的方式，就是跟随一个工作队一起去一个村庄，通过一个村庄了解土改的全过程。他对柯鲁克夫妇说："我们的一个工作队要下到十里店，这是一个典型的老解放区的村庄，可能是最适合你们工作的地方。"

负责外事工作的李棣华不仅为双方当翻译，还向柯鲁克夫妇详细介绍了晋冀鲁豫根据地在整个中国抗战中的重要地位和重大作用，并简要讲述了《中国土地法大纲》的内容。

柯鲁克夫妇只要见到了李棣华，就想跟他多多交流。但从他一脸的疲惫和布满血丝的眼睛就估计到，他的工作非常繁忙。

老乡们都叫李棣华"李翻译"。他不仅要接待像柯鲁克夫妇这样的外国人，还要为新华社临时总社翻译每日电讯，晚上还要坐在电报机旁拍电报，翻译、校对文件，忙得不可开交。

后来，柯鲁克夫妇搬到了十里店，李棣华再忙，也经常来看望他们。十里店有一份报纸，报上全是柯鲁克夫妇感兴趣的东西。李棣华总是先念几个大小标题，柯鲁克夫妇想听哪篇文章他就读给他们听。

在晋冀鲁豫边区，柯鲁克夫妇欣喜地看到了新中国的太阳即将升起。同时，他们已经感受到，作为一个屹立东方的泱泱大国，外语人才还非常稀缺。

见证《人民日报》的创业

柯鲁克夫妇第一次见到安岗，他还是个梳着分头、微胖的，说笑带着天津口音的小伙子。据说，他17岁读高中时，毛遂自荐在天津《益世报》当见习记者。灵敏的新闻嗅觉、活跃的思维、飞快的笔头，使得这位天才记者少年成名。后来，他投身革命，20岁就当上了太行区《胜利报》编辑部主任、总编辑。当年见面时，他已是《人民日报》副总编辑。

初次见面，安岗以为是礼节性的外事活动，并不太在意。没想到，三天之后，柯鲁克给了安岗一篇长长的英文打字稿，谈到来解放区之后点点滴滴的感受。此举，让安岗大为感慨：这两位外国人如此勤奋，真让人佩服。

对于伊莎白来说，在结识土改工作队之前，她获得了意外的收获，结识了影响她一生的《人民日报》的创办者——张磐石、安岗、袁勃、李庄、吴象等，一批矢志不渝忠于共产主义理想，酷爱新闻事业的中国共产党内的优秀知识分子。

"欢迎，欢迎，我代表人民日报社，欢迎你们。"

张磐石说话带着浓浓的山西口音。他黑瘦的脸上架着一副近视眼镜，握手很有力量。伊莎白已经知道了这位人民日报社社长兼总编辑的经历，他让人想起岩缝中长大的一棵孤松。

柯鲁克做过以卖文为生的业余记者，对办报有着浓厚的兴趣。张磐石介绍说，报社和几十名员工的宿舍，分布在几座院子里。他请柯鲁克夫妇随便走走、看看。

在一间狭窄的平房里，随着印刷机发出"咣——嚓——"的震响，一张带着油墨香气的《人民日报》就由印刷工人扳动手摇印刷机沉重的轮盘印出来了。这完全是重体力活啊！

伊莎白算了一下，25000张报纸印下来，工人得汗流浃背、分秒不停地干上七八个小时。

张磐石介绍说："这摇手柄，费力得很，咱村里有的是青壮年小伙子，一喊就到！"

《人民日报》就是这样由工人和农民齐心协力，用一把把汗水印出来的。

在排字间，拣字工人对照着文稿，从密密麻麻的字盒里挑出字钉，正在全神贯注地排字。昏黄的灯光，很费眼力，柯鲁克夫妇对排字工人深感佩服。

编辑室、校对室，桌子挨着桌子，人挤着人，稿件堆积在桌子中间。每个人都在忙碌，节奏是紧张的，但也感觉得到同志之间友好团结，关系很融洽。

柯鲁克夫妇到解放区后结识的人民日报社的工作人员（摄于1948年）

来自东北、华北的战况，来自全国各地的重大消息，来自党中央的指示，来自老百姓的呼声，在这里汇集，经过梳理，变成一篇篇铿锵有力的文章，在《人民日报》上推出。

120多人的队伍，除了张磐石、袁勃、王友唐少数几个领导同志年满30岁，多数还是20岁左右的小青年。不少人只有中小学文化程度，参加革命后才一边工作一边学写作，在实践中不断提高文化修养，后来成为各个新闻机构的负责人。

他们同睡一张炕，共吃一锅饭，自己种粮食蔬菜、养羊。每天吹号开饭，两干一稀。秋来发棉衣，暮春发单衣。每人还配备一支短枪，防止敌人突然袭击。

伊莎白感觉，这是一支军队，是一支以笔作枪的文化军队。

中国共产党除了有强大的人民解放军，还有一支强大的文化军队。这支文化军队通过报纸、电台等各种宣传方式，做的是安抚民心、坚定军心、打击敌人、消灭敌人的工作，做得非常出色。

张磐石还向柯鲁克夫妇介绍了《人民日报》创刊的过程。

抗战胜利后，晋冀鲁豫根据地扩大了，要办报的思想就在节节胜利中形成。刘伯承司令员幽默地说："我们现在除了打仗，还得打笔墨官司。"他还多次强调，晋冀鲁豫应当有自己的报纸、自己的电台。于是，中央局从太行、太岳、冀南、冀鲁豫各区抽调人员，组建了报社，由张磐石任总编辑，安岗、袁勃任副总编辑。

办报得取个好报名，经反复讨论，多数人主张叫"人民日报"。李庄坚决主张此议。他说："'人民'，含意好，四个字音韵也好，'人''民'是平声，'日''报'是仄声，多响亮！"

1949年8月，《人民日报》成为中共中央机关报。

伊莎白非常庆幸，一走进解放区，就见证了《人民日报》最艰苦的创业，对"全党办报""群众路线"也有了很多感性认识。

从部队到政府机关再到农村，只要有党组织的地方，就建有细密的通讯网，可以随时随地传递信息。信息多了，稿源丰富了，报纸内容就更让群众喜闻乐见了。

伊莎白亲眼见到有的通讯员，跋山涉水来报社送一份稿件。而报社所在地河西村，村干部组织民兵白天放哨，夜晚站岗，日夜保障着报社的安全。报社记者们，经常深入田间地头，跟乡亲们拉家常，还利用街头饭市，读报，评报，出黑板报。

河西村一位孕妇难产，痛苦的呼叫听得让人揪心。报社的医生立即赶去，用科学方法助产，帮助这位孕妇生下了一个健康的女婴，救下了两条人命。之后多年，此事还在河西村流传。

伊莎白翻阅着散发着油墨香气的《人民日报》，虽然她认得的汉字不多，但她能猜到报纸上重要文章的主要内容。

当时尽管纸张质量和印刷水平都无法与西方的报纸相比，但是伊莎白和柯鲁克都觉得，这是根植于大地、根植于民心的报纸，它所散发出的扑面而来的青春朝气，正是即将成立的新中国第一大报的风范。

柯鲁克夫妇接到了通知，同意他们在十里店参加土改运动。

而与他们同在一个工作队的，正是《人民日报》的罗林、何燕凌、吴舫、冷冰等几位熟悉的同志。

令伊莎白惊讶不已的是，工作本来就非常辛劳、繁忙的人民日报社，还派出了包括张磐石、安岗等领导干部在内的全社三分之二的员工，分赴四个村庄，全力以赴地投入土改工作。

余下的三分之一的员工，担子该有多重？

伊莎白实在佩服《人民日报》的战友们。

第八章／

暴风骤雨十里店

2018年12月15日，我来到河北省武安市，由武安市教育局退休干部李维新陪同，驱车赶往冶陶村晋冀鲁豫军区旧址，又去了河西村人民日报社旧址，而后去了十里店。穿过纷飞的雨夹雪，我仿佛回到了1947年的解放区。高墙深院密集的十里店，不仅有保存完好的柯鲁克、伊莎白旧居，还有花木葱茏的柯鲁克夫妇纪念广场，足见柯鲁克夫妇在十里店乡亲们心中的崇高地位。

　　著名作家周立波1947年在东北参加土改后，写出了长篇小说《暴风骤雨》。柯鲁克夫妇70多年前投入中国革命，亲历土改并写下了人类学专著《十里店（一）：中国一个村庄的革命》和《十里店（二）：中国一个村庄的群众运动》。这两本书，是罕见的那一段"暴风骤雨"的真实写照，其历史价值与人类学价值，不言而喻。

走进十里店

1947年11月底，柯鲁克夫妇坐着骡车来到十里店。

天空湛蓝如洗。骡车摇晃着，碾过坑坑洼洼的土路，扬起一片黄尘。四周的田地里，玉米秸秆还挺立着，但玉米棒子已经被掰走了，黄灿灿地堆在村外寨上和下街之间土压的打麦场上，也有些晾晒在灰色的石灰房顶上，将房顶点染出一片片耀眼的金黄。

这是晋冀鲁豫解放区的土地。山野的风，自由，清爽，沁人心脾，让伊莎白和柯鲁克异常兴奋。

十里店村东，有一条每年要干涸九个月的小河。山坡随着河谷变窄而陡峭起来。十里店，与其说是一个村庄，不如说是两个村庄。河谷里的是主要的村子，通常叫"街"；从"街"向东北顺山坡往上走，是"寨"。鹅卵石路一直铺到大石头寨门口。

骡车摇晃着，通过南城门，进入十里店。南城门是一座石头砌成的高大城楼，有圆形拱门，拱门上方写着粗大醒目的一行字：

毛泽东是中国人民大救星

很多房子的墙上还写着各式标语。有的大门上贴着大红喜报，表明这家人中有人参加了中国人民解放军。其中，有一家门上的红纸上写着：

致王雷胜同志

值此全国大进攻之际，你志愿加入我们这支奋勇前进无往不胜之师

光荣属于急速跨黄河过长江的人

活捉蒋介石，保卫幸福生活

在另一堵墙上有一块黑板报，用粉笔抄写了当天《人民日报》的重要新闻。不难看出，这个小村庄与时代的脉搏在一起跳动。

柯鲁克还在南城门外拍下了三名儿童团员的可爱模样。他们头戴棉帽子，手执大刀，查路条，当向导，通风报信，成为保卫红色政权的小兵。

村中的街道是公路的一段，只有一家商店——供销合作社，还有几家小客店、一家羊汤店，是赶车人歇息之处。这些地方成为社交的中心。男人们三五成群，聚在店前，妇女们则围坐在屋檐下纺纱、搓线，或是把新染的布一块一块晾起来。孩子们满街乱跑，尖声尖气的叫喊声，与马车车轮碾过坑坑洼洼的路面发出的嘎吱声、小贩的叫卖声、驴子的吼叫声交织在一起。山腰里也不时传来人的嗨哟声和镐头、锄头挖地的声音，那里有

柯鲁克在解放区拍摄的十里店的南城门（摄于1947年）

一个互助组正在开山造田。柯鲁克夫妇感觉到，革命老区十里店一片生气勃勃。

伊莎白想起抗战时生活过的川东农村——璧山兴隆场，那里的乡亲们心上像是压着石头，眉头总是皱着，面容和盆地的天空一样阴沉。而十里店的乡亲们，黧黑的脸上洋溢着自信的微笑，眼中闪耀着希望。这是对中国共产党领导的土地改革的期盼，也是对好日子的期盼。

在土改工作队进驻前，柯鲁克夫妇已先期进入十里店。当地党政机关非常支持他们，还派来由朱中芝、杨彪、李焕山组成的工作组配合他们，深入各家各院，进行深入采访。李棣华也在非常繁忙的情况下，挤出时间陪他们采访。伊莎白那带着四川味的汉语，讲慢一点，工作组的同志们还能听懂；而采访对象那口音很重的冀南土话，有时要经过当地人译成官话，再由李棣华译成英语。

通过走访，柯鲁克夫妇了解到1937年至1947年间，特别是八路军的队伍从太行山腹地向东进军，扩大根据地之后，给十里店带来的深刻变化。1948年2月，人民日报社组织的土改工作队进驻十里店之后，柯鲁克夫妇参与了按照新发布的《中国土地法大纲》实行土改的全过程。

伊莎白和柯鲁克白天走村串户，进行采访，夜晚在油灯下不知疲倦地敲着打字机，将他们在十里店的社会调查写成了两本书，即《十里店（一）：中国一个村庄的革命》和《十里店（二）：中国一个村庄的群众运动》。

乡亲们与老房东

一对个子高高的外国人来到十里店，在全村引起了轰动。娃娃们对金发、碧眼、白皮肤的外国人很好奇。后来，他们发现了伊莎白的打字机。

这个铁疙瘩还能吞纸吐纸，真好玩。娃娃们喜欢看伊莎白打字，还想摸摸打字机。一双双又黑又脏的手，被柯鲁克挡住了。

柯鲁克问："为什么不洗手啊？你们的手太脏了。"

娃娃们说："洗手的话，手会皴。"

柯鲁克问："为什么不涂点擦手油？"

娃娃们说："我们没有擦手油！"

柯鲁克又问："那么，为什么不用点猪油？"

娃娃们说："没有，没有！"

那一双双黑黑的长满冻疮甚至冻得开裂的小手，让柯鲁克、伊莎白感到心疼、难受！

柯鲁克夫妇初步认识了十里店——太穷了！

在十里店，柯鲁克夫妇住在一户手头宽裕、房子敞亮的中农家，家里有四口人——男主人王家祥、女主人李河清和他们的女儿王林的，还有李河清的母亲郭锦荣。

这座房子是郭锦荣已故的丈夫李三虎留下的。在十里店长大的李维新说，王家的人带着妻女住在岳父的房子里，这种事是土改以后才发生的，以前根本不可能。

郭锦荣与伊莎白相处得很好，她对伊莎白说："闺女，你跟家隔着几千里，无依无靠的，就认俺做个干妈吧。"

伊莎白便叫郭锦荣："干妈！"

伊莎白后来说："我记得《白毛女》上演的时候，干妈哭了。她说，这就像她的生活。我知道她的日子过得不算差，她是一个中农，怎么可能受过白毛女那样的苦呢？后来我意识到，苦难有很多种，不仅仅是贫困。最主要的是，干妈很有同情心，喜儿的故事让她流泪。"

女主人李河清虽然背有点驼，却非常能干，而且勤快。

男主人王家祥也是个非常勤劳的人。他们家在山上有一些地，他就背着铁犁，一路爬坡去干活。他认为，自己应该被划成贫农。拥有土地是他们的幸运，但所干的活儿和雇农一样繁重。如果只看在田里干活的人，分不出谁是雇农，谁拥有土地。

在十里店的时候，家里基本上只有老太太郭锦荣和小姑娘王林的有空和伊莎白聊天，王家祥和妻子一天忙到晚，几乎没有时间说话。

在伊莎白离开十里店之后，李河清又生了一个儿子，这个孩子长大后成为柯鲁克一家的好朋友，还去北京看过柯鲁克一家人。

柯鲁克夫妇认为，这是地方党组织能找到的最适合他们住宿的家庭。贫农、雇农家，无房接待；地主、富农家，不能安排。

柯鲁克夫妇也尽量帮助房东干一些农活。柯鲁克学着用扁担，挑起一担担草秸粪，送往地头；伊莎白拿起了针线，学做军鞋。清晨，老乡们还没有起床，他俩就起来把院子打扫干净，把水缸挑满。雪晴之后，他们不仅把房东房上和院子里的雪扫干净，还帮助有困难的邻居扫雪。房东和邻居没一个不夸他们夫妇好的。

伊莎白（左）在十里店住下，还认了郭锦荣（右）为干妈（摄于1948年）

刚到十里店的时候，村上给柯鲁克夫妇开小灶，吃特殊的饭，有白米粥、馒头和核桃之类的干果，还有菜。柯鲁克夫妇反复"抗争"，终于转到了食堂——边区政府从一个村民家里借的一间用来做饭的房子。他们可以跟边区政府的工作人员一起，一天两顿吃同样的饭了。

最快乐的时候是傍晚，柯鲁克夫妇也跟老乡们一样，端个大搪瓷碗，碗里盛着饭菜，靠土墙一圪蹴（蹲下），就跟邻居们边吃边聊。他们连比带画，尽量让乡亲们明白他们在说什么。那粗粝的棒子面粥，在闲谈中不知不觉就吃光了。

太阳从西边出来了

"太阳从西边出来了……"

说到翻身后的光景，十里店的村民王文盛和其他贫苦村民众口一词："八路军来了之后，穷棒子才翻了身。因为八路军是从西边太行山下来的，所以说我们十里店的太阳是从西边出来的！"

伊莎白最先注意到王文盛。他干瘦体弱，未老先衰，不到40岁就头发花白，满脸皱纹。伊莎白认为，王文盛就是生活在最底层的穷棒子的典型。

王文盛向伊莎白断断续续讲述了十里店的历史。

十里店，曾是一个老天爷根本不想管也没法管的穷山村。

1917年夏天，一场山洪暴发，洺河翻卷着泥石，吞没了1000多亩良田，使得本就贫困的十里店更加贫困。国民党统治下的十里店，地租高得惊人，一大半农民生活得极其悲惨，一年大部分日子是靠剥树皮、挖野菜果腹。若再遇上灾荒年，卖儿卖女的，四处乞讨的，溺杀女婴的，各种各样的悲剧就会不断发生。

王文盛向伊莎白诉说：

"俺爹以前是个陶工，挨着村子讨生活。俺从小就和奶奶一起，住在村外的岩洞里。民国八年（1919年），俺9岁，奶奶75岁，俺们经常去讨一些小米或玉米饼之类的，有时候就拾麦穗。有一次，奶奶拾麦穗时，从麦谷堆上抓了几把麦子，给看场的人发现了，结果被揪到地主跟前。地主要罚奶奶200块钱，奶奶当然交不起，他们就拿走了俺们家的铁锅，还取走了岩洞口阻挡风雪的一块门板。

"第二年开始闹饥荒，俺爹回来了，一家三口都去逃荒。在路上，俺们碰到一个人，他没有儿子，想用36升小米把俺买下来。爹问俺愿不愿意，俺说愿意。那人就让俺美美地吃了一顿面条。面条是用高粱、面粉、豌豆和榆树皮混着做的。俺吃饱了，爹要走了，俺后悔了，又哭又叫，喊着要跟爹走。买俺那人没法了，爹只得把那36升小米还给人家。俺一辈子记牢了，俺只值36升小米！

"后来，听说30里外的一个村子里有个姓王的地主，经常从60里外的地方收200石粮食的租子。村民们说，他帮助过不少逃荒的人，但是，得向他磕头，至少要磕三个头，要跪在地上，头撞地上，'嘭、嘭、嘭'撞响才算数。于是，俺就向他磕了三个响头。那时，俺才10岁。很显然，俺给他留下了好印象，他让俺给他家放牛，让俺爹给他家当雇工。

"一年后，流行热病，俺们祖孙三个都病倒了。那时，每天都在死人。俺想，爹要是死了，俺咋办？于是俺挣扎着去借了一只茶杯、一把小刀，给俺爹拔火罐。爹好了，奶奶却死了。俺不得不向地主管家讨了一床草席，把奶奶的尸体卷起，放到沟里，盖上石头，算是埋了。

"就这样过了17年。这种苦日子，共产党来了才到了尽头。"

共产党一来，就实行减租减息政策：地主所能得到的最高地租为37.5%（过去是50%以上），最高合法贷款的利息是月息1.5%（过去是15%以上）。王文盛说："租金和利息低得难以相信！"

关于税收，共产党要求最富有的村民按相对财产来分摊所有的税收，这部分村民占全村人口的30%，地主、富农占10%，中农占20%。这样，贫雇农就不用交税了。

减了租息，又免了税，像王文盛这样的农民在经济上翻了身！

共产党把贫雇农组织起来，王文盛被选为农民协会副主席，能挺直腰板做人了——在政治上翻了身，做了主人！那种流浪、乞讨、磕头的苦不堪言的日子，终于过去了。

在十里店，类似王文盛的人比比皆是，共产党来了后，他们过上了扬眉吐气的生活，翻了身的他们，积极投入生产，十里店焕发出勃勃生机。

特别关注妇女的命运

一来到十里店，伊莎白就注意到，这里的妇女地位实在是太低下了，男人来了脾气，不管是在大庭广众下，还是在自家院子里，脱下鞋就可以随便打老婆，竟然没有任何人站出来劝阻。

到村民家去，敲门问："有没有人？"如果只有女人在家，就回答："没人。"妇女们没把自己当人，男人们也不把她们当人。

更让伊莎白同情的，是那些没有父母疼爱，没有幸福童年，奴隶一样生活了一辈子的童养媳。

伊莎白压抑着一腔愤怒，记下了一件残害童养媳的事：

十里店有一个恶婆婆，打儿媳总是下狠手。妇女协会多次出面劝说，恶婆婆把眼一瞪，厉声反驳："儿媳是俺家花钱买的物件，俺想咋整就咋整，你们管不着！"

妇女协会越劝阻，恶婆婆越生气，就越是下重手。儿媳终于跳进了水窖，但很快被人救了起来。恶婆婆气急败坏，根本不管儿媳已经被淹得半死，还没缓过气来，又把她痛打一顿，硬生生打断了一条腿！

情况非常严重，村上不得不出面批评这个恶婆婆。可恶婆婆觉得打骂儿媳，天经地义，完全是家务事。村长劝这个媳妇离婚，可是她坚决地拒绝了。村长调解没有用，也想不出其他办法，就请示分区。分区决定暂时拘留这个恶婆婆，同时劝媳妇离婚，可她就是不同意。原来，她早就打定了主意，拖着一条断腿挣扎着再次投进水窖。这一回，她被淹死了。

儿媳自杀了。严格来说，这不是谋杀，但是如果对这种情况不采取任何行动，就等于支持这个恶婆婆。问题上报到了县上，县上决定审理这个案子，指定了法庭，并且从村里众多的证人那里收集了证据。经过审理，县上最终宣布：恶婆婆因虐待并残害儿媳，判处死刑。

一声枪响，震动了十里店和周边的村庄——做婆婆的不得像以前那样压迫儿媳了。

抗日政府还强烈批评男人们脱鞋打妻女的陋习，宣传男女平等的思想。为了让妇女真正翻身，村上成立了妇女协会，把妇女组织起来，纺纱织布，增加了家庭收入，妇女的地位渐渐提高了。

伊莎白凭着对中国底层民众的了解，深深懂得，歧视妇女、虐待童养媳是积累了多年的恶习，难以在短时间内改掉，这需要共产党和抗日政府割开脓包，治病救人。

王翠的、田川、王香……一批伊莎白能叫得出名字的妇女干部，在十里店崭露头角。

王翠的走路风风火火，说话像放连珠炮，最先引起伊莎白的注意。她心灵手巧，纺纱织布是一把好手。结婚的时候，她的丈夫是富裕中农。可自从她的公公抽上大烟以后，家道很快衰落。抗战全面爆发后，她又遭遇了两次大灾难——在日军的一次"扫荡"中，她的公公因为穿着近似八路军军装的灰布衣服而惨遭杀害；她的丈夫又在外出做生意时被日军抓走，从此杳无音信。

一个悲剧接着一个悲剧，促使王翠的成为十里店最早、最热情拥护共产党的人之一。她欢呼八路军让妇女翻了身，幸福感非常强烈，加上她对十里店十分熟悉，又熟练掌握纺织技术，当之无愧地成为刚成立的十里店村妇女协会主席。

妇女协会分成24个小组，不论白天黑夜，妇女们都会在一起纺线、织布，琢磨技术，取长补短。

村上还成立了合作社，合作社用比较低的利息，为村民垫付资金，让村里的妇女们买纺车、织布机或其他工具，鼓励她们参加生产劳动。鼓励妇女参加生产劳动有一个很大的好处，就是使妇女在面对家人时有了底气。

妇女协会还组织了生产竞赛。让全村村民感到脸上有光彩的是，十里店的妇女创造了全县纺线织布的新纪录。十里店出现了第一个劳动模范——田川。

田川是一个瘦弱的年轻女子，才二十出头。几年前，她从一个极度贫

翻身做主的十里店的妇女们积极参加生产劳动（摄于1948年）

困的村子被卖到十里店当童养媳，天天受气，遭丈夫打骂。因为在丈夫看来，打骂是叫童养媳拼命干活的最好用的办法。

妇女协会成立以后，田川终于鼓足了勇气，向妇女协会诉苦。尽管妇女协会还是头一次面对这样棘手的事情，但她们还是处理得相当成功。不久，田川在纺织比赛中创造了新纪录，当选为劳动英雄。喧天的锣鼓震荡了十里店，田川胸佩大红花，看得男人们个个发愣。这么光荣的媳妇，可不能再用鞋底板打了！何况她还有妇女协会、抗日政府、共产党"撑腰"呢！

随着抗日战争的结束，太行分区的斗争形势越来越复杂。

由于妇女协会的成员来自各个阶层——雇农、贫农、中农等，领导成员相互掣肘，在参加"双减"运动中领导不够得力。上级部署，对十里店的妇女协会进行了改组。

王香成为新成立的妇女协会主席。她是被那些羞涩腼腆的姐妹推到前台的。因为在贫农妇女中没有几个像她这样，敢在大庭广众之下发表意见的。

王香因为长期下地干活，皮肤晒得很黑，所以村里人都叫她"黑子"。她很小的时候就被父母卖给了村里一户人家当童养媳，婆家对她很刻薄。她的童年就是在没完没了的打骂中度过的。

在十几岁时，王香到底还是和她"命中注定"的丈夫成了亲。她的丈夫是出了名的吃、喝、抽、赌"四毒俱全"。此外，他还打老婆。这一恶习让王香吃尽了苦头。

八路军来的时候，王香一家已经极端贫困。她丈夫的身体早被肺结核和鸦片弄垮了，因此，饥荒发生的当年就死了。王香和17岁的儿子李天堂坚决拥护新政府，儿子在村上报名参加了八路军，王香成了八路军家属。

儿子参军以后，王香就一个人过了。她是军属，又是寡妇，村上有政策，拾柴、挑水、侍弄土地都有人帮她，这样她就可以专心地学习纺纱织布了。

武安有一种梆子戏，王香是一个戏迷，而且成了村上剧团里唯一的女成员。所有的成员都把黑子家当成了剧社总部，家里不断有剧社成员进进出出，而且都是男的。这让有关她的流言蜚语四起。王香蔑视老规矩，根本不管那一套。

伊莎白注意到，王香讲话的时候，村支书王绍贞蹲在一边，不仅不鼓掌，还挺冷漠地撇嘴。

伊莎白通过李棣华，跟王绍贞有一番对话。

王绍贞磕了磕烟锅，沉默良久，对伊莎白说出惊人之语："我觉得有战斗力的妇女不守妇道，守妇道的妇女又没有战斗力。"

伊莎白认为，妇女长期受压迫，逆来顺受，忍辱负重，是封建主义压榨下的牺牲品。一经解放，可能会说些过头的话。干部们应当谅解，并要加以引导。一些干部对封建主义或封建主义的牺牲品之间的界限，总是不能够明确划分。她特别提醒王绍贞：翻了身的妇女，是最迫切要求革命、最拥护共产党的，不能挫伤了她们的积极性。

不管伊莎白怎么讲大道理，王绍贞对这个黑子就是没好印象。

旧观念在很大程度上阻碍了妇女协会的继续发展，而分区党委认为，要向旧的社会制度发起进攻，又不能过分打击带有旧社会烙印的人，这确实是一件很复杂的工作。

伊莎白明显感觉，基层党组织中还存在着狭隘的农民意识，会阻碍妇女运动的进一步发展。好在"土改复查"，即二次土改就要开始了，基层党员干部必然会受到教育，从而走到正确的道路上来。

工作队亮相十里店

1948年2月，人民日报社组织的土改工作队进驻十里店。

一个春寒料峭的夜晚，柯鲁克夫妇从天津带来的两盏煤气灯，把村上古庙的戏台子照得雪亮。村民们早早来到，把庙里挤得满满当当的。土改工作队将在这里亮相，同时，也会亮政策、亮底牌。

三年前，国民党在军事、经济上占据优势，仅仅三年过后，胜利的天平就倾向了共产党。因为共产党果断地进行了土地改革，解放了农村生产力，亿万农民齐刷刷地站到了共产党一边。其实，这就是民心所向，是任何力量都无法与之抗衡的。

毛主席指出，如果我们的土改搞成功了，解放区就巩固下来了，这样就会得到亿万农民的拥护，打败蒋介石反动派、建设新中国便指日可待了。

煤气灯照亮了戏台上方悬挂的毛主席画像，也照亮了整个会场。

柯鲁克和伊莎白的目光，扫视会场。他们观察每个村民的不同表情——有的兴奋，有的木讷，有的忐忑，有的茫然，更多的是疑惑，不知道这场声势浩大的群众运动，将会产生怎样的结果。

大会从工作队成员的自我介绍开始。

头一个站起来的是工作队队长、身材魁伟的罗林。由于老乡们听不懂他的湖南口音，他很少在大会上讲话。工作队的秘书何燕凌是《人民日报》要闻版和国际版的编辑，他身材修长，戴一副钢架眼镜，看上去像一个毕业不久的学生。吴舫则是工作队唯一的女队员，还有耿西、冷冰等。最后介绍的是吴象，他才27岁，是挺精明的前线记者，也是工作队的主要发言人。

吴象开门见山："我们是边区共产党中央局派来的工作队，是来帮助大家实行《土地法大纲》的！什么是《土地法大纲》呢？它主要就是废除封建性及半封建性剥削的土地制度，实行耕者有其田的制度。这个《土地法大纲》，符合全体人民的利益。"

村民们面面相觑，不懂这个大纲怎么符合"全体人民的利益"。他们不明白，老区已经土改过了，还有什么大变化吗？

吴象首先针对雇农和贫农，讲道："有好多雇农和贫农没有真正翻身，没有真正站起来。我们村缺地或少地的'窟窿户'真不少！这次，实行《土地法大纲》，就是要把'窟窿'填上。'窟窿'不填上，就说不上是彻底翻身！"

吴象手握拳头，朝天上一挥。顿时，会场响起了热烈的掌声。接着，他又给忐忑不安的中农和垂头丧气的地主、富农讲清了政策。

古庙响起了长时间的热烈掌声和欢呼声。大家都听明白了，对贫农、雇农要"补窟窿"，对中农要"纠偏"，对地主、富农要"给活路"。十里店的村民们，无不感到欢欣鼓舞。

吴象最后大声说："可见，毛主席领导下制定的这个《土地法大纲》，对我们每个人都是有好处的，对不对呀？"

"对呀！""好呀！"

当晚，伊莎白在打字机上，敲出一行行诗的语言：

　　从庙台上，吴象环视了一下挤在院里的老乡们。在灯光照耀下，站在人群前面的人们的脸上闪着亮光。在月光普照下，甚至在站在后面的人们的脸上，也可看到闪着亮光。

伊莎白想：这"亮光"，就是《土地法大纲》给中国带来的希望之光。

热烈的掌声之后，柯鲁克夫妇冷静下来，细心观察。他们对个别贫农、雇农的观察，可以说是细致入微。

他们看见，头一天夜里工作队调查时，一位贫农说起地主的剥削，恨得咬牙切齿，可是第二天晌午，他在街上跟一堆人围坐聊天时，看见老地主来了，又诚惶诚恐站起来，毕恭毕敬地给老地主让座。

前一次分胜利果实，还有个别的贫农、雇农，白天分到粮食，晚上又悄悄地给地主、富农送回去。他们胆小、多疑、不团结，像一盘散沙。

一开始，工作队对贫农、雇农进行单家独户的访谈和动员，效果很差。很快，工作队改变了方法，分片区，集中若干贫农、雇农，帮助他们分析自身受穷的原因，让他们相互影响、激励、壮胆，一下子"把灯拨亮"——翻身不是哪个人赐予的，而是靠自己赢得的！

所有的贫农、雇农都明白，下一步，评定阶级成分，选举农会主席，与自己的命运息息相关，绝不能有丝毫马虎。

激动人心的春夜，十里店的贫农、雇农家里，烟雾腾腾，话语滔滔。伊莎白目睹了一个个贫农、雇农终于开窍，心上的灯拨亮了。深夜归来，在油灯下，柯鲁克夫妇尽量把当天发生的重要事情，认真地一一记下来，打字机"嗒嗒嗒"响个不停。

当柯鲁克夫妇沉醉于工作中时，干妈郭锦荣关注的是伊莎白的"肚子"，她算了算，这对年轻的夫妻结婚四年，该怀娃儿了。当她听说伊莎白"有了"，便给伊莎白端来一碗热腾腾的莲子羹，喜滋滋地说："这

在十里店采访期间，伊莎白用打字机记录下了珍贵的一手素材（摄于1948年）

碗莲子羹，你得趁热喝下去。这里面有红枣、花生、桂圆、莲子——这叫早、生、贵、子。"

柯鲁克夫妇听懂了"早、生、贵、子"四个字，乐得哈哈大笑。

翻开历史新篇章

伊莎白感觉到，十里店的历史篇章，有时翻得很慢，一年半载甚至三年五载，都没有值得书写的大事；而工作队进驻之后，如疾风劲扫，历史篇章飞快翻动，快得让人目不暇接！这不，工作队进村才八天，十里店划分阶级、评定成分的工作，就热火朝天地开始了。

工作队队员耿西跟大家说："这一回是'自报公议，三榜定案'。第一榜，先给基本劳动群众，即那些没有被斗争过的农民划分阶级。大家酝酿酝酿吧！"

"酝酿酝酿"，每个工作队队员都这么讲，在几次会议后，就成了十里店村民最熟悉的流行词。

人们纷纷移动小凳，挪动砖头，掉转身子。一时间，听众的注意力便从耿西身上转到自发形成的小组热烈的讨论上。朋友啊，邻居啊，形成了天然的"酝酿小组"。

柯鲁克夫妇跟"酝酿小组"挤在一起，尽量从语气、表情中了解发言内容，先用英文做概要记录，晚上回去再细细整理。

罗林问伊莎白："听'酝酿酝酿'有什么感觉？"

伊莎白回答："'酝酿酝酿'，就是心平气和地摆事实，讲道理，辩论，商量，比较，鉴别，提高认识。这种方法，好！我想，村民们在短短几天内学到的东西，可能超过了几十年甚至大半辈子。"

罗林觉得伊莎白说得非常中肯。

村里认真搞了三天划分阶级的活动，第四天早上，张榜公布了评定的结果。

从早上到傍晚，榜前人头攒动，众说纷纭。一双双眼睛寻找着自己的名字，看了又看。这是翻身做主人的大名单，这是做梦也想不到的好日子即将开始的信号。

在十里店，一切旧势力被一场无形的大风暴彻底摧垮。对贫农、雇农而言，天天都是盛大的节日。那么，未来由谁来为十里店掌舵？

革命不能包办。在评定成分之后，紧接着要做的是选举贫农团"发起人"，组织贫农团。之后，再联合中农，成立农会。

这是十里店史无前例的民主进程，也是受苦受难的贫雇农翻身做主人的过程。原有的28名党员，有11名或做过错事、说过错话，或碌碌无为、威信较低，或在群众评议中受到各种批评，所以选举贫农团"发起人"时没有让他们当候选人。这让他们感到不安，于是他们不断地检讨自己的错误。

伊莎白和柯鲁克对中国共产党有了更清晰的认识：在急风暴雨、社会巨变的时刻，那些原本就不合格的革命的"同路人"，有被抛弃的危险。换句话说，中国共产党正是在不断地"吐故纳新"中成长壮大。

在工作队的指导下，被划为贫农的农民先聚在一起，选举贫农团"发起人"。

凭伊莎白和柯鲁克对选情的了解，他们猜想的没有错，第一个被提名的正是幸福感很强的王文盛。

王文盛在掌声中上台讲话。

"俺，从来没……没当着这么多人讲过话。"面对黑压压的人群，王文盛讲话时非常紧张，"俺们组，选俺当候选人……俺觉得，觉得自个儿不够条件……俺，俺是穷光棍，共产党来了，才翻了身……腐化的事，俺没干过……俺有啥毛病，请大家都提出来，不要讲情面！"

王文盛越是紧张，就越结巴，越结巴，村民们就越是给他鼓掌。柯鲁克夫妇也和大伙儿一起使劲给他鼓掌。

接着，大伙儿选出了贫农团"发起人"。

经过紧锣密鼓的策划，几天之后，贫农团宣告成立。

又过了几天，农会正式成立。在热烈的气氛中，大伙儿开始选举农会委员。

举手表决后，老中农、新中农和贫农都有代表进入农会委员会，贫农占了大多数。

这天晌午，阳光冲破了云层，十里店的山梁、房屋、土地，全都沐浴在金灿灿的阳光里。农会的会员们欢天喜地地走出庙门，个个挺直了腰板。这是值得他们自豪的一天，从这天开始，十里店由他们当家做主！

整党，整风，荡污涤垢

是干妈郭大娘放出了风声：俺那个外国干女儿怀上娃了！

左邻右舍，送鸡蛋的，送花生的，送红枣的，络绎不绝。老嫂子、巧媳妇都向伊莎白表态，想吃啥，吱个声，她们去做。她们对伊莎白说："生娃前后，都得好好补补身子……"这让伊莎白很是感动。

但是，伊莎白和柯鲁克依然是早出晚归，忙得不行。一天，他俩骑着高头大马，去冶陶开会，被郭大娘撞见。郭大娘急得跺脚："使不得，使不得！动了胎气，要出大事！"

伊莎白笑着说："干妈，放心吧，我没事！"

农会成立后，罗林告诉柯鲁克夫妇，下一步要关门整党，然后开门整风，让群众评议党员。

伊莎白听完，不禁思索：为什么要在土改进行得如火如荼时整党整风？

罗林介绍说："1942年，十里店就建立了党支部。党支部为集中力量抵抗日寇的侵略做过许多有利于人民的工作，但由于主要负责人王克斌、傅高林掌权后迅速蜕变忘本，加之党内混入了异己分子，使党支部工作处于瘫痪状态。1944年，十里店党支部改选，党员王绍贞、王喜堂分别当选书记和副书记。新的党支部成立后，在敌后抗日斗争、根据地生产建设中做出了成绩，被评为武安九区的模范党支部。但王绍贞和王喜堂也出现了脱离群众、滥用权力、作风粗暴甚至以权谋私的问题。因此，开展整风非常必要。"

罗林对柯鲁克夫妇说："十里店的土改肯定会成功！但是，工作队撤走之后，就要靠党支部强有力的领导，要靠党员的模范带头作用，才能团结群众，发展生产，支援前线，巩固政权。"

于是，柯鲁克夫妇见证了中国共产党的一个农村基层党支部，如何卓有成效地通过整风，获得了群众的支持，担负起历史的重任。

"关门整党"，如同打开一座革命熔炉，让党员们自觉投入其中，烧掉锈斑，来一次思想品质的升华。

柯鲁克夫妇特别注意到党支部书记王绍贞的言行。

一开始，王绍贞满不在乎，轻描淡写地说着自己的缺点，以为整党不过是走过场而已。没料到，当大家摊开了十里店的问题后，王绍贞坐不住了。他想到了村里那么多"窟窿户"，生活那么艰难，痛心地说："如果我多听大家的意见，就不会有那么多'窟窿户'了！"

王喜堂等人说到自己的问题时也泪流满面，沉重地低下了头。

会场上，党员干部们那沉重的呼吸、涔涔的冷汗、愧疚的表情、深深的自责，都被柯鲁克夫妇如实记下。散会之后，伊莎白注意到，工作队队员们并没有休息。

朦胧的月色中，冷冰匆匆走过。他告诉伊莎白，他要到王绍贞家里去。他说："看起来，党员干部开始意识到自己的问题，勇于自我批评了，但同时要让他们吸取教训，改正错误。因为下一步是群众评议党员——那火辣，那尖锐，那疼痛，是无法预料的。"

柯鲁克夫妇兴冲冲地回到了家，郭大娘又是一番"唠叨"："闺女，你可得小心啊，肚里的娃，娇贵得很，千万别累着了！早点歇着吧！"

郭大娘叮嘱早点休息，伊莎白却办不到。因为这几天正是关键时期，她和柯鲁克作为观察者和记录者，时刻不能停歇。打字机"嗒嗒嗒"一直响到深夜。

开门整风，是接受群众暴风骤雨般的批评。

王绍贞第一个走上台，接受群众评议。

大家一共给王绍贞提了32条批评意见。其中，最严厉的是"多拿了斗争果实"，不仅买了新院子，还从斗争果实中拿了一条头巾和一件绣花旗袍，在阳湖卖了6元钱。还有，他作风粗暴，对普通群众发脾气、摆架子，这些都被反复提到。

王绍贞一直低着头，呆呆地看着地面，但是群众的意见一条又一条烙在了他的心里。

接着，是党员干部王喜堂、王南方接受批评……

评议党员的活动用了整整一个下午和大半个晚上。

后来的事实证明，运用批评与自我批评的方式，不仅教育了党员干部，也教育了群众。

十里店的党员干部在暴风骤雨般的批评中，得到一次荡涤灵魂污垢的机会。党支部不仅没有被批评垮，反而变得更有活力，更有威信。

工作队早已经察觉，有一种力量，如幽灵一般看不见、摸不着，却在十里店大显神通。姓傅、姓王还有姓李的三个大家族，明争暗斗，往往只认家族，不管是非。前党支部书记王克斌漠视党的纪律，腐化堕落，依靠的正是宗派的力量。

工作队和农会都认为时机成熟了，决定召开对王克斌和傅高林的控诉会，让群众揭发他们的问题。

伊莎白生动可感地为王克斌"画"了一幅肖像：王克斌拖着沉重的步

子走到台阶上，趿拉着布鞋，两手缩在棉衣袖子里，低着头，即便走到光亮底下，看起来也是阴沉沉的。他那又厚又密、乱蓬蓬的头发和多天没有刮的胡子连在一起，几乎遮住了他尽是皱纹的脸。

十里店的群众早说过，王克斌是一只凶猛的老虎。

王克斌在台上小声地、吞吞吐吐地交代自己的错误，一反过去那种趾高气扬、口若悬河的常态。

接着，傅高林站起来，向群众交代："我当村长和农会主席时，干过许多坏事……"他草草讲完，被允许在原处坐下。

当农会主席李宝有宣布，开始揭发王克斌的问题时，一个妇女站出来说："王克斌买卖妇女。他用50块钱，就把他收养的妹妹给'卖'了。"

一个老妇人颤巍巍地站起来揭发道："饥荒年，我去挖野菜，王克斌说我是贼，偷了他地里的萝卜，抢走了我的口袋和篮子，还罚了我10块钱。"老妇人讲这话时，整个身体都在不停地发抖。

党员、新中农李宝恩说起王克斌在灾荒年间的蛮横行为时，泣不成声。他一把鼻涕一把泪，讲了他被诬陷、被吊打、被罚款的一段冤情。

"把王克斌也吊起来！"

"吊起来！"

"吊起来！"

…………

群众被激怒了，会场上响起了震耳欲聋的呼喊声。

罗林深知，不能被群众的情绪左右，他悄悄地向李宝有暗示，于是李宝有站起来讲道："坏干部吊打群众是错误的！地主老财才那样干，我们决不学他们的样子！"

控诉会后，昔日独断专行、不可一世的两个人物，"神光"褪尽，变成了秋后的黄瓜。两块压在十里店村民心上的石头，被搬走了。十里店的党支部、农会扫清了隐藏的障碍。

三周之后，王克斌和傅高林向村民做了自我批判，并承诺退赔巧取豪夺的财产，以扫街和为军属干活来赎罪。经群众同意，他们终于得到改过自新的机会。

王克斌、傅高林原本是穷棒子出身，是八路军进村后最拥护共产党的勇敢分子，为什么入了党、当上村干部才一两年，就迅速腐败变质，成了害苦了百姓，被群众怒喊"吊起来"的"老虎"？

没有对权力的监督，缺乏党内民主，没有批评与自我批评……一句话，他们脱离了以人民为中心、为人民服务的根本目标。他们尝到一点以权谋私的甜头，很快就变得贪婪起来，处心积虑谋取私利，必然被群众抛弃。

土改中的整党整风，挽救了王克斌、傅高林，教育了王绍贞、王喜堂等，建强了十里店党支部。伊莎白在《十里店》中解剖的王克斌、傅高林这两个"标本"，至今读来，仍然具有极大的警示意义。

这么好的春天，风调雨顺

一天早上，伊莎白突然感到腹痛难忍，柯鲁克也慌了手脚。干妈郭锦荣闻声赶来，脸色陡变，初步判断是流产了。

村上立即组织了八个精壮的小伙子，用担架抬着伊莎白，一路飞奔到白求恩国际和平医院位于冶陶的一家分院。

罗林和几个工作队队员匆匆赶到。罗林深感负疚地说："我们粗枝大叶，没能关照你俩，实在抱歉。都是朋友，你们有什么困难，要及时跟我们说啊！"

医生对罗林说："胎儿没能保住，血止住了。我们再观察几个小时，如果能稳定下来，应该没有什么大问题。"

脸色苍白的伊莎白躺在病床上，轻轻地挥着手说："你们都别惊慌，休息几天就好了。"

干妈郭锦荣一边自责一边给伊莎白炖好了一罐子鸡汤。她让柯鲁克给伊莎白送去，转过身就抹起了眼泪。

两天之后，伊莎白才看到干妈。干妈的一双眼睛红肿得像桃子，这让伊莎白好一阵难过，不由得泪流满面……

伊莎白虽然是"旁观者"，但心中牵挂着十里店土改的每一段进程。前几天，在群众的强烈要求下，工作队决定，发动群众，把十里店的全部土地重新丈量一遍。

空旷的田野，传来阵阵欢声笑语。

各测量组成员，你呼我喊，有人记录，有人拉绳子，配合得非常愉快。收集好了数据，当晚就挑灯计算，原定要五天做完的工作，两天就圆满完成了。

伊莎白当时不顾有孕在身，和丈量土地的人们，从这一块地奔到那一块地，分享着欢乐。柯鲁克的相机快门，"咔嚓咔嚓"响个不停。

柯鲁克夫妇早出晚归，参加丈量土地的工作，落下一身尘土。干妈一边帮着轻轻拍掉尘土，一边叮嘱伊莎白："歇着吧，别再去地里啦！肚里的娃最怕当娘的瞎蹦跶！"

一想起33岁的伊莎白怀上第一胎就流产了，干妈心痛不已。

面对柯鲁克，伊莎白默默无语。在这之前，当38岁的柯鲁克获悉自己要当爸爸了，他简直乐不可支。没想到美梦会这样破碎！伊莎白握着柯鲁克冰凉的手时，感觉到丈夫的身体在微微颤抖。她轻轻说道："我们还会有的，还会有的……"

伊莎白实在太劳累了，她和柯鲁克把全身心都投入到土地改革的大潮之中。他们深知，中国共产党领导下的土地改革，将把孙中山先生未能实现的"耕者有其田"的理想变成现实。解放区的每一项革命与建设成果，对于建立新中国都有示范意义。

1948年春，十里店的土地改革到了最关键的环节——要完成"耕者有其田"的历史重任。可十里店的"田"在哪里？经反复测算，村上"窟窿户"多，需要的土地量大，哪里去找填"窟窿"的土地？

柯鲁克夫妇也在为这个关系到土改成败的巨大难题着急。

完全出乎意料，十里店的中农们非常积极，踊跃地捐献土地。一天的大会开下来，总共有38户农民自愿献出了116亩2分地。这样，十里店填"窟窿"的地就找到了。

困难，奋斗，挫折，成功——柯鲁克夫妇的打字机，"嗒嗒嗒"地紧跟着十里店飞快的脚步。

伊莎白休息的那几天，不时有鞭炮炸响，还有欢声笑语传来，使她的心情十分愉悦。柯鲁克告诉她：分胜利果实了！

分粮食，分布匹，分被褥，分家具，分衣物……"窟窿户"手里捏着票证，提着篮子和麻袋，拥在院门外，一个个笑得好开心。柯鲁克的镜头里出现了——

王文盛的父亲，一个长着长长的银白胡须的老农，背着一袋沉甸甸的粮食，满脸皱纹舒展，露出了难得的笑容。这是翻身者的典型形象。

孤儿王康是第一批进院子里的。庙门一开，他就冲进挑布区，挑了一匹布，又挑了好多衣服。他皱着眉头，是因为肩膀上压着太多衣物，挑不动了。

外号叫"老葫芦脸"的瘪嘴老太婆分得了粮食和衣服，深深凹陷的两颊，正在努力地笑着。

寡妇段二德分到了黑毡炕垫、新被子、棉混纺布，花花绿绿，好大一堆……

感谢柯鲁克拍下了满院子阳光、笑脸，以及那些忙得不可开交的工作人员。他在十里店拍摄的上千张照片，为记录中国土地改革运动留下了极其珍贵的史料。

王喜堂感叹："这么好的春天，真是风调雨顺啊！"

"窟窿户"欢呼："可以肯定，我们再也不会挨饿了！今后，我们要努力生产劳动，把我们的地种好，把我们的日子过好。"

贫农议论说："共产党来了，我们当家做主人啦！在旧社会，村里不是有很多无赖和流氓吗？不是有人在抽大烟吗？现在通通没有了。我们十里店，要成为解放区的模范村。"

新老党员们说："我们一定要做好党员，做人民忠实的长工！"

十里店的群众懂得了团结的力量。贫农，必须团结起来，要和中农抱成团，才能成为十里店真正的主人。

他们懂得了共产党要解放全中国、建设新中国的目标是与每个村民息息相关的宏伟大业。他们打心眼里拥护共产党，热爱伟大领袖毛泽东。

伟大的土地改革运动，不仅让贫雇农大翻身，登上政治舞台，极大地推动了生产力发展，也是彻底改造斗争对象的伟大实践。那些曾经不劳而获的剥削者只要劳动（地主只要劳动五年，富农只要劳动三年），就可以成为人民的一分子。这让地主、富农及其子女打心眼里服气。

才休息了几天，伊莎白又春风满面地出现在村里的集会上。当罗林再次表示了歉意后，柯鲁克夫妇相顾一笑。伊莎白说："我们非常感谢你们给了我们这样的好机会——中国的崛起是20世纪世界史上最伟大的事件之一，我们不是旁观者，我们能工作在'历史正在发生的地方'，这是来之不易的幸福。"

伊莎白想法把《十里店》的部分稿件通过天津的同志寄给自己的博士生导师、伦敦政治经济学院的弗思教授。弗思看了后，大为赞赏。他看到学生刚一展翅，就一飞冲天，飞得那么高、那么远！

第九章 / 从南海山到天安门

1948年6月，可以说是伊莎白人生的又一个重要转折点。出于参与建设新中国的强烈意愿，她放下人类学的研究，和丈夫柯鲁克一起去中央外事学校（今北京外国语大学）担任英语教师。从此，伊莎白开始了在新中国英语教学园地半个多世纪的开拓和耕耘。

2021年6月，我来到中央外事学校旧址——石家庄市鹿泉区南海山村，参观了校史陈列馆和当年学员们的住地。此行，我找到了91岁的曹玉凤老人。她是南海山村人，她详细讲述了当年艰苦的学习、生活情况，以及有关柯鲁克、伊莎白的往事。

石家庄的欢迎舞会

看见光芒四射的电灯把大街小巷、民房军营照得透亮，让已经习惯了煤油灯的柯鲁克夫妇一时难以适应。柯鲁克不无幽默地说："电灯这玩意儿，简直太浪费了。"接着，他又对伊莎白说，"在十里店，八个月的乡村生活，是不是把我们都变成了'乡巴佬'？"

这就是1948年6月初，柯鲁克夫妇来到了石家庄——人民解放军占领的第一座大城市时的感受。

当十里店的社会调查即将画上圆满句号之时，柯鲁克夫妇接到通知，让他们去石家庄，有要事相商。他们扛着自己的行李卷，走了十多里地，到了火车站，窄轨火车把他们带到了武安县城。到了县城后，换乘骡车，开始向两百里外的石家庄进发。而柯鲁克觉得，走路比坐在咯吱咯吱响的平板车上颠簸更舒服，便穿着英国皇家空军的旧军靴，大踏步地走在华北平原解放了的土地上。柯鲁克的精神气特别足，乐得车上的伊莎白咯咯直笑。

到了石家庄，他们住进解放区救济总会设立的外宾招待所。二楼的两个房间不算小，但是他们带的书籍就占据了不小的空间。这些英文书籍从十里店带到武安，再带到石家庄，一直没有离过身。夫妻俩视若珍宝的书籍，后来在中央外事学校成立后派上了大用场，成为编写英语教材的重要参考资料。

到石家庄的第二天，华北局举行了盛大的宴会，欢迎柯鲁克夫妇。宴会后，王炳南告诉柯鲁克夫妇，想请他们到新办的中央外事学校任教。这让柯鲁克夫妇稍感意外，因为他们一心想的是有关人类学的写作计划。王炳南笑着说："你们可以既当作家又当老师嘛。"

柯鲁克想起离开英国时，英国共产党负责人和他们谈话时表达了组织的意见："要将个人利益放在次要地位，如果中国同志需要你们做其他的事，也要接受。"他们当即表示，很乐意接受邀请。

不久，人民解放军总部参谋长、华北军政大学校长叶剑英专门派车到石家庄接柯鲁克夫妇和李棣华三人，前往华北军政大学所在地——石家庄西边的获鹿县（今鹿泉区）南新城村。

正是夏收时节，冀中平原铺开了大片大片金色的麦田，散发着暖烘烘的麦香。一路上，老乡们弓着腰，正在争分夺秒地收割麦子，一把把镰刀闪着银光，飞快地舞动着。

吉普车在坑坑洼洼的乡村路上行驶，颠簸得伊莎白有些眩晕。虽然路途不远，但净是坑洼，路况极差。经过一个半小时的折腾，车子驶进了南新城村，然后进了一个巷子，远远能望见五六名身穿解放军军服的人，走近了，他们看得更清楚了。李棣华介绍说："站在院子门口最前面的就是叶剑英，他后边的是萧克、浦化人。"

柯鲁克夫妇一下车，叶剑英立刻和他们热情地握手："欢迎，欢迎，欢迎英国战友！"

叶剑英，身材魁伟，仪表堂堂，让柯鲁克夫妇眼前一亮。这位中国革命的传奇人物、中国共产党的高层领导干部，亲自前来迎接，真让柯鲁克夫妇"出乎意料"。

李棣华陪同他们进入叶剑英的住地。这是一个典型的北方农村院落，半四合院，东西北三面是房屋，收拾得很整洁。葡萄架下，有四把藤椅、一张方桌，桌上摆着茶杯和一盘水果。在一片浓荫下面，叶剑英开始与柯鲁克夫妇亲切交谈。

柯鲁克介绍了自己的经历。家道没落使他接触到底层生活，经济大萧条让他感受到社会危机，自己从一名富有正义感的美国共青团团员、英国共产党党员成为西班牙国际纵队的战士。之后，被共产国际选派到上海，然后到了大后方成都，二战中又回到英国加入皇家空军……而对自己影响最大的人是白求恩和斯诺，斯诺的《红星照耀中国》甚至影响到他选择爱人。

伊莎白讲到了自己从小在成都华西坝长大，自幼就对中国满怀深情。但是，这块土地上的贫穷和愚昧，以及生活在底层的老百姓所受到的残酷压榨，让她良心难安。所以，她与柯鲁克志同道合，对中国革命充满期待。现在，他们从中国革命的记录者变成了参与者——能够响应中国共产党的召唤，成为新中国的建设者，是他们一生难逢的机遇，也是他们莫大的光荣。

继而，他们谈到了十里店的土改历程及政策分寸掌握得非常好的人民日报社工作队，以及他们在十里店做的社会调查的巨大收获。叶剑英饶有兴趣地倾听着，频频点头。

看来，叶剑英早已对两位外国同志的出色表现了如指掌，非常满意。接着，叶剑英指出，100多年来，中国人民盼望的，没有帝国主义、封建主义和官僚资本主义压迫的新中国就要成立了。这将是20世纪的重大事件，也是全世界无产阶级，包括马列主义的兄弟党共同努力的结果。中共中央清醒地认识到，建立新政权，管理好国家，需要大量人才，所以中央办了华北军政大学。各大区都要办这样的大学，培养干部，储备干部。叶剑英说："作为新生的中国，必须在世界上树立新的、良好的形象。但是，要做好外事工作，面临着很多困难，首先就是外语人才的严重匮乏！所以我们决定办一所中央外事学校，培养外语人才。因此恳请你们二位，到我们中央外事学校当老师，不知你们意下如何？"

柯鲁克和伊莎白当即表示：为新中国培养外事人才，是我们义不容辞的责任。叶剑英和柯鲁克夫妇紧紧握手，朗声大笑。

当天，马海德、白蒂·葛兰恒、韩丁等几名外籍教师和柯鲁克夫妇一道出席了晚宴。

晚宴之后，华北军政大学礼堂举行了欢迎舞会。

由五间平房改建的礼堂，被汽灯照得雪亮。此刻，鼓乐齐鸣，一片欢声笑语。叶剑英校长和其他校领导以及柯鲁克夫妇等人步入礼堂时，响起了经久不息的热烈掌声。

胡定一同学代表中央外事学校致欢迎词之后，舞会开始。华北军政大学文工团的二胡、竹笛、三弦合奏出欢快的乐曲，踩在粗糙的由砖块铺就的地面，许多舞者不是在跳舞，而是在按节拍"下操"。伊莎白的舞姿相当优美，步态也很轻盈，立刻成为最闪亮的明星，中外男士纷纷邀请她跳一曲。

舞会的高潮，是在小广场上扭陕北大秧歌。大锣大鼓响起来，唢呐吹起来，大红绸子舞起来！叶剑英校长带了个头，其他校领导也纷纷跟上了——

锵！锵！锵锵咯！

锵！锵！锵锵咯！

一条舞者的长龙形成了。长龙很快旋转起来，把伊莎白和柯鲁克，把一个个文质彬彬的学员，把一个个面孔黧黑的农民，一层层地旋进了欢乐的长龙里。鼓，越擂越起劲；锣，越敲越响亮；唢呐，越吹越高亢。人们纵情地唱啊，跳啊，笑啊，直到午夜才散去。

叶剑英校长一直陪着柯鲁克夫妇，舞会后请他们在华北军政大学留宿。

第二天，柯鲁克夫妇来到中央外事学校所在地南海山村。浦化人校长早已站在村口，迎接他们。

一所没有教室的学校

中央外事学校选址南海山村，真是绝了！

这个小村庄距石家庄30多里，交通便利。远看一马平川，仿佛无险可守；走近村子，才知道地形是多么复杂！

村子北边有一条太平河，南边有一条路，西边有座海山，东边是平原，有大片肥沃的庄稼地。村里有十多条千百年来被往来的车辆碾压又经雨水冲刷形成的大沟，很深。沟壑两边长满了结着硬刺的酸枣树和灌木杂草，掩盖了沟壑，便于村民隐蔽其中。这些沟壑围绕着村子，形成天然的防护屏障。一遇到日本鬼子扫荡或国民党军队偷袭，村民们就跑进沟壑里，顺着弯弯曲曲的大沟，钻进迷宫一样的藏身地，让敌人晕头转向，无可奈何。

村里刚刚完成了土地改革，经济基础好，生活安定，有足够的空房，是创办外事学校的理想场所。

初期的80多名学员，来自全国各地。有一部分是在抗战胜利后，国共谈判期间，重庆军调处的我方代表选送来的张家口的学生，他们是乘美国飞机来解放区的；另一部分是上了国民党特务黑名单的进步青年，由平津的中共地下党组织介绍，转移到解放区之后，进入外事学校的。

校长浦化人，儒雅谦和，平易近人，当时已经两鬓斑白，过了花甲之年。柯鲁克看他总是穿着立领的衬衣，就猜想到他有过传教士的经历。浦化人毕业于上海圣约翰大学，早年曾做过冯玉祥的随军牧师。1927年赴苏联考察，归途中秘密接受了革命的洗礼，信仰了共产主义，成为中共上海地下党的负责人之一。抗日战争爆发之后，他到了延安，曾任新华社社长、延安外国语学校英文系系主任等职。

浦校长在向学员们介绍柯鲁克夫妇时说："中国革命，引起了全世界共产主义者的关注。我们的革命阵营有不少外国朋友，我们的两位外教柯鲁克和伊莎白，就是全心全意支援中国革命的好战友——他们和我们一样过着艰苦的生活，做着艰辛的工作。我们要好好向他们学英语，学习他们的国际主义精神！"

学员刘钲，曾回忆初次见到柯鲁克夫妇时的印象：

英国绅士的气质风度，举止端庄高雅，尽管他们穿上了"土八路"的粗布衣服。他们的发言热情深沉，语言简练流畅，有时很风趣，富有吸引力。

从校长到教师、学员，大家信心满满。但作为一所学校，缺什么呢？

从物质条件来说，缺得太多。首先，这里没有校舍、教室。

师生分散住在老乡家里。没有教室，就在老乡院子里或树荫下上课。黑板是老乡家的门板，白天是黑板，晚上还得当床板。

没有教材，柯鲁克夫妇夜以继日，努力编出内容精彩、易学易记，学员们学起来兴趣盎然的教学材料。

没有钢笔，就用高粱秆当笔杆，或用废纸卷成纸筒当笔杆，插上一支钢笔尖，蘸着墨水书写。这些钢笔尖都是通过地下渠道送到学校的。铅笔也很宝贵，用到短得手指头都捏不住时，就卷上纸筒当笔杆继续用，直到

位于石家庄市鹿泉区南海山村的中央外事学校旧址（摄于2021年）

用完。

学校根据学员们听、说、读、写的不同水平，分设初级班、本科班和高级班。伊莎白带两个本科班，还担任班主任。

伊莎白用的教学材料都是精挑细选的。她要求学员在课前一定要预习好当天所要讲的文章，仔细念读课文，独立搞懂那些新的单词和短语。上课的时候，要求大家用英语把对文章的理解讲出来，再对照文章重要段落和词句的意思，纠正错误的或不准确的解释。

伊莎白总是很认真地备课，上课之前准备得非常充分。她注意将英语学习与生活运用相结合，善于用典型的例句引出新的短语和语法，讲解新的知识。有的学员几十年之后，还记得"back talk"这个短语。在课堂上，同学们争论了好久，谁也没弄懂它的准确含义。伊莎白举了三个事例解释清楚了，这个短语的意思是"顶嘴"。

无论是课上还是课后，伊莎白都非常耐心地为每一个学员解答疑难。她总是那么和蔼可亲，对一时没学明白的学员，没有表露出一丝的不耐烦。她循循善诱，总是在答疑之后顺藤摸瓜，帮助学员找到出错的原因，深入浅出地进行解释，直到学员完全弄懂。

中央外事学校的外教们备课时席地而坐（摄于1948年）
（从右至左分别为伊莎白、柯鲁克、韩丁）

柯鲁克主要教高级班。他讲课的内容十分丰富，最精彩的是他定期举办的演讲，全校师生都会来听，内容涉及国际共产主义运动以及他所认识的共产党领导人的故事。他有一台收音机，能收听到很多信息。他让学员们一起来收听，听完后讨论、争辩、记录、整理，通过一系列实践活动来提升英语水平。

就像在十里店那样，柯鲁克夫妇与群众打成一片。清早起来，他们总是把院子扫得干干净净，把水缸里的水挑得满满当当。学校组织的挖防空壕、修筑地道、帮助农户抢收庄稼，什么重活、脏活、累活都少不了他们。

吃饭的时候，他俩一人端着一个大搪瓷碗，从教师食堂打上饭菜（无非是小米粥或棒子面粥、窝窝头、老咸菜），或蹲在村里饭市上，或坐在门口石墩子上，和乡亲们、同学们亲切地聊着天。柯鲁克努力学习本地土话，说得似是而非，让大伙儿笑个不停；伊莎白的官话中总带有四川话的尾音，让大伙儿觉得清脆悦耳。没几天，乡亲、学员们跟他俩混熟了，什么家长里短、大事小事，都愿意和他俩唠唠，完全把他俩当成了自家人。

南海山村的乡亲和中央外事学校的学员，看在眼里，记在心里：

柯鲁克夫妇喝着粗粝的棒子面野菜粥，吃着土豆、鬼子姜，甘之如饴；他们住在低矮、简陋的农舍，睡在硬邦邦的土炕上，觉得舒坦。在酷热的夏天，最热的日子里，柯鲁克会在门道架起一张门板睡觉，路过的学员见他简朴的衣着和数日未刮的浓密的大胡子，打趣地说："你们看，我们的柯鲁克老师，像不像快乐的济公活佛？"

伊莎白留下的一张骑白马的照片，那宽大的军装已经暴露了她消瘦的身形，只有灿烂的笑容表达出她的乐观情绪。

当时，学员在心中还有更大的疑问：柯鲁克和伊莎白夫妇为什么选择中国？为什么能坚持在农村生活？……

年深月久，几十年过去了，学生们终于懂得了老师——

理想主义的火炬，一直在他们心中燃烧！

伊莎白在南海山村（摄于1948年）

狂风暴雨急送医

"林念祖，快去校长办公室，有急事！"

1948年8月的一天早上，狂风暴雨正横扫着南海山村。学员林念祖听见有人喊他，便顶着大雨冲进浦校长住的小院。浦校长旁边站着温剑峰科长。他从他们严肃的表情可以看出，有特别重要的任务要交给他去完成。

浦校长说："今天早上，柯鲁克同志肚子疼得厉害，经过校医初步诊断，是急性阑尾炎，必须马上做手术。上级指示，马上送白求恩国际和平医院。依现在的情况，只能用担架抬去。你立即组织担架队，负责护送。"

林念祖领命之后，立即找到村民锁子（曹春锁），由他点名又找来九个年轻力壮的小伙子。林念祖做了简要的动员。大伙儿都说："别说是下雨，就是下刀子，我们也一定完成任务！"

于是，他们各自回家，准备好蓑衣、草帽。大家分成两组，每组四人，轮流抬担架。林念祖和锁子走在担架两侧，以防抬担架的人滑倒，掀翻了担架。剩下一人做预备。

担架队大约上午10点出发，浦校长千叮咛万嘱咐，路上要千万小心。那天的雨简直是故意和担架队作对，倾盆地猛泼，真如老乡所说"少见的白帐子大雨"。当时，能见度极低，许多地段看不见路面，只能蹚水走。因为走在担架两侧，加之路窄，林念祖多次滑倒在地。柯鲁克身上盖着油布，他忍着剧痛一声不吭。林念祖不时去问问他感觉怎么样，他总是说可以。

由于连续几天下雨，太平河河水暴涨，担架队队员们发愁了。有一名队员自称是南方来的，水性好，非得下水试试，拦都拦不住。他将裤腿一挽就下了河，结果没走两步，洪水一涌上来就把他推倒了，一下子又把他冲到四五十米外。他抓着树枝呼喊着，乡亲们朝下游跑去，手拉手才把他搜到了安全的地方。经历了惊险的一幕，大家更意识到洪水来势凶猛，手拉手也无法平安过河。

锁子立即找到村里麻绳店做麻绳的曹树德，借了两条又粗又结实的大井绳直奔河边。大伙儿一商量，各自分头向上下游摸情况。经过查看，发现下游有个地方水势比较平缓，他们便把两条井绳的两头拴在两岸，固定好后，担架队队员们就抬着柯鲁克下了河。大雨夹着大风，噼里啪啦，打在脸上，淋得他们睁不开眼睛。他们抓牢了粗大的井绳，一步一步，稳稳地蹚水过河。

他们顶风冒雨走了五六个小时，可换班的次数并不多，抬的人总不想交班，空手走路的总想换班。大家只有一个信念：赶快把柯鲁克送到白求恩国际和平医院。

下午4点左右，柯鲁克终于躺在了手术台上。

柯鲁克后来回忆道：

> 手术室是整个医院唯一的经过特别建造的地方，其他的病房、药房、工作人员的宿舍、办公室全在农民家的屋子里。和其他地方一样，手术室也是抹灰的篱笆墙，只不过刷白了……
>
> 在一盏盏咝咝作响的汽灯下，我接受了一位医术高明的外科医生的手术。他是个在东北战场上被解放了的日本军医。他后来告诉我，手术本来只用花17分钟，实际花了40多分钟，因为他在寻找一个漂亮的小切口上遇到一点麻烦。在麻药的作用下，我不觉得疼，只不过度过了不太舒服的三刻钟。这是多么大的特权啊，我心想，在解放区，多少受伤的解放军战士，在丝毫没有麻药麻醉的情况下，接受截肢或其他手术，那是怎样的钻心刺骨的疼痛啊！

第二天早上，林念祖来到柯鲁克的病房，看到他虚弱地躺在床上，似乎在睡觉。值班医生过来问林念祖："柯鲁克放屁了没有？"

放屁？"放屁"用英语怎么说？

这一下子把林念祖难住了！他过去学的都是书面英语，这样的生活用语还真不会。他不得不转弯抹角地问柯鲁克，费了好大一番功夫，柯鲁克才懂得了。柯鲁克说："放了屁了，放了屁了。"

医生护士都很开心地笑起来："哦，放了屁了，放了屁了！"

哦，哦，赶快给浦校长报告好消息——手术很成功，柯鲁克肚子里的"定时炸弹"给除去了！

但林念祖仍然脸红脖子粗，他还没有从译不出"放屁"的窘态中缓过劲来。

下午，伊莎白骑着毛驴来了。柯鲁克精神好多了，见到伊莎白十分欣慰。他俩在床头小声交谈了很久。后来，伊莎白说："林念祖同志，我们永远不会忘记你在最困难的时候给我和大卫的帮助。"

在轰炸和急行军中坚持教学

每天清晨，山村里刚听见鸟鸣声，学员们就悄悄起床洗漱，然后就钻进树丛里，或来到河边上，各自练发音，练口语，朗诵课文。

听，这是英国浪漫主义诗人雪莱在歌颂西风：

Be through my lips to unawakened earth

The trumpet of a prophecy! Oh, Wind,

If Winter comes, can Spring be far behind? [①]

听，这是美国作家杰克·伦敦在致敬生命：

He rested wherever he fell, crawled on whenever the dying life in him flickered up and burned less dimly.[②]

老乡们笑话说，学员们读英语像狗打架，呜哩哇，呜哩哇，听不懂在呜呜啥呢。伊莎白和柯鲁克则听到了最美的音乐，听到了青春的脚步声。

然而，南海山村绝非世外桃源，因为华北上空战云密布，平津战役即将打响，势必影响到中央外事学校的教学。

1948年9月13日下午，警报声突然响起，中央外事学校的学员们与乡亲们一道，纷纷转移，躲到大沟壑里。柯鲁克夫妇也躲进了大沟壑，度过了一个很不平静的下午。一些不懂事的孩子觉得挺稀罕，居然爬到房上数飞机，一架、两架、三架……数到第五架，炸弹的爆炸声、机枪的扫射声猛然响起，一个个才吓得赶快躲藏。

村民牛秀文家一只石碾被炸飞，碾盘被削掉了一块。包括柯鲁克夫妇住地在内，好几户农家院子遭到机枪的疯狂扫射，房顶被打穿，土墙被打垮，到处留下了弹坑、弹孔。

为什么南海山村会遭到空袭？原来是一些被俘的国民党军官被关押在附近的南新城村，那里是华北军政大学所在地。这些俘虏获释之后，就泄露了华北军政大学的位置，很快招来了空袭。

---

① 这几句诗可翻译为："让预言的喇叭通过我的嘴唇／把昏睡的大地唤醒吧！哦，西风啊，／如果冬天来了，春天还会远吗？"

② 这句话可翻译为："他摔倒的时候就休息，一到垂危的生命火花闪烁起来，微微燃烧的时候，就慢慢向前走。"

柯鲁克夫妇在中央外事学校（摄于1948年）

过了几天，空袭又来了。上级命令中央外事学校的师生天亮就起床，分散在田野里，能上什么课就上什么课，天黑以后再返回住地。

面对被机枪打了几个窟窿的屋顶，学校的师生们都庆幸："幸亏伊莎白、柯鲁克两位老师不在屋里。"在二战中，经历过伦敦空袭和轰炸的柯鲁克和伊莎白，觉得几架飞机来骚扰一下没啥了不起。柯鲁克打趣道："我看清了敌机的驾驶员，他却没看见我，当然打不中啰！我建议，我们应当像伦敦的居民那样，该干什么干什么，别理他们！"

当然，中央外事学校不可能像伦敦那样——毕竟，英国与德国有一段距离，而且有警戒雷达发出预警信息。而石家庄南海山村离北平南苑机场很近，没有防空预警设施，军机一起飞，很快就到了南海山村上空。

1948年5月，党中央迁移到河北平山县西柏坡。10月，蒋介石亲临北平，准备实施突袭西柏坡的计划。一天上午，接到通知，说傅作义的骑兵突然袭击，已经进入冀中地区。28日，中央外事学校紧急转移。全校师生打起背包，立即出发。出发前，每个人都发了一颗手榴弹，以备万一。

年逾六十的浦化人老校长和柯鲁克夫妇等外国同志，本来可以骑马，可是他们坚持要和大家一起步行，把马匹让给了体弱有病的师生或用于驮运物品。学员刘钲回忆说："范颖和我当时都患有肺结核病，常常受到他们的关怀，把马让给我们骑。"

细心的女同学陈理梳理出了许多细节：

这次行军开始时也没有什么不同……到了下午，突然传来消息：傅作义进犯冀中的骑兵跑得很快，距我们不过十几里了。不久，又听说我们跟大队伍失去了联系。这下可使我们大大地紧张起来……这一路，一抹大平川，没遮没拦，正是骑兵驰骋的好地方。而我们是一支手无寸铁的无战斗力的队伍，在行军途中我们也没有见到任何一个带武器的民兵，更不要说正规部队了……

天色渐黑，我们走进了一个村。往日我们行军进村，孩子们嬉笑着围观，老人们嘘寒问暖，可今天村中无声无息，人声狗吠一概没有……领队通知我们……趁黑夜赶紧走。也不知走了多久，多少路程，天色渐渐亮了，逐渐可以模糊地看到近处的庄稼、起伏的丘陵，远处的地方有树影。华北平原是光秃秃的，没有树，有树的地方必定有村庄。队伍向靠山的小村庄走去。村边有一条小河，河面很窄，水很浅，清清的流水。领队宣布就地休息。大家喘了一口气，扔下背包直奔小河……环顾四周，明白必定是已经摆脱了偷袭，同大队伍联系上了！一夜的惊恐，全都飞出天外，我们找到"家"了……

在清晨的阳光中，我们突然见到柯鲁克、伊莎白夫妇漫步走过来，满脸带笑。女同学用英语向伊莎白说"早上好"，伊莎白回答了我们，并说了一串英文。柯鲁克刚动完阑尾手术不久，始终微笑着瞧着我们。

近半个世纪过去了，陈理回忆起在赞皇县小山村会师的情景，还历历在目。

多年后，中央外事学校的学员们总结说："在南海山，我们吃最粗粝的食品，学最纯正的英语。"

伊莎白见证解放军进入北平

天天听收音机的柯鲁克和伊莎白，听见外国媒体一片惊呼：谁都没有料想到，中国革命会以这样的速度取得胜利！

1948年9月12日，辽沈战役打响。11月2日，东北全境解放。

1948年11月6日，淮海战役打响，1949年1月10日胜利结束。

1948年11月29日，平津战役打响，人民解放军对天津、北平已经形成了包围之势，平津解放在即。

根据党中央指示，叶剑英在12月10日赴北平，准备全面接管北平市的工作，并出任北平市市长。

12月15日，中央外事学校的师生们奉命北迁。当天，师生们早早起床，将所有的住房和院落打扫得干干净净，将水缸的水挑满，背上背包，依依不舍地与房东话别，然后在街上集合，向北平进发。

1948年初冬的华北平原，一眼望不到边的光秃秃的庄稼地，宁静而空旷。伊莎白坐在一辆胶皮车轮的牛车上，车上堆满了行李，铺着厚厚的被褥，既暖和又有些弹性。赶车的老把式，不时甩响鞭子，让壮实的牛走最好的路，不紧不慢地拖着大车前行。

初冬的阳光，带着些许暖意，照耀着伊莎白。作为一名体格健壮的冰球运动员和登山好手，本该在全校师生大转移时，背上行装，大步流星地走在前头，而此刻，她却斜靠在行李包上昏昏欲睡。

这样犯困，是因为伊莎白怀孕了。

既是英语教师又是医生的马海德严肃认真地向伊莎白和柯鲁克发出警告：

> 嗨，你俩应当明白，伊莎白在十里店流产过一次，现在终于又怀孕了。眼下，怀孕六周的危险期就要来临。伊莎白，你居然还想背着行李步行近两百英里，跟着大队伍上北平？不行！不行！绝对不行！伊莎白必须留在石家庄，让柯鲁克陪着，安安心心休息一段时间。

遵照马海德的嘱咐，伊莎白留在石家庄休息，而学校师生到了北平西南的良乡驻扎下来之后，又开始上课了。

柯鲁克听说中央外事学校恢复上课了，便在解放军战士的护送下，急急赶往良乡。搭一段车，走一段路，走了好几天，柯鲁克终于和学校的师生愉快地重逢了。不久，伊莎白也到了，她乘坐一辆军用卡车顺路经过良乡，随后前往解放了的北平。

一到北平，伊莎白就遇到住在同一家旅馆的马海德。

马海德高兴得几乎要跳起来："快走快走！你正好赶上观看解放军入城式！"然后，他急忙把伊莎白拉上一辆吉普车。车一直开到了前门，马海德和伊莎白一起登上了前门箭楼。

其实，1949年1月31日和平协议达成之后，解放军就可以进北平城了。但为了不影响北平市民过春节，党中央决定将入城式的时间延后三天，在2月3日，即大年初六举行。

前门大街早已经是人山人海，锣鼓喧天。人们举着写有"天亮了！解放了！"字样的小旗，一张张笑脸如花，期待着解放军进城。

在前门箭楼上，伊莎白见到了林彪、罗荣桓、聂荣臻、叶剑英等人。能和身经百战的解放军高级将领站在一起，伊莎白感到非常荣幸。

入城式开始了。伊莎白看到，几辆大卡车载着毛泽东主席、朱德总司令的巨幅画像，走在最前面。后面是整齐的军乐队、装甲车队、炮兵车队、坦克部队和骑兵、步兵等方队。

装甲车刚刚开过来，群众就一拥而上，跑过去跟解放军战士亲切握手，在车身上贴"中国共产党万岁！""毛主席万岁！""中国人民解放军万岁！"等标语。难以表达欢乐之情的民众还把贴不完的标语贴在战士们身上。接着，汽车拖着大炮开过来了，又有人爬上大炮，给炮筒挂上花环，还在炮身上写标语。

由于街道两旁的群众很多，这样的"夹道欢迎"，使得装甲车、炮车、坦克只能一辆一辆地通过。还有不少群众送水，送干粮，将煮好的鸡蛋往解放军战士怀中塞。

当时，新华社向全世界现场直播"解放军北平入城式"盛况。在西柏坡的毛泽东、周恩来、任弼时等，专注地收听着来自北平的锣鼓声和欢呼声。而远在南京的蒋介石，一直沉住气听着广播。但是，当播音员说到群众往解放军战士怀里塞鸡蛋时，蒋介石竟勃然大怒。不用猜想就明白，蒋介石懂得战国时期"箪食壶浆，以迎王师"的典故如今在北平重现的意义。人民解放军才是王者之师，得到了老百姓的拥戴，蒋家王朝气数已尽！

在前门大街，装甲车队、炮兵车队和坦克部队隆隆驶过之后，街边的群众发出阵阵惊叹声。接着是让人振奋的骑兵队伍，马蹄嗒嗒，一路生风，以排山倒海之势而来。紧跟其后的是步兵，战士们握着锃亮的美式冲锋枪，迈着整齐的步伐，一个方队接着一个方队，浩浩荡荡地走过。

整个入城式，进行了六个小时。

几天以后，中央外事学校的师生乘坐一列快要散架的火车进入北平，那可是当时最先进的运输工具。

在北平重逢后，伊莎白绘声绘色地详细讲述了解放军入城式那激动人心的盛大场面。朋友们分享了伊莎白的欢乐后，不无羡慕地说："你真幸运啊，伊莎白！"

伊莎白补充道："不只是我啊，还有我肚子里三个月的小宝贝，和我一起见证了一场盛大的入城式！"

第一面五星红旗升起来了

"祝贺新生儿的诞生！"

新中国成立前夕，被美国政府禁止与中国交往的埃德加·斯诺致电毛泽东，表示祝贺。

1949年8月4日，伊莎白的大儿子柯鲁出生于离中央外事学校不远的一家小妇产科医院。听到儿子出生的消息，柯鲁克骑着自行车赶了过去。走进产科病房，他看见伊莎白正在安静地看书，旁边睡着胖胖的"小青蛙"，可爱极了！伊莎白把"小青蛙"抱起来，让柯鲁克细细欣赏。

柯鲁克后来说："伊莎白对这个'小青蛙式的生物'的心疼不亚于我。"

柯鲁克夫妇给儿子取了一个与卡尔·马克思同名的小名——卡尔。

9月下旬，柯鲁克夫妇收到了邀请函，请他们出席10月1日在天安门广场举行的中华人民共和国开国大典。高兴之余，他们想到一个问题：正在吃奶的卡尔怎么办？总不能抱个娃娃去观礼台吧。反复商量后决定，伊莎白可以在观礼的时候暂时离开一阵子，穿过东长安街的人群，到中央外事学校临时住所东交民巷去给娃娃喂奶。

1949年10月1日，晴空万里。北京城大街小巷，张灯结彩，中华人民共和国开国大典即将在天安门广场举行。广场上是红旗的海洋，是欢庆胜利的人民的海洋。在那个重要时刻，伊莎白和柯鲁克望着天安门城楼，听到毛主席庄严宣告："中华人民共和国中央人民政府今天成立了！"

毛主席按下电钮，第一面国旗——五星红旗在代国歌《义勇军进行曲》的激昂旋律中冉冉升起。54门礼炮齐鸣28响，象征着在中国共产党领导下的中国革命28年的艰难历程。

在观礼过程中，伊莎白不得不离开一阵子。在游行队伍的空隙间，她快速横穿东长安街，一阵小跑到了东交民巷。远远地，她听见了卡尔"哇哇"的大哭声。卡尔显然是相当缺乏耐心的，得赶快满足他用哭声提出的正当要求。

当卡尔在伊莎白怀中酣然入睡后，伊莎白身心都沉浸在幸福和激动之中。因为，她怀抱着可爱的新生儿，又见证了一个伟大时代的新生儿——中华人民共和国的诞生。

广播里，在不断播送着著名诗人何其芳的新作《我们最伟大的节日》。外国语学校的同学们飞快地传抄着这首激情澎湃的长诗。同学们的手抄稿，传到伊莎白手中，只读了开头两句，就让她叫好："中华人民共和国，在隆隆的雷声里诞生……"

1949年的北京，第一个难忘的红色的10月，柯鲁克和伊莎白胸中澎湃着革命激情。他们深知，新中国成立了，外事工作的重要性更加凸显出来了。外事干部的需求空前加大，更繁重的工作即将压下来。柯鲁克夫妇已经有了充分的准备——挑起更重的工作担子。

第十章 / 守护在新中国外交官的摇篮边

2021年是北京外国语大学建校80周年。

1941年成立的中国人民抗日军事政治大学第三分校俄文大队和1948年成立的中央外事学校，给北京外国语大学注入了重要的红色基因。新中国成立后，经过70多年的发展壮大，北外累计培养了10万名学生，向各行各业输送了大量外语人才。特别值得指出的是，有400多名大使、1000多名参赞出自北外。

北外是名副其实的"新中国外交官的摇篮"，伊莎白在摇篮边一守就是70多年。

磨合，磨合，再磨合

初到南海山村的时候，浦化人校长就把马海德、伊莎白、柯鲁克、葛兰恒四位外教召集到一起，语重心长地说："马海德在解放区工作多年，是一位老延安。你们来解放区，要熟悉环境、适应环境，可以请马海德介绍经验。"

中国和西方文化背景不同，从生活习惯到为人处世的方法都有很多差异。在兴隆场，甚至更早在彝、藏、羌村寨的时候，伊莎白与当地民众就有过"磨合"，而柯鲁克仅仅在十里店与当地民众有过"磨合"。在担任中央外事学校老师之前，他们是观察者，不完全是参与者。现在不同了，他们完完全全成为中共中央领导下的中央外事学校的老师，这就要求他们适应新的要求。

刚开始，伊莎白按王炳南的说法"一边写作一边教英语"。她试图把在十里店收集到的土改材料写成一本人类学的专著，但写起来却非常困难。因为，在农村生活，邻里串门，一抬腿一推门，只要喊一声大叔或大婶，有时根本不用打招呼，就跨门而入。在这里，仿佛没有"私人空间"。既然是学校的英语老师，一天当中的任何时候，学生都可以进屋里来问英语方面的问题。伊莎白的思绪，常被"who还是whom""该用哪一个介词"之类的问题打断。于是，柯鲁克和伊莎白在门上贴了一张字条：

> 上午时间属于学校，欢迎来提问；下午时间留给写作，不欢迎来访。

这下招来了批评——中国共产党领导下的解放区的老师，应该把全身心奉献给学生。柯鲁克对着伊莎白摇了摇头，不情愿地摘下了那张字条。而有关十里店调查的写作，也搁置一边了。

从此，他们明白了，得适应"没有'私人空间'的生活"。

在这里，还要学会理解，学会等待。

最初，柯鲁克夫妇被安排在一间小房子里，房外院子里开着红色的石榴花。但在南海山村，即便是地主家里也没有抽水马桶，只有习以为常的设在饭厅附近的茅坑。茅坑上没有盖子，苍蝇肆无忌惮地飞进飞出。于是，柯鲁克申请为茅坑加一个盖子，用高粱秆编的就行。此申请原则上被批准了，实际行动却没有了下文。为这事，柯鲁克向马海德抱怨："他们为什么这么磨蹭？"

马海德微微一笑，然后看似不相关地回顾了中国革命的简史——从中国共产党成立到长征，再到抗日战争和解放战争。"所有这一切都发生在27年之内。"马海德说，"是慢还是快？"柯鲁克被说服了，而最终茅坑的盖子也有了。

此后，柯鲁克的急性子收敛了许多。

新中国成立后，柯鲁克被学校任命为英语系副主任时，他感到既兴奋又有压力。系主任初老是一位民主人士，业务水平很高。他俩负责安排英语系的教学，这又是一次很细腻的磨合。

1951年底，全国开始了轰轰烈烈的"三反运动"（反贪污、反浪费、反官僚主义）。柯鲁克积极投身运动之中，响应"领导先下水洗澡"的号召，不断反省，三次检查"自己邪恶的资产阶级思想"。最终，大家认为柯鲁克同志的主要问题是"无知和缺乏经验"，他被评定为"辛辛苦苦的官僚主义者"——柯鲁克同志确实辛苦，经常在办公室加班加点到晚上11点。

英语系副主任的工作，让柯鲁克感到吃力。"文山会海"让中文水平有限的他真是"头都大了"，加之有些同志并不适应他的工作方法，所以干了三年之后，他卸下了这一行政职务，开始专心于教学，反而轻松了许多。

伊莎白仍然快乐地教口语，读范文，还有繁重的家务需要她料理。她对柯鲁克的安慰，可不是"隔靴搔痒"，而是"舒筋活血"。她提醒柯鲁克："在批评与自我批评中，对你的批评即使有95%是错误的也不要在意，只需要把精力放在那正确的5%上。"

况且，一回到家中，3岁的柯鲁扑上来，1岁的柯马凯蹒跚学步，跟着哥哥，伸出了胖胖的小手臂——一家人的欢聚，会让人忘掉一切不愉快的事情。

小马扎与北京外国语大学的未来

新生的共和国对外事人才的需求是急需，更是"刚需"。

中央外事学校从南海山迁入北平后，更名为外国语学校。

学校先是在位于东交民巷的以前是日本使馆卫兵驻扎的旧兵营办学。日本投降后，这里曾是国民党政府某机关。解放军进城之前，国民党机关工作人员将桌、椅、床、柜悉数搬空，声称这是他们从自己家搬来的"私人家具"。这样，中央外事学校迁来之后，师生们只能睡地板。对此，有的学生大为不满。为此，学校专门开会讨论，仔细分析：如果现在去挨家挨户追回家具，势必给暗藏的敌人以口实，说共产党一进城就抄家；如果现在去采购家具，又可能被诬蔑为哄抬物价。最后达成一致意见：暂时克服困难，睡地板！

一年之后，学校又迁到西郊袁世凯时的旧兵营。

学习上，没有课桌，学生们一人一个小马扎，膝盖一并，就是课桌。生活上，师生一样，睡的是硬板床，穿的是布军装，实行供给制。

伊莎白（左三）与外国语学校的师生在一起（摄于20世纪50年代）

柯鲁克夫妇一身军装或是简朴的便装，学生们都感觉，"他们浑身带着革命老区崇尚的艰苦朴素的作风"。上课铃声一响，他们就拎着小马扎，夹着写有备课提纲的黄草纸，来给学生们上课。

唯一的一间教室，黑板上贴着英文标语：English only!（只能说英语!）

不知道是谁贴的标语，却反映出时代的要求——

抗美援朝，炮声隆隆，战俘营、板门店急需英语人才；新中国举办亚太地区和平大会，急需英语人才；海关、各省外事口都在向北京反映，急需英语人才……

学生傅伍仪回忆道：

1950年初，我正式进入外国语学校学习。柯鲁克是英语系副主任，也教课。伊莎白是口语老师，她身材修长，穿一身灰色的列宁装，亭亭玉立，文静娴雅。上口语课没有专门的教室，伊莎白就带我们小组十几个人，每人一个小马扎，夏天找个阴凉的地方，冬天找个向阳的地方坐下来，以她娓娓动听的声音为我们上课。

English only!

在大标语的激励下，大家学习都非常刻苦，早上起来便到室外大声朗读，星期天哪儿也不去，搞完了清洁卫生就学习。伊莎白当时教三个班，百十来人，师生关系很亲密。我们几个不太懂事的同学，往往在星期天还去找伊莎白练口语。练到了中午，柯鲁克和伊莎白就请我们吃烧饼夹酱肉。我们平时的主食是小米、高粱，大米、白面是稀罕物，副食以蔬菜为主，很少吃肉。因此，烧饼夹酱肉算是上等美餐了！我们感到有些过意不去，不过在伊莎白的盛情相邀之下，却又毫不客气地大嚼了一通。想起那香喷喷的烧饼夹酱肉，几十年了，口中似乎还有余香。

1952年，我和另外几个同学赴朝鲜，参加志愿军战俘营的管理工作。临行前，柯鲁克、伊莎白参加了学校领导安排的送别宴会。两位恩师频频举杯鼓励我，让我心头热乎乎的。真感谢他们，让我提高了英语水平，在朝鲜胜利完成了任务。

学生凌志回忆道：

学习最活跃的时候是在晚饭以后。几个外籍教师商量好，每人带三四个学生到校外去散步，边走边谈话，那实际上是一堂口语实践课。我们走出御河桥校门，往北走到长安街，往南走到东交民巷，边走边练习口语，每次约一个小时。同学们叽叽喳喳地和老师们用英语交谈，题目是各式各样的。有心的学生把学到的语言现象组织到谈话中去，或者仔细聆听老师是如何表达某件事情的。因为不是在课堂上，大家无拘无束，老师有时候也帮助纠正一些不对的说法，但不多，主要意图是让大家克服怕讲错而不敢开口的毛病。这类活动对学生甚为有益，也常常引来路人惊讶的目光。他们看到的是，刚刚解放的北京城，竟然有身材高大的洋人，穿着解放军的军服，同几个身穿棉军装的中国青年在大街上有说有笑，嘴里讲着他们听不懂的外国话。这也算是当时长安街上一道奇异的街景吧。

所有的学生都有同感，柯鲁克夫妇教英语，总与其他教师不同。他们把教学尽量地融入生活之中，甚至在玩耍中学习。

在柯鲁克的回忆录中，他留下这样一段话："把语言从教科书里解放出来，使其成为一件有生命的事物！"

后来担任北京外国语学院副院长的胡文仲回忆道：

20世纪50年代我们在北京外国语学院学英语，柯鲁克同志上口语课。他常常问大家星期天都干了什么，大多数同学都说在学校念书、做作业。他听了以后摇摇头，说："All work and no play makes Jack a dull boy.（只工作不玩耍，聪明孩子也变傻。）"他给我们讲锻炼身体和搞好学习的关系，一再告诉我们不要只埋头读书。他不仅在课堂上说，而且常常带我们去玩。星期天，我们借一辆自行车到香山或八大处，然后爬山。尽管他比我们年纪大很多，但他常常走在我们前面，带我们向山上爬。刚开始，星期天出去玩的时候有些勉强，舍不得花时间，后来成了习惯，我们自己也经常组织郊游。师资班同学们个个身体都比较好，得以在后来承担繁重的教学任务，这与我们在学习时代注意锻炼、劳逸结合分不开。

学生林枫回忆道：

　　小马扎上一坐，听柯鲁克或伊莎白的课，上午三节课，很快就结束了。中午12点开饭，学校里设有食堂，还是十人一组。执勤的同学领了一脸盆的菜，放在地上，大家或蹲着或站着就餐。

　　那时候，师生同吃大灶。柯鲁克夫妇经常各捧一个大搪瓷碗，和我们蹲在地上共进午餐。他们边吃边同我们谈话，实际上在帮助我们练口语。那时候，师生关系很融洽，即使在课堂上，我们也没有丝毫"老鼠见了猫"的畏惧感，也没有把他们当成老外，没有什么"内外有别"。

　　有一次，柯鲁克夫妇来到我们的"餐桌"共进晚餐。吃得正带劲的时候，突然刮了一阵风，谁也躲不及，大家的饭菜里都落下了沙尘。柯鲁克老师风趣地说："今天，上帝没有打招呼就来参加宴会。他什么见面礼也没带，给我们送了点胡椒面。没关系，吃吧！"顿时，引起大家一阵大笑。

1953年，柯鲁克夫妇的第三个儿子柯鸿岗出生时，他们的住房条件有所改善。在老兵营，沿围墙修了一排长长的平房，平房走廊两边是格子间，柯鲁克夫妇占了"两格"。虽然房子很矮，柯鲁克一跳起来就能摸到房顶，但收拾得非常温馨。一次，一位来华访问的澳大利亚工会会员来看望柯鲁克夫妇，见到"两格"平房里住着一家五口人，他感到不解，觉得不可思议，更不可思议的是柯鲁克夫妇那满足的笑容，充满了幸福。

柯鲁克抱着浑身奶香、在襁褓里甜甜酣睡的小儿子，不无得意地说："也许，这是我一生中最快乐的日子呢。"

在英语教学中，柯鲁克和伊莎白变换着花样让学生们兴奋起来，活跃起来，自信起来，他们都认为，只有让学生的精神处于最兴奋的状态，学习效果才最好。

伊莎白一家五口在北外西苑校园内合影（摄于1954年）

20世纪50年代后期，柯鲁克在《英语学习》杂志上放了一把火，发表了《把你的词典扔进废纸篓里》的著名文章，曾轰动一时。虽然，后来他曾说这个意见有些偏激，但他坚持认为："学生没有必要从词典里去查每一个单词。较好的方法是广泛地阅读，这样你就能从上下文中获知它们的含义了。"

柯鲁克夫妇还喜欢带上学生，去工厂、农村、风景名胜、历史遗迹、博物馆实地考察或游览。他们认为，这是打破死板的理论，将语言学习和社会、政治、经济、历史知识结合起来的一种方法。为此，他们叫了一些在北京工作的外国朋友充当访问者，让学生们做他们的翻译。在目的地游览的时候，他们一一记录了学生的语言运用、背景知识及神态举止，回到学校，再对整个活动进行总结。这种实地教学的方法，在西方教育者看来，不是什么新玩意，但在当时的中国，一些固守观念、重视学术理论的同事，将实地考察归为对语言教学的庸俗化，他们更愿意强调经典文学和语言理论。而柯鲁克夫妇竭尽全力，就是要让英语学习接地气。

柯鲁克夫妇和北外众多老师在教学方法上各有千秋，经过数十年奋斗，培养了一批又一批的英语人才。北外，不仅是"新中国外交官的摇篮",也是培养外事、外经贸人才的沃土,真是"桃李满天下,英才遍全球"。

校史上将永远铭记:是坐在小马扎上刻苦学习的一代,开启了北京外国语大学美好的未来。

一边探亲,一边宣传中国

1938年,伊莎白在加拿大多伦多大学完成研究生学业,回到成都时,还是一个大姑娘。19年后的1957年,伊莎白已经是三个孩子的妈妈。她和柯鲁克带着8岁的柯鲁、6岁的柯马凯、4岁的柯鸿岗,去加拿大和英国探亲。

从北京到香港,要转两次车,得走三天三夜。从香港飞温哥华,要转一次机,总共得飞33小时。在疲惫而漫长的旅途中,伊莎白还有一项重要"任务"——给三个儿子"恶补"英语。

柯鲁克不无幽默地说:"伊莎白必须为儿子们语言教育上的缺陷担负一定的责任。"

当年,伊莎白回到成都,立志做人类学家,先去杂谷脑河,后去兴隆场,在做社会调查时,她才感到中文学得不够好。所以,她非常注重孩子的中文教育。柯鲁克和她整天忙着北京外国语学院的教学工作,娃娃们由一位中国保姆照看着,学的是标准的北京话,上幼儿园、小学也是说的北京话。倒是娃娃们的英语知识,仅限于爸爸或妈妈睡前给他们讲故事时,冒出来的"hippopotamus"(河马)、"crocodile"(鳄鱼)之类的单词。

娃娃们也完全适应了中文,以至于有一次,伊莎白在家中教学生们口语,正好娃娃们都在家,他们似乎对英语不太感兴趣,在家里仍然说连他们的父母都听不大懂的中文。学生们进门后，门没关严实，被风吹开了，伊莎白对距离门口较近的二儿子柯马凯说："Shut the door，Michael." 柯马凯看了大家一眼，然后跑到门口，一边关门，一边大声用中文说："关门！"引得大家哄堂大笑。

在遥远的加拿大多伦多圣玛丽小镇，一大片庄稼地中间的布朗角，就是伊莎白爸爸妈妈的老家。

饶和美夫妇曾于1955年来北京探亲。三个活泼可爱、虎头虎脑的外孙，让老两口心里乐开了花。这对对中国社会有着深刻了解的夫妇，目睹了中国的巨变：再也没有连续不断的军阀混战了；再也没有烟馆和幽灵一样随时倒在大街上的大烟鬼了；走过车站码头，再也看不到卖儿卖女的惨剧了；挤进大小集市，再也看不到欺行霸市的地痞流氓了……新中国的大街小巷干干净净，人们的脸上洋溢着自信的笑容。

这次从中国回到加拿大之后，饶和美夫妇到处说新中国好，许多老友便认为他们被"洗脑"了，像对陌生人一样冷落他们。

饶和美夫妇担心伊莎白一家也会受到冷落，便让他们先到乡下亲戚家去。这些乡下亲戚离泥土很近，离政治比较远，对远方来客自然张开双臂，热烈欢迎。

在布朗角，柯鲁三兄弟有过一次小小的不愉快的经历，让柯鲁克夫妇难忘。

那是柯鲁克一家去小村庄拜访伊莎白的农场亲戚时，主人为小男孩们端上了自制的巧克力蛋糕。那香味，那色彩，那想象中融化于舌尖的美味，令人馋涎欲滴。然而，三个小男孩完全按照中国礼仪，习惯性地说着客套话："谢谢，不用了。"

如果在中国，一般性的婉拒之后，主人会再劝说一两次："尝一尝吧，这是我们专门为你们制作的。"到那时，再顺从主人之意，接过美味也不迟。这样做，会显得更彬彬有礼一些。

可是，这是在加拿大，没有中国式的客套。主人显然认为这三个小男

新中国成立后，饶和美夫妇回中国探望女儿一家（摄于1955年）

孩习惯吃中餐，一听"谢谢，不用了"，就把蛋糕端走，再也没端出来。回家之后，柯鲁三兄弟气呼呼地大倒苦水："为什么他们不能像中国人那样，劝说三次，表现出很诚挚的样子呢？"为什么？为什么？小小年龄的他们想不通，更觉得没吃上蛋糕，太冤了。

伊莎白记下了这件小事，认为这是儿子们跨文化学习的第一课。

而柯鲁克希望在这次旅行中，除了探亲，还能通过给报纸写文章和演讲，宣传中国。几经周折，柯鲁克终于获得了演讲的机会。

由于1956年发生了匈牙利事件，西方的左派和进步人士的圈子陷入一片混乱。1957年，即苏联干预匈牙利事件的第二年，对苏联的批评，也影响了中国。不管是在多伦多教堂，还是在蒙特利尔的豪华饭店，柯鲁克的演讲都遇到了充满敌意的提问，这类提问多来自那些生活优渥的中产阶级听众。只有一次他在贫民窟，在一座昏暗、破旧大厅的演讲取得了成功。当然，是因为柯鲁克的口音和他犹太人的身份，让那些犹太听众觉得找到了知音，对他们自己人当了教授感到很自豪。

在加拿大探亲休假半年之后，柯鲁克一家人又去了英国。

柯鲁克在剑桥大学的演讲，由英国共产党领导的英中友好协会主持。

会上，柯鲁克发表了热情洋溢的讲话，介绍了中国当时的国情，解说了"百花齐放，百家争鸣"的方针。有些人对他的演讲温和地表示怀疑，有些人则是针锋相对地提出批评，甚至充满敌意。柯鲁克沉着应付，把争吵当成消遣。

在格洛斯特欣赏哥特式建筑时，柯鲁克夫妇看到了一个木雕的耶稣像挂在高耸的灰色石柱上。这是朝鲜战场上被俘的英军团长在战俘营雕刻的。这让他们立刻想到在战俘营当翻译的中国学生。柯鲁克说："思想的火车瞬间将我们带回中国。"他们开始意识到，尽管深爱着加拿大、英国，但中国才是他们心中牵挂的家。

回中国要途经苏联。20世纪50年代早期，有两位苏联专家曾到过北京外国语学院，一个是维拉，一个是玛莎，她们与柯鲁克夫妇有过友好交往。现在柯鲁克夫妇要来苏联，维拉和玛莎安排了周到细致的接待。

柯鲁克一家人在苏联待了三周后，回到了中国。

"我们必须留在中国！"

1958年的"大跃进"，柯鲁克夫妇感受到了"让一切变为可能"的英雄气概。北京大学中文系"放卫星"，短期内编出了《中国文学史》；北京外国语学院也不甘示弱，英语教材被肢解重编，老师们天天加班到深夜。

校园内修起了小高炉，炉火熊熊，映红了师生们激动的脸庞。柯鲁克也当了一夜炼钢工人。让他略感心疼的是，7岁的柯马凯把家中的钢锤——那是柯鲁克用得很顺手的心爱工具——当作废铁献给了小高炉。

渴望参与"大跃进"的柯鲁克夫妇，终于得到一个机会——学校组织师生们在北京西山安家庄种树三周。

这三周，他们和同学们一起，黎明即起，扛着镐和铲上山，挖下鱼鳞坑，种上果树，筋疲力尽地回到农民家里，倒床就睡。这种劳累与快乐是不言而喻的。

有一天，柯鲁克和学生在回程路上看见两位老人抬着一大捆柴火一路有说有笑地走着。他们上前对老人们说："你们累了吧，我们帮你们把东西扛回去吧。"两位老人都已经70多岁了，连说"不用了，不用了"，但最终还是同意了。

当时柯鲁克48岁，比两位山村老人年轻20多岁，但他背上那捆柴火以后，简直站都站不稳，好歹挪动了两步。与两位老人相比，柯鲁克感到惭愧得很。

"大跃进"中的河北省频频"放卫星"，而柯鲁克夫妇一直惦记着十里店。从1958年开始，他们就给涉县写信，希望能回去看看。

直到1959年夏天，柯鲁克在青年教师梅仁毅的陪同下来到十里店。县领导组织了盛大的欢迎活动，全村老小举着红旗，敲锣打鼓，到村口去迎接柯鲁克。

柯鲁克见到了当年的老房东和一起搞土改的老同志，异常兴奋。他听村主任介绍了十几年来村里的变化，又去了大庙——当年村里开会的会场，现在是一所小学校。他对全校学生说："十几年前，我在十里店参加土改。当时，村里只有一个初小班，只有几个学生。现在，学校已经发展成为一个完小。过去，女孩子没有上学的，现在男孩子和女孩子都在一个课堂听课。全校现在有300多人了，我感到很高兴，这是新中国成立之后一个很大的进步！"

在十里店的一周很快就过去了。柯鲁克写了一篇有关人民公社的热情洋溢的文章，发表在英国的一份刊物上。

1960年夏天，柯鲁克夫妇一起回到十里店。他们在村里住下，准备收集更多的素材，写一本《阳邑公社的头几年》。但是，凭他们的观察，"大跃进""放卫星"的热情掩盖不了乡亲们的艰苦生活——这是三年困难时期的第二年了。

当年的国庆节，柯鲁克夫妇像往年一样，受邀前去人民大会堂参加宴会。当迈进那个能宽松地摆放500桌、容纳5000人同时进餐的豪华大厅时，眼前的情景让人吃惊：大厅中央只摆了二三十桌，像汪洋大海里渺小的岛屿。他们完全明白，中国遇到了很大的困难。

这一年，他们收到了英国百年老校利兹大学的邀请，欢迎他们去执教，正式的聘请函件已经发出。一直以来，柯鲁克夫妇之所以没有加入中国国籍，按柯鲁克的说法，是因为他们"喜欢旅行，到全世界各地走一走，保持英国、加拿大国籍出入境比较方便"。

现在，又一次面临选择：去英国名牌大学当教授，有着丰厚的薪酬，能过上优裕的生活，年年有机会周游世界，孩子们的教育也不成问题……美好的未来，可以预见。况且，柯鲁克才50岁，伊莎白才45岁，加之扎实的学问、丰富的阅历，正是年富力强"好用"之时。对于利兹大学和柯鲁克夫妇双方，这都是一个稍纵即逝的好机会。

然而，当餐桌上摆出颜色怪怪的粗面饼时，柯鲁克夫妇沉默了。

学校食堂将老师和同学们收集的野菜、嫩树叶磨碎，掺进了面饼，以抵抗饥饿。伊莎白、柯鲁克也积极加入了采摘野菜、收集树叶的队伍。吞咽着粗粝的饼子时，他们深知，亿万中国人都在勒紧裤腰带，过着苦日子！

更让柯鲁克夫妇震惊的是，苏联撤走了全部专家！在当时，这意味着"以苏联为首的社会主义大家庭"决心把中国孤立起来。

再想一想，在加拿大、英国演讲时，那充满敌意的提问，那箭镞一样的目光，那冷嘲热讽……

1960年，伊莎白和她的丈夫柯鲁克，又一次共同做出了人生中最重要的选择——

"我们必须留在中国！"

第十一章

患难见真情

1966年至1976年，是"文化大革命"的十年，也是伊莎白生命中非常重要的十年。这期间，伊莎白被监管，柯鲁克被监禁，两人却表现出超然与乐观的态度。柯鲁克在狱中通读了三遍《毛泽东选集》，领会非常深刻。后来，周恩来总理代表党中央和中国政府为柯鲁克平反，并对柯鲁克说："柯鲁克同志，你受苦了！"让柯鲁克夫妇感动得热泪盈眶。这既凸显了周总理与"四人帮"斗争的智慧和勇气，也为柯鲁克夫妇将一生献给中国作了重要注解。

柯鲁克通读了三遍《毛泽东选集》

继1957年获准探亲之后，1966年，北京外国语学院再度同意柯鲁克一家去加拿大和英国探亲。

1966年夏天，"文化大革命"风暴开始席卷中国之时，伊莎白一家还在英国。直到当年11月，伊莎白带着三个儿子先回到北京，而柯鲁克在北美的东西海岸继续奔忙，完成了一次又一次热情洋溢的演讲之后，于1967年2月回到北京。

"文化大革命"开始时，外事管理部门按照"内外有别"的政策，不让外国人参与各项事务。1966年8月，阳早、寒春等四名美国专家感到自己被排斥在外，就写了大字报，要求和中国革命群众一样参加"文化大革命"。此事呈报了毛主席之后，9月8日，毛主席做出批示，大意是：外国同志及其子女如果愿意，欢迎他们参加"文化大革命"。

其实，对于"文化大革命"的态度，外国专家的意见也不统一。

像马海德、路易·艾黎等人，他们挨过几张大字报批判，就不支持"文化大革命"。北京外国语学院的外籍专家爱德乐对运动也不感冒，他认为："咱们是外国人，'文化大革命'是中国人的革命，咱们别去掺和。"

伊莎白有些蒙，柯鲁克也有些晕头转向。因为当时北京外国语学院有三个革命造反团体，都宣称高举毛泽东思想旗帜，宣扬同样的"文化大革命"理论，只是在支持哪个院领导、打倒哪个院领导上有分歧。他们应该参加哪一个组织呢？伊莎白说："毛主席教导我们说，'没有调查研究就没有发言权'，我们就先调查调查吧！"于是，他们就开始了调查。经过一番调查，他们申请加入支持陈毅的团体。

"打倒苏修！打倒美帝！"

"坚决支持越南抗击美帝国主义侵略的斗争！"

柯鲁克夫妇精神抖擞，在游行队伍中高喊口号，高唱革命歌曲，仿佛回到了五四运动、一二·九运动那红色革命震撼中国的年代。"大海航行靠舵手"的歌声响起，快快跟上游行的步伐，快快和大家一起引吭高歌。这是巨变的时代，只能紧跟，紧跟，再紧跟。

三个儿子早已投入运动之中。后来，这种状态逐渐变了。特别是柯鲁克夫妇被抓、被监管之后，柯鲁三兄弟便没人管了。积极投入"文化大革命"的柯鲁克一家人，不得不退出汹涌的洪流。

在世纪之交，年近九旬的柯鲁克回忆自己的一生，谈及"文化大革命"中被监禁的五年零三个月（有四年多在秦城监狱度过）时，他竟然表示：在铁窗里的日子，精神上收获巨大！

进入1967年以来，"火烧陈毅"的气焰越来越高，周总理不得不数次出面保护陈毅。8月22日，北京发生了造反派冲进英国驻华代办处打、砸、抄，火烧汽车及办公楼的严重外交事件。此事，国际影响非常恶劣，让毛主席、周总理大为震怒，参与其中的北京外国语学院的"批陈"造反派受到严厉批评。

1967年10月17日上午，在柯鲁克一家毫无思想准备的情况下，北京外国语学院的"批陈"造反派突然来了几个人，把柯鲁克扭送到卫戍区的拘留所，指控他是英帝国主义派来的间谍。1968年5月，柯鲁克在卫戍区的拘留所被关押了半年之后，被送进秦城监狱。

入狱时，柯鲁克戴在手上的戒指被收走了。这只戒指并不值钱，但很有纪念意义。1942年，他和伊莎白在伦敦结婚后总是租不到房子，一次一次被告知"对不起，没有空房"。后来他们终于明白，女房东看见伊莎白没有戴戒指——传统保守的伦敦人认为你没有戴结婚戒指，就说明没有结婚——所以婉拒了他们租房的要求。于是，他们不得不买了一对很便宜的戒指，一戴就是好多年。

在将近一年的时间里，柯鲁克每两个月才放一次风，每次45分钟。放风的地方是一个没有房顶的牢房，四面的墙似乎延伸到了天上。有些放风的房间里生长着野花。有一次柯鲁克偷偷摘了三朵蒲公英，它们让他想起了三个儿子，但是他没能把它们带回牢房。

秦城监狱每周会提供一次肉菜。对柯鲁克来说，这简直是盛宴，虽然只有几片肉，他却感到美味无比。

柯鲁克很快习惯了睡硬板床，只是那彻夜不灭的灯困扰着他。有时遇到刻薄的看守，就不让柯鲁克睡好觉，经常使劲地连续敲门。

收不到家书，没有一个来访者，没有电话，不能听收音机，不能去图书馆，很长时间没有报纸看。朋友们心底都有一个疑问：柯鲁克是怎么撑过五年时间的？

二战期间，柯鲁克担任过英国皇家空军的低级情报官员，造反派就凭这认定，柯鲁克和伊莎白是藏匿的英帝国主义的特务。

既然是蒙冤，就必须澄清。坐牢，就当作一次意志的考验吧！

对柯鲁克来说，更为重要的是，他终于能读上书了——四卷本的《毛泽东选集》和中英双语的《毛主席语录》。经他一再要求，他得到了一本《英汉词典》，这使他能细细咀嚼毛主席著作中的内容了。

柯鲁克说："我把四卷本的《毛泽东选集》读了三遍，因为部分文章涉及当时的中国社会状况和政治情况，我有所体验，与我的内心相呼应，所以我感到亲切。在狱中，我引用毛泽东的语言为自己辩护——这等于是在'活学活用毛泽东思想'。因此，毛泽东和他的著作是我狱中生活的精神支柱。"

被关进秦城监狱三个月后的一天，柯鲁克听到通风口传来一个声音："想不想看《人民日报》？"柯鲁克犹豫了，报纸肯定是中文的，而自己的中文水平很差，但他还是说："要看！"报纸送进来了，柯鲁克费了九牛二虎之力才看懂一篇重要文章，说苏联出兵占领了某个国家。是哪一个国家呢？六个汉字中有两个"克"字。柯鲁克最后猜到是捷克斯洛伐克。此后，他从《人民日报》上读到了安娜·路易斯·斯特朗去世、乔冠华在联合国大会上的大笑、美国总统尼克松即将访华等消息。

自学中文既艰苦又快乐，那种快乐令柯鲁克着迷。他充分利用中英双语的《毛主席语录》来提高阅读水平。他先读一个英语句子，在心里把它翻译成中文，然后看书里的中文，与自己的翻译进行对照。为了复习每天查过的汉字，他把定量配给的厕纸撕成窄条，当成书签夹在词典中，每天晚上翻到相应的页码进行复习。但怎么记住哪些是查过的呢？柯鲁克就用笤帚条做成细签，在查过的字旁戳一个洞。到了出狱的时候，《英汉词典》的书页已经成了碎纸条。

就是通过这样的努力，柯鲁克的中文水平一步步提高了。

在狱中，清淡的食物使柯鲁克圆鼓鼓的肚子渐渐瘪下去，要让裤子不掉下来成了难题，柯鲁克不得不动用针线。监狱对一针一线的管控是非常严格的，规定每一寸未用的线头都必须交回，这是害怕犯人用积累的线头勒伤自己。至于柯鲁克，脑海里从来没有闪现过这样的念头。他也想过，要是1960年接受了利兹大学的邀请，这时就可以在约克郡的课堂上谈"文化大革命"了。不过他转念一想："我绝不会和苏联专家一样离开中国！生活上纵有种种不如意，我仍然决心献身中国，因为我对她的爱从未改变！"

伊莎白宝贵的"政治洁癖"

柯鲁克入狱之后，伊莎白也进了"学习班"，在整整三年时间里失去了自由。她和柯鲁克一样镇定、从容，心中坦荡。

在北京外国语学院老图书馆楼上，伊莎白天天面对窗户做做深呼吸，有时活动一下身子骨。有一天下午，她突然看见小儿子柯鸿岗在不远处玩耍，便向他用力挥手。柯鸿岗也看见了妈妈，于是他飞跑回家，向两个哥哥报告了"重大发现"。

原来，妈妈所在的"学习班"就在老图书馆。兄弟仨悄悄潜入图书馆，瞅准看守松懈的时候，冲上楼，与妈妈见面。儿子们的乐观、自信、豪爽以及他们丝毫没有向生活低头的迹象，令伊莎白无比欣慰。

在老图书馆的日子，伊莎白常在心中默念英国诗人威廉·亨利的诗《无敌》：

> Out of the night that covers me
>
> Black as the pit from pole to pole
>
> I thank whatever gods may be
>
> For my unconquerable soul
>
> In the fell clutch of circumstance
>
> I have not winced or cried aloud
>
> Under the bludgeonings of chance
>
> My head is bloody, but unbowed
>
> Beyond this place of wrath and tears
>
> Looms but the horror of the shade
>
> And yet the menace of the years
>
> Finds, and shall find, me unafraid
>
> It matters not how strait the gate
>
> How charged with punishments is the scroll
>
> I am the master of my fate

I am the captain of my soul[①]

很多年之后——2018年12月15日，在伊莎白103岁生日庆典上，伊莎白声情并茂地朗诵了这首让她终生铭记的诗。

1972年5月底，柯鲁克被关押了四年半之后，接到通知，他可以和家人见一面了。这让他喜不自禁。

柯鲁克被带到北京的另一座监狱，日夜思念的家人突然出现在眼前。伊莎白喊着柯鲁克的名字，飞奔下了台阶，双臂抱住他，猛烈地亲吻也不觉得尴尬。他俩都明白，在中国，即使是因为战争和革命分别多年的夫妻，也不至于当场亲吻。但他们分别得太久，思念太深了。

然后，他们被带进了一个会议室。一边是工作人员，一边是一家人。啊，孩子们，不再是小孩了，完全成了大人了！23岁的柯鲁和21岁的柯马凯，都蓄着大胡子。小儿子柯鸿岗，在柯鲁克被关押时才14岁，现在个头已经蹿到一米九五了，要是在路上碰见，父子俩甚至有可能会像陌生人一样擦肩而过。

伊莎白谈到她已经在学校上课了，孩子们谈到了自己的工作。虽然谈话内容有限，但是柯鲁克感觉到，这比隔着玻璃窗通过电话对话好多了。

1972年8月14日，是柯鲁克62岁生日，他第一次被允许和家人通信。他写了一封热情洋溢的信给伊莎白和三个孩子，信中写道：

> 我一点也不觉得自己已经62岁了，至少还可以为革命工作20年。

———————————————

[①] 伊莎白的二儿子柯马凯将此诗翻译为："刺破黑夜的笼罩／那漆黑无际的深渊／谢天谢地／我身附无敌的灵魂／遭受着无情的践踏／我从未畏缩或号哭／面对命运无情的抨击／我头破血流但毅然昂首／在这天罚和悲惨的境地之外／唯有阴间在望／然而面临着咄咄逼人的岁月／我从不感到畏惧／无论生路多么狭窄／天书载明多少罪责／我都要主宰我的命运／我是我灵魂的舵手"。

今天早上，他们向我确认，等待不会太久了。因此，你们的主要任务是全力以赴地工作和学习，也为我学习。这样将来我们五个都可以为社会主义和革命做贡献。

对未来的计划，我的想法在中国和英国之间摇摆。我想回英国去，有生以来第一次想和那边的工人打成一片，就毛泽东思想与工人运动相结合发表演讲和写作；脑子里也充满在北外教学和各地活动的想法……

孩子们受到的待遇使我热泪盈眶——因为感激和喜悦；他们计划去大寨的旅行棒到令人难以置信。

1973年1月27日，柯鲁克突然收到判决书，有关人员向他做了宣读。更准确地说，这是判决书的第一版。

当时，柯鲁克没有意识到判决书中的不公正，他只想先出去，然后再明明白白、彻彻底底地讨个公道。

家，离开五年多了！在院子里的老槐树一片新绿的日子，他兴冲冲地回到家里。依然保持着修长身材、姣好面容的伊莎白，还有三个健康快乐的儿子，让他沉浸在无与伦比的温暖和幸福之中。

还有——望眼欲穿的学生们！

1965年入校的郑海棠说："我们班是柯鲁克老师带的一个小班，有13名同学。他和蔼可亲，平易近人，中午去东院的学生食堂与我们一起用餐时，他会一边吃饭，一边帮我们练口语。他标准的伦敦口音，非常有磁性，听起来很舒服。很可惜，与他亲密相处的日子被突如其来的'文化大革命'中断了。1973年1月底，我听说恩师被释放了，立即到学校去看他。刚走进学校，远远地就看见恩师骑着一辆破自行车，按着铃铛，飞奔过来。我们激动地握手，眼圈都红了。他说他在到处找我们，别的都不说了——上课，上课，马上上课！这种老师到处找学生的事，真让我记一辈子！况且，他的冤案还没有彻底平反，他就忙着给学生上课，这是怎样的博大胸怀，这是多么强烈的责任感啊！"

原来，一回学校，柯鲁克就接到紧急任务——为25名即将赴英国学习的年轻学者上指导课，同时担任青年教师进修班的老师，还有郑海棠等13名学生要按相关规定"回炉"补课。柯鲁克一时忙得不可开交。

柯鲁克说："进修课一开始，对我不太了解的学生就相信，柯鲁克老师绝对不是什么间谍，并对我被关了五年多深感同情。我竭尽全力教他们，与他们——我现在的学生——建立了真挚的友谊，赢得了尊重。"

在柯鲁克归来并度过最初的欢乐日子之后，伊莎白细读了那份自相矛盾的判决书，非常不满。她非常严肃地对柯鲁克说："这是一份相当糟糕的判决书，会给你留下很大的隐患。"

伊莎白坚定地表态："我不想你这么不明不白地回家！"

柯鲁克和伊莎白给相关部门写了一封意愿坚定的信。

1973年3月7日，柯鲁克夫妇应邀到了友谊宾馆，见到相关部门的代表。代表告诉他们，第一版的判决书已被推翻，并签发了新的判决书。这份判决书也不算完美，但比第一份有了很大的修改。柯鲁克和伊莎白再次要求修改判决书。

后来，经过努力，判决书有了1979年版和1982年版。

1982年第三次修改后的判决书中，提到了柯鲁克北京外国语学院顾问的新职务，提到了"错误的指控""伪造的罪证"，提到了为其配偶伊莎白彻底平反，提到了废除以前所有的判决书，还有一项新的内容就是："这一判决应该向其所在单位公开宣布。"

四版判决书，历经三次修改，大改中又有小改，反映出伊莎白对自己（当然也包括柯鲁克）政治名誉的高度重视。她可以在生活上吃各种苦头，却容不得政治上一丁点儿的玷污或不实之词。她的党性毋庸置疑，她政治上的纯洁无可挑剔。

"柯鲁克同志，你受苦了！"

1953年9月，著名民主人士章士钊的女儿章含之，考入西苑老兵营时期的外国语学校。那时，高年级的同学都穿着军服。学校发给新生一个小马扎、一个大搪瓷碗、一双筷子，就这样，章含之成了外国语学校的一名学生。她看到金发碧眼的伊莎白以及好几个外教，都是自己拎着暖瓶去开水房打开水，感觉到这所来自革命老区的学校，还保持着"老八路"的淳朴作风。

章含之读大二时，柯鲁克夫妇还给她上过课。1960年，章含之研究生毕业后留在英语系任教，成了柯鲁克夫妇的同事。

章含之说："因为我有一段时间做过英语系外国专家的联络工作，因此与柯鲁克夫妇接触比较多，他们可以说是我的良师益友。假如没有那场'文化大革命'，我与他们的关系就是这样一种平和、亲切的友谊。然而，'文化大革命'的暴风骤雨，使我们成为战友……当我们听说柯鲁克被扭送到公安机关时……我们对柯鲁克的处境忧心忡忡，却又一筹莫展。"

柯鲁克夫妇的学生林枫，在北京市外办工作，接到了伊莎白在"学习班"打来的电话，委托他帮忙让柯鲁、柯马凯、柯鸿岗三兄弟好好"接受工人阶级的再教育"。

林枫说："1972年夏天，一个炎热的上午，柯鲁带着两个弟弟来见我。门卫见是三个身穿工作服的老外，就没让他们进来。后来，我到大门口把他们引进了外宾接待室。三兄弟异口同声地说：'林叔叔，我们要求回英国上学，我们要申请出国签证。'他们说在工厂里学不到文化，虽然工厂领导和工友们对他们很友好，但还是有一些人歧视他们，说他们是外国间谍的子女。他们精神上很痛苦，受不了，想回英国。我只好耐心地告诉他们要冷静，要相信党的政策。"

1971年3月，章含之被调到外交部，后出任亚洲司副司长，并经常能见到周总理。她心中始终牵挂着柯鲁克夫妇。1972年深秋，周总理谈到，要纠正"文化大革命"中对待外国专家的错误做法。章含之便向周总理汇报了柯鲁克夫妇的情况，周总理指示说："赶快放人！"

在《柯鲁克夫妇在中国》这本书中，章含之与林枫的回忆文字完全吻合，在周总理的关注和催促下，柯鲁克终于被释放。

林枫回忆了当时的情况："1973年3月4日晚上，周总理在中南海办公室召见了'20人小组'和外交部、外专局及有关外国专家的单位领导。会上，周总理还向章含之问起柯鲁克回到学校后有什么反应。时隔四天，即3月8日，周总理在人民大会堂主持庆祝三八国际妇女节的招待会。"

章含之清晰而细腻地描述了那次招待会的情景：

招待会开始不久，周总理站起来，走向麦克风，开始讲话。在简短的欢迎词过后，周总理神情严肃地对全场的中外宾客说他要借此机会代表中国政府向曾经受到错误对待的外国朋友致以歉意。周总理说："章含之告诉了我柯鲁克同志遭到错误的监禁。我对这件事很不安。我在这里向柯鲁克同志和其他遭受过错误对待的外国同志和朋友道歉！"……

讲完之后，周总理举杯，首先来到柯鲁克一家的圆桌旁，第一句话就是："柯鲁克同志，你受苦了！祝贺你们全家团聚了。你是中国共产党、中国人民的好同志、好朋友，我向你们道歉！"

柯鲁克和伊莎白声音哽咽，向周总理致谢。章含之眼见这一对老夫妻饱经磨难，形容憔悴，不禁鼻子发酸。

然后周总理转身问柯马凯三兄弟："你们什么时候出国学习啊？希望

你们学成后再回到中国，这就是你们的第二故乡！"

柯鲁克夫妇及三个孩子的眼中都贮满热泪。林枫急忙打开小本子，想记下周总理讲的每一句话。可是，他的手在颤抖，大滴大滴的泪水"嗒嗒嗒"地落在小本子上，根本无法记录。

同桌的美国专家叶文茜，早年随其中国丈夫——冶金专家叶渚沛来华定居，"文化大革命"中受到迫害，也刚刚获释。他们的儿子是个工人，正在与一个中国姑娘谈恋爱，却遭到干涉。周总理获悉后，说不准干涉这一对年轻人的恋爱和婚姻。周总理走到叶文茜母子跟前，举杯说："这一杯酒，也为两个年轻人的幸福，祝福！"

干杯！干杯！干杯！

这一桌热泪滂沱，泪水和着红酒一饮而尽。

1973年3月8日，这是伊莎白一家人永远铭记的日子。1976年1月8日周总理逝世后，伊莎白一家人多次以泪祭奠这位世纪伟人。她家的客厅挂着周恩来的画像，画像两旁的楹联上，是喜欢中国书法的柯鲁克手书的毛笔字："鞠躬尽瘁""死而后已"。

在北京，与苏大使重逢

1970年10月13日，中国与加拿大正式建交。这是伊莎白一直企盼的。

1972年的深秋，伊莎白接到加拿大驻华大使苏约翰的信函，邀请她携带家人，到建国门外的外交官公寓去见面。

"苏约翰"这个名字，伊莎白实在太熟悉了，她立即想到了以前同住华西坝校南路7号独栋楼时相处得非常融洽的苏继贤一家人。

苏继贤，华西坝的人都叫他"苏木匠"，因为他是华西坝的大建筑师。至今，华西坝的国宝级建筑，大都是经他的手建成的。他们家有苏威廉和苏约翰两个挺招人喜欢的孩子，兄弟俩一个比伊莎白小2岁，一个比伊莎白小4岁，都是"CS"学生。伊莎白高中毕业时，苏威廉刚上高中，而苏约翰还是一个穿着背带裤，喜欢吃成都特产牛筋糖的初中生。苏约翰爱把那黏性极强的牛筋糖用门牙咬住，扯得老长老长，伊莎白总是提醒他："小心，别把你的牙给扯脱了！"

弹指一挥间，30多年过去了。

大约半个月前，也就是10月22日，《人民日报》第6版发布了《加拿大驻华大使到京》的消息。

当时，柯鲁克还在秦城监狱。伊莎白很迟疑，跟加拿大大使见面，会不会影响到丈夫和孩子？

临行前，伊莎白叮嘱柯鲁三兄弟，只谈出国上大学的事，其他的事，一概免谈。三兄弟见母亲有点严肃，也就收敛了笑容。

按约定，伊莎白和三个孩子准时来到公寓楼，按响门铃。

门一打开，眼前这位大使先生真是帅极了！他一见伊莎白，就热情地叫着伊莎白的名字，给伊莎白来了个大大的拥抱。

比大使更加热情的是那条大金毛，它向着柯鲁三兄弟扑了过来，吓得三兄弟急忙后退。大使连忙拉住狗链，喊道："普罗，普罗，别淘气！"然后向伊莎白和三兄弟解释说："初次见面，普罗总是这样，好奇得很！"

在咖啡浓浓的香气中，苏约翰大使和伊莎白的话匣子打开了——伊莎白最感兴趣的是，那些在华西坝一起长大的"CS"兄弟姐妹，他们在哪里？现在在做什么？他们过得好吗？

伊莎白和苏约翰念叨着每一个他们都熟悉的名字，接着或是惊叹，或是大笑。热烈而友好的气氛，不知不觉冲散了伊莎白心头的疑云。

苏约翰介绍说，他的哥哥苏威廉，当选为加中友好协会会长，在加拿大开展了很多活动。每次活动，"CS孩子"都积极参与，特别是云从龙的儿子云达乐、文幼章的儿子文忠志等。1970年加拿大与中国建交，加之年初美国总统尼克松访华的"破冰之旅",让在华西坝生活过的加拿大人无不欢欣鼓舞。看起来,与中国友好交往,已经是不可阻挡的世界潮流了。

闲聊中,他们不约而同地说到了"加拿大面粉"。

伊莎白说:"十多年前吧,中国的困难时期,北京市开始供应加拿大面粉。听说,这跟你有关系?"

苏约翰谦逊地笑了笑,向伊莎白说道:

"《圣经》说,人若知道行善,却不去行,这就是他的罪了。1960年,派我到香港办事处工作的是我的挚友、加拿大农业部长阿尔文·汉密尔顿,他非常赞同我提出的向中国出口谷物的'小麦计划'。那几年,加拿大谷物连年丰收,仓库都快胀破了。汉密尔顿一直在急着为小麦找出路。向中国出口小麦,这不是对双方都有益的大好事吗?但是,加拿大政府完全有理由拒绝,一是两国尚未建交,二是中国一时拿不出那么多外汇来,只能分期付款。谁来为中国做信用担保?

"这个汉密尔顿,真是一条好汉!他对加拿大总理约翰·迪芬贝克说:'我相信有着几千年文明的中国,只会暂时缺钱,却不会缺少智慧。总理阁下,如果您不同意把我们的小麦出口到中国,那么,我还不如辞职,您另请高明吧。'

"总理完全被农业部长说服了,指示加拿大财政部做经济担保。

"活络的政策带来了敲门砖效应,不久,两位中国外贸官员,在我的护送下,怀揣着购买小麦的转账支票,跨过罗湖桥,从香港飞抵加拿大,开始就中加小麦贸易展开正式谈判。

"经过总理和农业部长的精心安排,短短十几天,第一笔小麦贸易敲定,加拿大以比国际市场价格还低廉的价格向中国出售了76.2万吨小麦和32.7万吨大麦。之后几年,中国从加拿大进口了上千万吨小麦。"

伊莎白激动得鼓起掌来:"太棒了,加拿大做得太好了!关键时刻,你们做了最明智、最有良知的选择!"

如今提起这件事,柯鲁三兄弟的记忆被激活了。他们记得,加拿大面粉袋，料子柔软密实，好多北京人都舍不得扔，改成了裤衩。他们游泳时，还见过有人穿这样的裤衩。

临别时，伊莎白再次表示对这位"CS"小学弟的敬意。

与加拿大的"小麦贸易"促进了中加建交，这事让伊莎白念叨了好多年："我为加拿大人做的好事感到骄傲！"

我们家的刘金凤阿姨

柯马凯说："说起我们家在'文化大革命'中的经历，不能不说说刘金凤阿姨。她1957年来我家，做事勤恳，心地善良，跟我们一家老小都相处得相当融洽。特别是在'文化大革命'期间，我家最艰难的日子里，她跟我们一家共患难，充分表现了中国普通老百姓最可贵的忠诚与诚实的品质。一直到1979年告老还乡，她前前后后在我家住了20多年。告老还乡之后，我们还一直保持联系，她每年都会来北京看我们。"

刘金凤是江苏镇江人，出生于农村，丈夫很早就过世了。她把孩子拉扯大了，就来到北京当保姆。到柯鲁克家时，柯鲁8岁，柯马凯6岁，柯鸿岗4岁，个个调皮，但对她却相当喜欢和尊重。

刘阿姨没什么文化，讲的故事却相当好听："一听说日本鬼子要进村了，我们就往村外跑，跑呀跑，朝庄稼地里躲。还给自己脸上抹灰，要不就抹上泥，总之，越难看越好。"

三兄弟不懂："怎么要往自己脸上抹灰呢？"

刘阿姨说："日本鬼子进村，见到花姑娘就要抢。妇女都涂成一张鬼脸，就是为了躲避鬼子嘛。"

当时，三兄弟对这个故事还似懂非懂，长大几岁就懂了。

柯鸿岗上小学时，刘阿姨也在上识字班，两人算是小学"同学"。但柯鸿岗年纪小，记性好，识字比刘阿姨快得多，所以刘阿姨常请教"小老师"。这使得刘阿姨和"小老师"感情最深。

柯鲁说："上中学时，我们都读寄宿学校，正是三年困难时期，学校的伙食也不好。当时我们又特别馋，最想念刘阿姨做的红烧肉！"

刘阿姨会做淮扬菜，最拿手的是红烧肉。那红烧肉，文火烹饪，香飘全楼，上下楼邻居都能闻到。端上桌，色泽油亮，晶莹剔透，肥瘦相间，看一眼就让人馋涎欲滴。好大一盘红烧肉，怎禁得住三只在学校关了一周的"饿虎"围攻！只见三个刚长出胡须的半大小子，腮帮鼓起，大吃大嚼，须臾之间，大盘见底。刘阿姨乐得哈哈大笑道："还有，还有呢！"说着，又端上来一大盘。而在一旁观赏"刘阿姨饲虎"的柯鲁克和伊莎白，也是高兴得很。

"文化大革命"风暴的突然降临，让刘金凤阿姨完全搞不懂。

那时候，人人要进"学习班"。当保姆的，早上8点到10点，都要集中参加学习，学习完了才准去买菜。造反派来找刘阿姨，说："柯鲁克他们家里经常来外国人，他们都讲了些什么，你得交代。"

刘阿姨说："别人来做客，我也管不了，讲什么，我更不知道。"

造反派又问："你给他们沏茶的时候，也没有听到什么吗？"

刘阿姨说："茶，都是他们自己泡。他们说的是外国话，我想听也听不懂，我交代什么？"

这个刘阿姨真让造反派失望。他们不明白，一个乡下来的保姆，为什么如此顽固不化！

大约是刘阿姨刚到伊莎白家不久，一个节假日，伊莎白一家去十三陵水库玩，没料到回家时见三楼一间房冒出浓烟。着火了！大家一齐动手将火扑灭后，才分析出是刘阿姨往床下扔烟头引发了这场小火灾。幸亏烧掉的只是家具被褥，没有烧到宝贵的书籍资料。刘阿姨吓得脸色铁青，浑身打战。伊莎白不但没有训斥她半句，反而安抚她说："以后小心些就是了。"

后来，大院里的保姆都说："刘金凤啊刘金凤，你祖上烧了八辈子高香，运气太好了，遇上了好人家，完全不计较火灾损失。要是主人较真，没准把你送去坐班房！最轻，也让你白干几年，赔偿那些烧掉的东西。"

经过这场火灾，刘阿姨再左右比较，打心眼里更加敬重柯鲁克、伊莎白夫妇，他们真的是可以信赖的好人。三个孩子是刘阿姨看着长大的，刘阿姨对他们有了深厚的感情。因此，造反派不管怎么"教育"，刘阿姨的"觉悟"就是提不高。

后来，柯鲁克被抓进监狱，伊莎白被关在老图书馆，只有刘阿姨坚守在空荡荡的家里不走。她想到还有柯鲁、柯马凯、柯鸿岗三兄弟，虽说三兄弟是在工厂"接受再教育"，但回到家中，如果有她在，总还能吃上热腾腾的饭菜，让他们有一点对家的念想嘛。

"咚！咚！咚！"

有人不是在敲门，而是在凶狠地打门。

刘金凤开门一看，是造反派。他们催促刘金凤说："你还赖在这里不走？"

刘金凤一点也不恼怒，和颜悦色地说："你们看，这条毛裤还没织完呢。眼看要过冬了，这条给柯鸿岗织的毛裤还有一条腿没织完呢！"

"你不是早就在织这条毛裤了吗？"

"是啊，是啊，是早就应该织好了的。可上个星期天柯鸿岗回来，一比画，短了好多。这孩子也不知道吃了啥，长得那么快，一米九啦，跟打枣竿子似的。这织好的毛裤只好拆了重织，真费劲！"

刘金凤就凭着这样的理由，在伊莎白家多待了一年。最后，造反派弄走了刘金凤（甚至她在工厂的侄儿也丢了工作），又派了一个保姆去伊莎白家。这个保姆"觉悟高"，随时报告伊莎白家中的情况。

新保姆入住伊莎白家之后，与柯鲁三兄弟摩擦不断，干了不久，也就自行撤退了。而刘阿姨始终在附近当保姆，经常到学校来找保姆朋友侯阿姨了解柯鲁克和伊莎白的情况。

一天，她听侯阿姨说："刚刚听说，伊莎白给放回来了！"

刘阿姨不顾一切，急匆匆地奔向伊莎白家。

伊莎白终于从"学习班"被放回家。这个曾经充满欢声笑语、热气腾腾的幸福之家，此刻，空荡荡、冷冰冰的，没有一丝人气。她刚坐下来，就听见轻轻的敲门声。

门一开，两个人均有些惊讶——

眼前的刘金凤，添了白发和皱纹，完全老了一头。伊莎白想不到，刘金凤会气喘吁吁地跑上三楼。

眼前的伊莎白，添了白发和皱纹，完全老了一头。刘金凤想不到，伊莎白竟无语凝噎说不出一句话。

门一关，两个饱经磨难的女人紧紧拥抱，继而号啕大哭。

没有什么话可倾诉，滚滚热泪包含着一切。在坚毅的伊莎白的一生中，罕有这样的大哭。

不一会儿，有人敲门，问："刘金凤回来了？"伊莎白回答："我们是在外面碰上的，来家看看都不行吗？"

又过了两天，伊莎白对刘金凤说："你还是去你侄儿家把被子取来吧。"就这样，刘金凤又回来了。

没两天，造反派又来找碴儿，对伊莎白说："刘金凤不能来，不能在你家里干活。"伊莎白问："为什么？"造反派说："还有嫌疑！"伊莎白说："我都解除了嫌疑，她怎么可能还有嫌疑呢？况且，她来我家，不是我找来的，是1957年由学院介绍来的。你们要她走，得说出个理由来，否则，我不能叫她走！"

最终，刘金凤留下来了。

第十二章/

依然选择中国

1976年至1980年，这是中国巨变的年代。这五年之中，伊莎白和柯鲁克曾两次离开中国到欧美探亲访友。记者们向他们问得最多的是："你们为什么还留在中国？"

　　对于这个尖锐的问题，柯鲁克夫妇不仅用语言，还用行动做出了回答。他们对中国人民满怀深情，中国土地上有他们的同志、亲人和朋友。

　　他们选择留在中国，不是选择享受而是选择奋斗；他们选择留在中国，不是选择名利而是选择奉献。

难忘的1976年

这是天寒地冻、阴云密布的日子。

1976年1月，周恩来总理逝世的消息，随着凛冽朔风袭来，让亿万中国人簌簌颤抖，感觉到一种从未有过的锥心刺骨之寒。

伊莎白沉默了，柯鲁克无语了。他们非常清楚，周恩来在他们心中，在中国亿万民众心中的崇高地位。

教研室的老师们议论纷纷："不知周总理的灵车将从哪些街道经过？为什么报纸上、广播里也不宣布一下，灵车什么时候从医院到八宝山？""你们看，报纸上，除了各国领导人的唁电，平民百姓的悲痛心情没有一个字提及！""管他的，我们自个儿去，送总理。""好，说走就走！"

伊莎白不动声色，穿好外套，围上围巾，到车棚推出自行车。

伊莎白跟教研室的老师们一起，骑着自行车，在雪地上一路往东南方向疾行。40多分钟之后，一个个浑身冒着热气，来到木樨地街口，宽阔的长安街就在眼前。好多人拥向了长安街——街道两旁，全是黑压压的人，全是沉默不语、面容悲戚的人。天越来越黑，人越聚越多。一道看不到首尾的坚定的人墙在等待，一条在沉默中酝酿着悲痛与愤怒的"长城"在等待。

长安街上开过了一辆辆小轿车、大巴车、公交车，就是不见灵车。伊莎白和等待着的人们，直站到浑身冰凉，双脚僵硬。这时，有人说："周总理的灵车，下午3点多就开过去了。"

碎雪早已飘洒起来，气温降得更低。伊莎白找到已经落满了雪的自行车，顶着北风，向北京外国语学院的方向努力骑行。

逆风而行，是如此吃力，浑身的力量都快用光了。

骑行了一个多小时，伊莎白才回到家中。冻得两颊泛青的伊莎白对柯鲁克说："我不明白，为什么不让群众表达哀悼之情？"

别说伊莎白有不明白的事，柯鲁克也有不少不明白的事。

柯鲁克平反之后，不但恢复了教学工作，而且开始了为期六年的《汉英词典》首席顾问的工作。

在狱中，柯鲁克坚持学习，使他的汉语水平大为提高。参与《汉英词典》的编纂，更让他体会到了汉语的魅力。他认为，汉语或许是所有今天还在使用的语言中历史最悠久的。几千年来汉语以其丰富的表达、生动的想象、迷人的隐喻、精妙的构词，成为一种优美、极富特色的语言。

但正当柯鲁克全身心投入《汉英词典》的编纂工作时，一个学生写信提醒他，对词典的编纂工作别"盲目乐观"。

柯鲁克也深知，这部词典受极"左"思想的影响太大了。除了政治上的滑稽"纠偏"，例句中的地道英语亦被涂掉，改成一个字一个字对应的生硬翻译。柯鲁克感叹："真是一派粗陋的中式英语的惨状！"

直到"四人帮"倒台，《汉英词典》的编纂工作才回到了正轨。

1976年夏天，阔别三年的三个儿子和大儿媳从英国回来了，柯鲁克夫妇家一下子热闹了起来。

柯鲁和柯马凯1973年5月出国后，花了六个月的时间，一边走走停停"体验生活"，一边横穿欧亚大陆到了英国。打了一段时间工之后，兄弟俩都进了大学。小弟柯鸿岗决定走出哥哥们的庇护。他先是在澳大利亚待了一整年，在超市搬箱子，给瓦工打下手，还在铁路上找了个活儿干，后来他也去了英国。

放飞三个儿子之时，伊莎白不是按中国人的习惯说"一路平安"，而是叮嘱他们去更广阔的天地"经风雨，见世面"。

既然一家人团聚了，何不来一次长途旅行？去哪里呢？一家人讨论后决定去伊莎白魂牵梦萦的四川老家，让孩子们看一看妈妈的出生地以及妈妈去过的杂谷脑河谷的藏羌山寨。

经过层层审批，伊莎白一家人才得以进入四川。理县革委会在八什闹村头组织群众载歌载舞表示热烈欢迎。他们在八什闹村转了一圈，又匆匆离开，上了佳山。那时，佳山上连机耕道都没有。柯鲁克居然穿着短裤，不怕带刺的灌木野草，带着一家人来了个登山"比赛"。伊莎白一家人和接待他们的理县干部在山上合影留念后，就迅速下山了。

伊莎白最想见索囊仁清，却被告知索囊仁清早在20世纪40年代就已去世。索囊仁清的妹妹，伊莎白也没见着。佳山的老人，来了一个代表，叫龙志先，是龙保长的后人。在那个特殊的年代，大家没有说上几句话，显得非常拘谨。伊莎白本想让丈夫和儿子体验体验做田野调查的酸甜苦辣，但整个行程由于时间安排得很紧，此行也只能浮光掠影。

伊莎白带着遗憾离开了理县。临走时，她对县上的干部和群众说："我一定还会再来的。"

1976年9月9日，毛泽东主席逝世。几天之后，柯鲁克夫妇跟成千上万中国群众一起，向毛泽东的遗体告别。柯鲁克伫立在毛泽东的遗体前，庄严地举起战斗姿势的手臂，握紧拳头，像在西班牙国际纵队当战士时那样，向这位伟人致以共产主义者的敬礼。

1976年10月，中国历史翻开了崭新的一页。"四人帮"被粉碎了，举国一片欢腾。北京外国语学院组织教师们登香山赏红叶，伊莎白和柯鲁克成为为数不多的以矫健的步伐登上"鬼见愁"的人。登山之后是宴会，大家不断地干杯，进而狂饮。据说，全北京的酒都被喝干了。《汉英词典》的主编不停地说："大卫，这是我这一辈子最开心的一天！"

一次又一次选择中国

1978年5月，柯鲁克夫妇到了美国，然后从美国的西海岸一路演讲到东海岸，用他们自己的话来说就是："我们充满信心地为中国做义务宣传。"

在美国，无论是老朋友还是陌生人，都在不停地问同样一个尖锐的问题："柯鲁克，你被关押了五年多；伊莎白，你失去自由也有三年多——中国人如此对待你们，你们为什么不仇视中国人呢？"

伊莎白和柯鲁克总是这样回答："对待我们这样凶狠的，不是中国老百姓。"

有人反复问："英国、美国、中国，你们更喜欢哪一个国家？"

柯鲁克答道："我喜欢英国，也喜欢美国，却在中国度过了成年后的大半生，我的事业在那里，我的朋友在那里，我的家在那里。从根本上说，我不彻底属于任何一个地方，但我认为，已经不再年轻的我们，只有在中国，才可能从事我们最喜欢的工作，做出最大的贡献。"

又有人问："什么是你们最喜欢从事的工作呢？"

伊莎白答道："我们从事英语教学，乐趣无穷。我还准备在退休之后，继续做人类学的调查，使我年轻时就应该问世的有关兴隆场、十里店的作品得以出版。"

充满革命激情的柯鲁克和伊莎白回到了西班牙——41年前柯鲁克曾经流血战斗的地方。小儿子柯鸿岗、大儿媳马尼参加了这一段旅行。马尼开车，拉着他们穿过美丽的法国，进入西班牙境内。

风中仿佛传来了当年国际主义战士的歌声……

在马德里繁华的街道和宁静的居民区，盛开的鲜花和处处绿荫让人无法找到当年街垒战留下的一点痕迹。但是，哈拉马河谷的战壕，通往瓦伦西亚公路上的弹坑，还有白求恩医院痛苦呻吟的伤兵，当年的一幕幕情形又在柯鲁克脑海中浮现。

在当年国际纵队英国营的训练基地，当地共产党在一家小酒馆组织了狂欢活动。在那里，柯鲁克结识了一位年轻的面包师。面包师听说了柯鲁克的身份后，爆发出西班牙式的热情，他先是让柯鲁克与他同桌痛饮，然后将柯鲁克夫妇邀请到自己的父母家，再次举杯痛饮。之后，柯鲁克夫妇被带到了组织狂欢活动的党支部成员中，又是举杯痛饮。

柯鲁克即兴发表了激情洋溢的讲话。党支部书记拉着柯鲁克的手说："你得在这里过夜，狂欢活动午夜才会开始。"他派了一位叫阿文提诺的向导，带柯鲁克夫妇四处转悠。他们漫步在柯鲁克熟悉的街道。柯鲁克对阿文提诺说，就在恩维瓦街，有一家人跟他很熟，他们家的女儿叫安东尼娅，还教过他西班牙语。阿文提诺说，他保证会找到这一家人。一个小时以后，阿文提诺回来了，惊讶得喘不过气来地说："你说的安东尼娅，就是我的妻子啊！"

真是难得的奇遇！柯鲁克夫妇来到安东尼娅家里，当年那个十几岁的苗条少女，已经变成了富态的中年妇女。他们热烈拥抱，朗声大笑，举杯祝福，欢天喜地。安东尼娅还记得柯鲁克早已忘记的小事，包括当年留给她的小礼物。

离开的时候，安东尼娅一家人送给柯鲁克夫妇不少礼物。其中，有一把用了多年的带有锯齿状切口的面包刀，还有一大堆面包圈。想起41年前离开的时候，村民们在英国营战士的背包里塞满了蜜橘，柯鲁克对伊莎白感叹道："没有什么能比他们的慷慨更令人感动的了！"

伊莎白和柯鲁克风尘仆仆回到北京后，又有一帮记者和学生前来拜访。

记者问："退休了之后，你们可以好好休息了吧？"

学生们说："亲爱的伊莎白和柯鲁克老师，退休之后，你们怎么安排呢？建议你们安排一次'周游全球'之旅。从香港到新加坡，从印度到埃及，从澳大利亚到加拿大，你们的学生遍布全世界。除了跨国公司、商贸机构，还有中国驻外使节，他们会一站一站把你们接待好，你们也可以顺便'检验'一下学生们的成绩……"

还有学生建议说："沿海地区改革开放的步子快，急需外语人才，老师若能南下教英语……"

然而，柯鲁克夫妇的安排，令所有人都吃了一惊。

到边疆义务讲学

沙广辉、曹祥慧是伊莎白和柯鲁克20世纪50年代初期的学生。"师高弟子强"，他们夫妻俩先在外交部工作，后调往新疆。对于他们的经历，也许有人会说：在北京干得好好的，怎么会到新疆去工作呢？

原来，这对优秀弟子前往新疆干的是维护祖国安全与民族尊严的大事。后来，他俩都从事英语教育工作。进入80年代，改革大潮掀起，新疆也掀起了"外语热"，社会各界对外语教育的要求越来越高。为了提高英语教育水平，曹祥慧和沙广辉商量，想邀请柯鲁克夫妇来新疆讲学。

1980年4月，沙广辉来到了北京外国语学院，和老师见面了。

一别20多年，师生相见，格外亲热。柯鲁克拿出相册，共同回忆起50年代的苦与乐，笑声不断。沙广辉谈了新疆文化教育的状况后，直截了当地提出，希望二位老师能去新疆讲学。没想到，柯鲁克和伊莎白非常爽快，当场接受邀请，并预定暑期成行。为此，沙广辉大喜过望。

柯鲁克夫妇详细询问了新疆方面需要他们讲学的内容要求之后，还特别告诫：讲学期间，生活从简，不住宾馆；讲学是义务，不要任何报酬。为了方便与学员们交流，他们要求住教职工宿舍。当时，柯鲁克已是古稀老人，这样的告诫和要求真让沙广辉非常感动，不知说什么好。

　　新疆的夏天，日照特别长，感觉时间过得很慢。在漫长的等待中，柯鲁克夫妇终于来到了乌鲁木齐。让他们满意的是，他们入住的是教职工宿舍。安顿好后，他们不顾旅途劳顿，当天就和沙广辉、曹祥慧商讨讲学的日程安排。讨论中，柯鲁克像20多年前给大学新生上课一样，亲切自然，无拘无束，谈笑风生，毫无倦意。师生都十分投入，忘了看时间。夜深了，沙广辉突然发现，已经是凌晨1点钟了，他们竟然一口气谈了五六个小时！

　　根据柯鲁克的意见，讲学的时间安排得非常紧凑。来学习的是新疆各大专院校和部分中学的英语教师、涉外部门的干部以及高校外语系的高年级学生等，有100多人。为了让不同类型的学员都能学到自己需要的知识，柯鲁克夫妇总是论题鲜明，联系实际，列举不同情景语言的范例，形

伊莎白（右二）和柯鲁克（右四）在新疆义务讲学期间与当地师生在一起（摄于1980年）

象生动地阐述各个专题。学员们的英语水平无论是高还是低，都一致反映"题题印象深，课课有收获"。

为了提高学习效率，柯鲁克每天下午都组织学员讨论，并解答疑难问题；或者让学员们看英文电影，一边看一边讲述，大大提高了学员们的学习兴趣。而伊莎白除了分担一定的讲课工作，还要把每天要讲述的内容摘要打印出来，分发给学员，以便他们课后复习。为此，他们每天都要紧张地工作到深夜。不少学员得知二老如此辛苦地工作，深感不安。有的学员跟他们说，请他们要注意休息。伊莎白总是回答说："我们很好，不要过多地考虑我们的休息和生活。你们要多想想学习当中还有什么问题，只要你们能够真正学到东西，我们就不觉得累。"

就这样，在一个月的学习中，学员们不仅学到了宝贵的知识，提高了英语口语的表达能力，更为重要的是，他们从柯鲁克夫妇身上学到了严谨的治学精神和灵活有效的教学方法。

由于教职工宿舍与学校食堂相隔较远，就餐不便，经商量，柯鲁克夫妇最后同意单独给他俩做饭。但他们反复交代："饭菜不要多，每餐两个菜即可，多了浪费。"同时，他们对厨师的精心照料多次表示感谢。而厨师对这两位教授更是赞不绝口："他们生活太俭朴了！为他们服务，真是让我太高兴了，也太感动了。"

从教职工宿舍到教学楼，有20分钟的步行距离，还要爬200多米的斜坡，有的年轻人走下来都要气喘吁吁。考虑到柯鲁克夫妇年事已高，学校安排了小车接送。对此，柯鲁克委婉而有点幽默地拒绝说："人长了两条腿就是为了走路的。不走路，腿要退化，那时候就是有腿也没有什么用了。现在不能让腿退化，还是走路好！"

就这样，柯鲁克和伊莎白每天往返四次都是步行，而且每次都是提前到课堂，准时授课。

学员们得知柯鲁克夫妇在革命老区生活和工作过，交口称赞："我们看到老革命柯鲁克夫妇，仍然保持着'老八路'艰苦朴素的作风。"

在新疆讲学期间，柯鲁克夫妇还过了一次古尔邦节，柯鲁克的70岁生日庆祝活动也是在学校举办的。

古尔邦节那天凌晨5点，柯鲁克夫妇徒步5公里，到达乌鲁木齐南门的大清真寺。按照规定，妇女不准进入，伊莎白只好在外面等候，柯鲁克随着人群进至寺内。他虔诚地为新疆地区的繁荣和新疆人民的幸福祈祷。

从大清真寺回来，柯鲁克夫妇非常高兴地随着拜节的人们到外语系的少数民族老师家中去拜节，并应邀到新疆大学校长家做客，受到了盛情款待。对此，柯鲁克夫妇说，在新疆能够赶上古尔邦节，和新疆各族的兄弟姐妹一起过节，了解他们的风俗习惯和风土人情，真是一个难得的机会。

8月14日，是柯鲁克70岁的生日。沙广辉和曹祥慧尊重柯鲁克的意愿，在教职工宿舍楼为柯鲁克举行了简单的庆祝活动。会客厅布置得朴素典雅，准备了寿桃、瓜果、鲜花和生日蜡烛。参加祝寿活动的有新疆大学党委书记和外办工作人员代表以及毕业于北京外国语学院后在新疆工作的学生等30多人。庆祝活动一开始，大家齐声高唱"祝你生日快乐"，并有节奏地鼓掌致意。

红光满面的柯鲁克，向祝寿的人们表示衷心感谢。然后，他俯下身来，"噗——"一口气吹灭了蜡烛！

顿时，全场欢呼："祝柯老健康长寿，永远快乐！"

在大家的欢呼声中，柯鲁克含泪说出了他和伊莎白深藏心中的话："我们一次又一次地选择留在中国，留在中国——这是非常正确的选择！"

在此之前，内蒙古大学曾邀请柯鲁克夫妇赴呼和浩特讲学42天。讲学期间，除了内蒙古大学，各兄弟院校师生也踊跃前来，挤满了可容纳200多人的阶梯教室，真是"一方邀请，多方受益"，效果非常好。

1985年初，内蒙古大学聘请柯鲁克夫妇为荣誉教授。除了讲学，柯鲁克夫妇还不断地为内蒙古的外语教育出力：一方面"请进来"，推荐了多名精力充沛、能力出众的外籍教师来校任教；另一方面"走出去"，推荐优秀学生去国外深造，使内蒙古的外语教育事业一步步走上新的台阶。

1985年12月15日，是伊莎白70岁的生日，柯鲁克也已过75岁。这天下午，国家教委等部门、单位在北京为他们举行祝寿招待会。在招待会上，伊莎白说道："我们认为，在新中国担任教师是必需的，它既艰巨又有价值……我们可以通过许多毕业生为建设新中国和新世界而做出贡献这一形式，看到我们工作所取得的成效……我们感到十分愉悦，也为拥有这些学生而感到自豪和骄傲。"

第十三章 / 人类学家的情怀与成果

作为人类学家，伊莎白不仅关心学术问题，还把十里店和兴隆场当作自己的家乡，视乡亲为亲人。她和柯临清设立了基金，资助贫困学生。

伊莎白在完成人类学专著《十里店》《兴隆场》之后，本还想创作一部有关杂谷脑河谷藏羌山寨的人类学著作，但由于精力有限，只好放弃。但她对八什闹村的关爱，将随着古老的英文儿歌世代流传。

那一口600多米的深井

李维新是来自十里店的文化人，也是伊莎白一家的老朋友。作为伊莎白和柯鲁克的《十里店》的审校人之一，他也是十里店历史的记录者。

在李维新童年的记忆里，最为惊心动魄的是下井掏水。

1957年，遇上春旱，饮水非常困难，村民或到村外去挑水，或在本村下井掏水。因为井很深，下井的一般是各家的孩子。那一天，李维新的爹几乎是用乞求的声音对李维新说："娃，不是爹不疼你，实在没法子，你就下井去掏一回水吧！"

懂事的李维新点点头，因为同村比他大的张富贵哥也是这么干的。张富贵下到了井底，为全家掏了一桶水，给李维新做了个榜样。

爹把李维新的腰和腿捆绑结实了，再用一根长绳子把他吊起，然后一尺一尺地、小心翼翼地把他和一只水桶放到60多米深的井底。

下到昏暗的井底，李维新解开绳索四下一看，哪儿有水啊？仔细瞧瞧，井底的一角有点潮湿，于是他摸过去，终于看到了，泥土中渗出一小洼水。他便用勺子一勺一勺地往桶里舀水，几勺子下去，小水洼没水了，得等着慢慢再渗出水。他估计得等上一个小时才能掏满一桶水。

这时，他听见井口有喊声——是娘在叫他。他朝天空望去，锅盖大的井口晃动着人影。他大声应道："俺在呢，娘——"

他分明听见了娘和爹在大吵大闹。爹在辩解："不叫娃下去，咋弄？全家人都得渴死！"

娘在怒吼："这么深的井，这么小的娃，你舍得，俺可舍不得！要有个三长两短……"

爹也在吼："你闹啥呢？娃在下面慌了神，你你你……"

娘"呜呜哇哇"哭了起来："娃是俺身上掉下的一块肉……你不疼，俺疼……"

听见爹娘在井口吵架，李维新在井底抹泪。

一桶水终于装满，吊上了井口。接着，李维新紧紧抓住井绳，被爹从黑洞洞的井中吊了出来。那一年，他9岁。

1959年6月，李维新在十里店小学读四年级时，第一次见到柯鲁克。柯鲁克在同事梅仁毅的陪同下，参观了学校。柯鲁克这次是来调查农业合作化之后的情况的，他先后走访了阳邑公社、十里店、冶陶、漳北渠、县农机厂、县中学等地或单位，历时12天。

1960年，柯鲁克和伊莎白夫妇由梅仁毅陪同，回到十里店，在村民安耀西家住了大约一个月。这一次调查范围更广，他们走访了阳邑、柏林、明峪、沿头等十几个地方。之后，柯鲁克夫妇合写了《阳邑公社的头几年》，这本书于1966年在英国出版。

1985年2月初，柯鲁克夫妇再次回到十里店，住在村民王恩堂家。

这时离春节还有十来天，乡间道上，置办年货的人们来来往往，笑语互答，喜气洋洋。这让柯鲁克夫妇明显地感觉到，实行家庭联产承包责任制以来，一系列政策的落实，极大地解放了生产力，群众的喜悦是发自内心的。

"俺们村的柯鲁克、伊莎白回来啦！"

多年来，十里店的乡亲们，从老人到孩子，口口相传着外国友人柯鲁克、伊莎白的故事。如今，他们披一身风雪回村来了。全村人奔走相告，拥向村口，里三层外三层，热气腾腾地把他们围住了。问好声响成一片，柯鲁克夫妇不断地点头示意。老村支书王米山在前面开道，村支书李忠、村主任王锦义护在左右，不断地说："大家闪开一条道吧，柯鲁克、伊莎白还要在村里住几天呢！"

柯鲁克夫妇最关注的是教育。这次回来，学校组织了小学语文、初中英语的汇报课。夫妇俩听完课之后，感到很满意，说课讲得很好。校长介绍说，小学教学质量在不断提高，十里店已经走出了13名中专生、10名大学生……

伊莎白说："孩子们从小就要养成爱读书的好习惯。希望大家共同努力，培养出更多的优秀学生。"

柯鲁克夫妇特地去参观了村里建成的两座蓄水池、一条引水渠。

柯鲁克说："社会在不断进步，十里店也在进步。1948年我来十里店，吃的是地窖水，还在用手拉井绳提水，井里的水少得很哪。1959年我来十里店，村上的井已经改成了机械提水。这次来十里店，有了大蓄水池和引水渠，变化真是不小啊！"

柯鲁克夫妇还饶有兴趣地参观了村办企业。村干部介绍说："过去村里只有一个油坊，榨油工人只有三四个。现在村里办了很多企业，剩余劳动力可以到工厂做工。还有人买了汽车搞运输。农民买汽车，过去真是想都不敢想。"

柯鲁克夫妇还参观了当年的旧居，老房东、伊莎白的干妈郭锦荣已经去世了，外甥王纪红住在老屋。王纪红的爱人将自己亲手做的布鞋送给了柯鲁克夫妇。大家正亲亲热热拉家常时，左邻右舍都来了，送红枣、核桃、花生等土特产的络绎不绝。

村上还开了几次座谈会，柯鲁克夫妇与村民一起，畅谈党的十一届三中全会之后村里的变化。村干部表示，要给群众办十件好事。第一件是办好村小学，第二件是要彻底解决饮水问题——这两件，正是柯鲁克夫妇一直挂在心上的大事情。

小学校舍要翻修，还有两万元的缺口，柯鲁克夫妇立即捐赠两万元。后来，柯鸿岗、柯马凯每次来，都要捐资助学。几十年来，已无法统计柯鲁克一家为十里店小学捐赠了多少钱。

而饮水问题没有彻底解决，让柯鲁克夫妇很难受。

他们知道，1961年早春，干妈郭锦荣的女婿王家祥，参加大队组织的挖井，挖到六七米深时，冻土突然塌陷，把他给埋了！

他们还知道，1977年，在离十里店三里远的半山北挖水池时，砸死了三个人；1979年，在半山东打斜井，放炮时炸伤了三个人。一次次事故，令人痛心疾首。现在虽然修了两池一渠，但是如果遇上大旱，仍然没有饮用水！

临近春节，柯鲁克夫妇告别十里店。他们向村干部表示：我们跟十里店乡亲们的友情，要世世代代传下去！

回到北京，柯鲁克夫妇立即把十里店缺水的情况向有关部门反映。他们还告诉了老朋友——在十里店参加过土改的人民日报社的吴舫，请吴舫向河北省政府报告，尽快、彻底解决革命老区十里店饮用水的问题。

伊莎白还派柯鸿岗当代表，到十里店进一步了解情况。柯鸿岗跑邯郸，跑石家庄，一直盯着此事不放。

河北省领导接到辗转送来的报告，立即作出批示。不久，钻井队来到十里店，一直钻到500多米深，仍然没有钻出水来。守候在钻机旁的乡亲们，眼睛都望穿了，真有些失望了："难道龙王爷的宫墙那么厚，钢钻头钻了500多米都没钻透？"

钻机再往深处钻下去，一直钻到600多米的深处，终于捅穿了龙王爷的宫墙，"哗啦啦"涌出了地下水。

喝不上水的苦日子，永远结束了！十里店的村民，祖祖辈辈都没有喝上这么甘甜、清洌的深井水啊！他们给柯鲁克夫妇写了一封诚挚的感谢信。

李维新一生难忘童年时下深井掏水的经历。如今，退休后的他一直热情地记录着柯鲁克一家在十里店的活动。他说："记录历史，是为了不忘历史。我们世世代代都要记住，柯鲁克夫妇是我们十里店最贴心的亲人！"

《十里店》的历史价值与现实意义

1948年，伊莎白和柯鲁克在煤油灯下一字一字敲打出来的人类学著作《十里店》，于1959年在英国出版，修订之后又在美国出版商手中辗转传阅，却无法出版。直到纽约众神书店的詹姆斯·佩克读后，才认识到此书的历史价值和史料价值。经过詹姆斯的编辑整理，1979年《十里店》在美国纽约出版。此书很快成为英美大学人类学专业的重要参考书。

而《十里店》中译本的出版计划也提上了议事日程。

1982年6月，中译本《十里店》出版。恰如序言中所说："柯鲁克夫妇……在中国人民艰苦斗争的年代，远涉重洋来到中国解放区，深入群众，亲临现场，进行了认真细致的采访和调查研究，以他们流畅的文笔，为我们一个有代表性的村庄的群众运动做了真实的记录……现在，他们以古稀之年，仍在为办好北京外国语学院不断做出新的贡献。"

而柯鲁克夫妇对于《十里店》中译本的出版，抱着极为谦虚的态度。他们在前言中表示："我们惊喜交集。一方面，我们感到是一种极大的荣耀；另一方面，我们也惶恐不安，因为，这将把两个西方人（一个加拿大人和一个英国人）所写的关于中国土地改革的书，给对这场运动了解得深刻得多的中国人民来评价。我们不禁想起一句英国的谚语来：'不要教你的祖母怎样煎鸡蛋。'我们是绝不敢'班门弄斧'的。我们只希望中国读者能指出其中的缺点和遗误之处。当然，如果某些内容能引起他们的兴趣或者他们认为有价值的话，那就更好了。"

完成《十里店》初稿后的30多年，柯鲁克夫妇保持着可贵的革命激情，同时，他们的思想也变得更成熟、更深刻、更睿智：

1947年当我们从英国第一次进入中国解放区时，我们充满了幻想。初次接触这个"英勇的新世界"，真使我们为之目眩。经过30多年后，我们才体会到了一些在这个地球上人口最多的国家建立社会主义的艰巨性和复杂性……

当把这本书呈现在中国人民面前时，我们看到，在经历了大搏斗的剧痛后，中国开始了新的长征。她面临着重建自己的经济，抵制道德败坏，恢复为人民服务的精神，以及恢复中国革命和中国共产党的所有优良传统，特别是在土改斗争中所执行的群众路线的传统的更加伟大的斗争。今天，我们对中国的前途充满乐观情绪，这不是不切实际的幻想。这种乐观的态度比起1947年来，更为清醒、冷静并具有坚实的基础。

岁月的流沙，不可能永远掩藏光芒四射的珍珠。

从1948年完成初稿到30多年之后中译本正式出版，《十里店》的价值终于被越来越多的社会科学工作者、农业专家、记者、作家等广泛认知。特别是在将解决"三农"问题作为执政党的工作重心的当今中国，更具有现实意义。

2008年4月25日，中国社会科学院农村发展研究所、人民日报新闻研究中心、中国记者协会、武安市人民政府在北京举行了"《十里店》——中国共产党近代土改运动回顾与总结"座谈会。

出席座谈会的有参加过十里店土改运动的人民日报社的吴象、吴舫、何燕凌、李原等老同志，张磐石、李棣华等人的子女，高校与科研院所的专家，武安市人民政府干部，史志学者和新闻媒体记者。见到多年未谋面的老战友，93岁的伊莎白高兴极了。

伊莎白的发言极为简短，她说："我想说，作为西方人，我和柯鲁克感受最深的是中国共产党的群众路线。建设社会主义的过程中，走群众路线不是一件容易的事情，需要一批像当年十里店土改工作队成员那样的，尊重普通老百姓，相信他们能够站起来，有意识地参与创造历史的基层干部。"

与会者一致认为，《十里店》具有重要的历史价值，为中国共产党领导的土改运动，留下了真实、准确、鲜活、罕见的样本。

《十里店》具有永不过时的警示价值。土改复查时查出的个别已经腐化堕落的村支书和村主任，都是过去的赤贫户，他们掌权后却迅速变质。这是为什么？缺乏对权力的监督，抛弃了批评与自我批评，放松了"党要管党，从严治党"，必然滋生腐败。

《十里店》关于群众运动的发动、引领以及在群众运动中对骨干的培育、对过火行为的防止、对矛盾的化解等的描述，为开展群众运动提供了成功的范例与经验，至今仍有参考价值。

《十里店》再次证明，调查研究是制定政策与策略的基础，也是事业发展的保证。当前的中国，需要各级干部在充分调查研究之后，取得发言权，方能为解决"三农"问题开出好的"药方"。

老同志们都强调说："《十里店》所描述的党的光荣传统，是制胜的法宝，决不能丢！"

温家宝总理曾经六次与伊莎白深入交谈，伊莎白对农村教育、学校拆迁、乡村建设等提出了建议。《十里店》出版之后，她又寄赠给温总理一本，很快收到了回信。温总理特别指出了《十里店》的现实意义。全文如下：

尊敬的伊莎白·柯鲁克女士：

来信及承赠的《十里店》（中文版）都收到了，甚为感谢。60年前，您和大卫·柯鲁克合著的这部书，真实而生动地反映了中国农村经历的伟大社会变革，今天仍然具有现实意义。只有让农民直接参与农村改革和建设，参与社会管理，才能真正保障他们的民主权利，让他们得到实实在在的物质和文化利益，农村和农民才能有光明的未来。《十里店》（中文版）的出版是值得祝贺的。敬复，顺颂教安！

温家宝

2007年10月27日

80年努力，终于完成扛鼎之作《兴隆场》

1981年，66岁的伊莎白正式退休。

她仿佛听见了一种声响。那声响，发自贴着"BISHAN"（璧山）标签的10只箱子。箱子里装满了在璧山兴隆场做田野调查的全部资料，它们已经沉睡了40年。打开箱子，那些信函、笔记、字条，纸质发黄，字迹变色，甚至墨迹变淡……只要细细阅读，那一股民间烟火气便扑面而来，老黄桷树下居民的喜怒哀乐一下子浮现了出来。即使盖上箱子，也仍能感觉到石板路上，那青春的脚步铿锵有力，锐不可当！

读英国伦敦政治经济学院弗思教授的人类学博士，成为一名杰出的人类学家，是伊莎白绘制的"青春路线图"。为此，她与毕业于沪江大学社会学系的俞锡玑结伴，在璧山兴隆场做了10个月的入户调查。后来，经历了第二次世界大战，战后她回到中国进入十里店，参与土改运动，此后就留在中国，成为英语教学的拓荒者。她名满天下却从未停下脚步，她要继续努力，按"青春路线图"去完成一生中最重要的人类学著作。

40年后，伊莎白决定重返兴隆场。当时的兴隆场已与大鹏场合并，改名为大兴。

1981年8月，盛夏的阳光亮得令人目眩，伊莎白由大儿子柯鲁、大儿媳马尼陪同，与俞锡玑一起，回到了大兴。

1942年，俞锡玑与伊莎白分别之后，先在华西齐鲁联合医院社会服务部和树基儿童学园福幼园工作，后赴加拿大、美国留学，归国后在华西大学（今四川大学华西医学中心）和西南师范大学（今西南大学）任教，现也已退休。漫漫40年，恍如隔世。当年两位手持打狗棍的姑娘，如今都已是花甲老人了。她俩一起，故地重游，自然是喜不自禁。

当地干部当向导，带着伊莎白一行四处转悠。伊莎白兴致勃勃，手持相机，一路上拍个不停。

依然是黄桷树、石板路，场镇上新房耸立，老房子更显沧桑。一位白发奶奶操作着老式织布机，"吱吱叽叽"还在辛勤劳作。仿佛40年来，这台织布机就没有停过。伊莎白拍下了《老织机与老奶奶》《兴隆场老街》《水田与老牛》《收割庄稼》等精彩的照片。

"饶小姐回来了！俞小姐回来了！"

老一辈的居民，还记得伊莎白、俞锡玑。伊莎白、俞锡玑亲切地跟他

时隔40多年，伊莎白（中间）和俞锡玑（右一）重访璧山
（摄于1983年，左二为曹红英）

们打招呼，不时停下来摆几句龙门阵。短短一周时间，她们走访了农户，参观了沼气池，调查了市场，听取了当地干部介绍璧山和大兴40年来在农田水利、医疗卫生、乡镇企业、环境保护方面的情况，青春的记忆又被激活了。伊莎白在中华书局出版的《兴隆场：抗战时期四川农民生活调查（1940—1942）》的前言中写道：

> 　　这次重访让我们对早年进行的社会调查的价值有了新的认识。一年后，我从北外退休，立即着手整理这批久被遗忘的资料。这时俞锡玑的兴趣和事业都已转向别处，写作任务只能由我独自承担下来。即便如此，眼前这本书仍然是我们共同合作的结晶。俞的视力不好，已无法阅读，但每当我将写好的章节念给她听时，总能收获到坦诚而有益的批评、指正和评价。1983年，我们又一次回到兴隆场，目的是去核对写作过程中暴露出的新问题，并顺便了解一下1940至1941年间那些曾在当地呼风唤雨的人物的命运。但愿今后能有机会将这次访问的结果公之于众。
>
> 　　我虽然负责本书的最终执笔，当初从事调查活动时俞锡玑却扮演了更为重要的角色。我们俩各有所长，在许多方面都相得益彰。她绝对是一个合格的访谈家，善于聆听别人的倾诉，同时又不失一个务实的研究者对事物本身所持的怀疑精神；我则花费大量的时间、精力把她收集来的资料细加梳理，去芜存菁。迟至今日我才意识到，将这些调查整理成书，对有关学者或许不无裨益。中国一向有"文责自负"的传统，但我坚持在书中使用"我们"的称谓，因为若没有俞锡玑所做的一切，本书也就无从谈起。

特别值得一说的是，陪同伊莎白去璧山的大儿子柯鲁，真是一个有心人。他们去璧山县政府座谈时，柯鲁就问："这里是原来的县衙门，应当有照壁，附近也应该有文庙、书院。现在怎么都没有了？"这一问，让当地干部吃惊不小。原来，柯鲁在美国读研究生时，曾想：妈妈常常念叨璧山，璧山到底有何魅力，能让妈妈如此怀念？他便在哈佛燕京图书馆细阅了清同治年间修订的《璧山县志》，对其风物描绘铭记于心。经柯鲁这么一说，璧山的同志发现，县上根本找不着清代的《璧山县志》。第二年，柯鲁将十卷本百万字的《璧山县志》完整复印下来，赠送给璧山，为璧山新修县志提供了重要的翔实的史料。

接下来的10年，伊莎白忙于核对笔记、整理手稿，并经常找退休之后在北京定居的俞锡玑深入交流。

远在英国的弗思教授，一如既往地给伊莎白指导和帮助。1992年，弗思问伊莎白："你写的东西究竟属于地方志还是人类学？"当时，伊莎白还犹豫不决，不知道如何回答这个"弗思之问"。

经反复思考，伊莎白认为，《兴隆场》既要有地方志脉络，又要有人类学演绎，两方面的内容都要写。考虑到任务艰巨，她邀请比自己小31岁的美国学者柯临清参加到新的写作计划中来。

柯临清是美国东北大学历史系教授、哈佛大学费正清东亚研究中心研究员。她熟悉中国历史，又擅长对冗杂的原始资料做细致的分析、提炼和总结。伊莎白与柯临清一见如故，配合默契，她们决定将研究的重点偏向历史学，不是泛泛地罗列素材，而是围绕地方主义观念以及当地人对变革的态度重新架构全书。虽然基础材料仍然是1941年的田野调查手记，内容却被进一步提炼成历史分析报告。

从全书结构上来看，上篇《本地人》五章，与下篇《外来人》五章相对应。上篇涉及场镇生活、农业劳动、宗族、袍哥等，下篇涉及改革家（平民教育）、协进会"下乡"、公共卫生、新旧婚俗、食盐合作社的兴衰等，结构十分严谨。新版不仅充实了内容，而且在作者伊莎白、柯临清之后，特别标明"顾问俞锡玑"，以表明俞锡玑对这本书的贡献。

2012年7月，一个雷鸣电闪、风雨大作的晚上，伊莎白接到了来自美国的噩耗：66岁的柯临清病逝！

伊莎白痛心不已："作为我的挚友、同事，同时也是一位优秀的学者、教授、母亲和妻子，她本应有更长、更硕果累累的人生和学术道路要走啊！"

而更早，在2006年，92岁的俞锡玑病逝。《兴隆场》的两位亲密的合作者，已经不在人间了。

伊莎白，直到97岁高龄，还在对新版《兴隆场》书稿做最后的修订。放下放大镜，手抚书稿，泪水不断溢出眼眶，伊莎白说："三位作者中，如今仅剩我一人健在。每念及此，不由唏嘘不已！"

2018年11月，《战时中国农村的风习、改造与抵拒：兴隆场（1940—1941）》由外语教学与研究出版社出版。伊莎白在序言中写道：

> 这本书的出版之路既漫长又曲折，就像蜿蜒在70多年前我曾待过的那个四川小镇上的青石小巷。我的研究工作就是从那里起步的。

如果从1938年11月伊莎白在四川汉源开始人类学的最初调查算起，那就是经过80年来不懈的努力，她终于完成了这部人类学的扛鼎之作。

人类学家的"贫困生情结"

1983年，就在伊莎白第二次回到兴隆场时，她结识了大兴小学校长巫智敏。这以后的21年，伊莎白五次回到兴隆场，巫智敏都会陪同，加之频繁的书信往来，两人成为相知甚深的老朋友。

如今，这位年过八旬的老人，红光满面，声音洪亮，说起伊莎白时仍滔滔不绝。

巫校长说：

"我最佩服伊莎白的远见，她很会发现问题。比如我们搞城镇化，把学校也拆了，或者合并了，她就有不同意见。实践证明，她是对的。她写给温家宝总理的关于农村教育问题的意见，我也拜读过了，写得非常好，有真知灼见！她善于调查研究，喜欢自己选点。她总是边提问边录音边记录，细细问一次，就把政治、经济各方面的问题全都问到了。你要是没有准备，或者胡说八道，她就会把你问得非常恼火。

"她生活上非常艰苦朴素。新中国成立初期，她和柯鲁克就要求把工资降下来。困难时期，他们又要求降工资，跟中国人民一起共渡难关。她现在住着1955年的老房子，家具也是那个年代的。一张窄窄的钢丝床，睡了几十年了。一件睡衣，都打上了补丁。

"到了基层，她不喜欢'罗汉请观音'，一吃饭就是一大堆陪客，一桌子珍馐美味。我陪她和柯临清去下面调查，她总是说'我们不回去吃饭'。我们悄悄地在场镇上转悠，钻小饭馆，吃豆花饭，喝素菜汤。每个人才吃十来块钱，她吃得很香，很高兴。

"她不喜欢坐车，上我们大兴镇的茅莱山，那么陡的山坡坡，年轻人爬上去都要出一身大汗，她都八九十岁的人了，坚持要自个儿朝山上爬，一路上还嘻嘻哈哈。哎呀，那精神之好，腿脚之灵活，真叫我们佩服。

"她还特别能为别人着想。她在写《兴隆场》时，就考虑到，写一些重要人物，如果真名真姓地写，会给这些人的后代带来不良影响，所以就用化名来替代。这也是我特别佩服她的地方。"

作为大兴镇和伊莎白交往最紧密的朋友，巫校长长期管理着"伊莎白·柯临清助学基金"（简称"伊柯基金"）。1999年6月18日，在大兴镇，伊莎白、柯临清与主管教育的副镇长签下了相关协议。

柯临清不仅是伊莎白在学术著作方面的亲密合作者，也是深受伊莎白影响的人。她目睹了大兴镇居民曹红英和伊莎白40年后重逢相拥而泣的场面，感动不已，更加深刻地理解了在中国流行的"知识改变命运"的含义。在签下协议之后，她说："伊莎白给我说过，她早已把四川、重庆当作自己的故乡，视这里的乡亲为娘家人。五六十年来，这份情义无法表达。她和我商量过了，我们决定要为兴隆场做点实事。帮助贫困学生，是我们义不容辞、非常乐意做的事情。"

大兴镇挑选了吴开荣、周露霞、杨元依等10名品学兼优的贫困生，作为"伊柯基金"的第一批受益者。

回到北京后，心细如发的伊莎白突然想到，当助学金交到孩子们手中时，孩子们会不会有心理压力？再翻看协议，她越看越不安。

伊莎白立即给巫校长写了一封信，信中谈道：

> 我留意到在我们签订的协议里，规定了获奖的学生必须考出高于平均成绩的分数才能继续获得资助，这合理吗？贫困学生也许要帮助他们的父母或监护人种地或做家务，所以要求他们超过平均成绩可能会给他们带来沉重的压力。我们想，你能否请人专门留意一下孩子们的身体和他们的课外负担？……

紧接着，在第二封信中，伊莎白谈道：

> 他们（受资助的孩子）都觉得自己必须拿高分，但是柯临清和我都只关心他们是否得到了良好的教育，以及他们的身心是否健康。这十个孩子在家都有繁重的家务，我想他们的身体状况可能都不太好，他们并不需要奋力争取好分数……

巫校长反复阅读伊莎白的信，禁不住连连感叹："伊莎白对贫困学生的关爱，真是细致入微到难以想象！"

伊莎白还要求，每一位获得助学金的学生都要给她写信，谈学习和生活，谈心中的快乐和苦恼。她每年春节都会给孩子们寄去自己亲手制作的贺卡，还会写上鼓励的话。

伊莎白的英文信，要请人翻译成中文，让人字字句句细细念读确认无误之后，再寄出去。10个孩子，哪怕每年只给每个孩子回四五封信，也有几十封。这些信要翻译妥帖，其工作量不小。参加译信工作的，有伊莎白的同事、学生、朋友。后来，璧山区档案馆整理这些书信时，发现译信人中还有著名的英语教育家陈琳、靳云秀。可见伊莎白动用了一切力量，为贫困学生送去了暖心的帮助。

伊莎白还给巫校长写信说："现在的物价涨了，如果孩子们的学费有变化，请及时告诉我，我随时增加助学金。如果孩子们考上高中和大学，我将一如既往地支持他们。如果他们生活中有什么困难，需要我帮助，请一定告诉我，我会竭尽全力帮助他们。"

巫校长说："'伊柯基金'先后资助了三批学生，第一批10名，第二批19名，第三批17名。最先得到资助的10名贫困中小学生中，吴开荣、周露霞、杨元依三位考上大学后，继续得到'伊柯基金'的资助。这三个女生现在都有了幸福的小家庭。"

"我心中的伊莎白奶奶"

周露霞、吴开荣完全是重庆女孩说话的风格，语速很快，直截了当，如机枪扫射，不到半小时，就把"我心中的伊莎白奶奶"这个主题讲得明明白白。

周露霞说：

"5岁那年，我妈妈得了心脏病，突然去世了。我的童年，不仅贫困，还失去了母爱。爷爷和爸爸承包土地种玉米，也种莲藕，非常辛苦。

城里人不晓得，一两块钱一斤的藕是咋个种出来，又咋个从稀泥里抠出来的；城里人更不晓得，一个贫困的农村女孩子有多自卑！自卑，会压垮一个人，会扭曲一个人！

"我曾在重庆石桥铺的小餐馆吃过一碗蛋炒饭。一看价钱，两元五角钱。天哪，这么贵的蛋炒饭，把我吓了一跳。因为，当时我一天的伙食费才两元钱。吃了这碗蛋炒饭，明天咋个办？

"乡下的贫困学生进城是啥子感觉，别人一句踏屑（故意贬低）的话，用轻蔑的眼光盯你一眼，你都会很受伤。

"在我家最困难的时候，'伊柯基金'来了。初中每年资助1000元，高中每年资助3000元，大学每年资助6000元，让我完全没了后顾之忧。不只是钱，伊莎白奶奶每年寄来的贺卡，还有一封又一封的信，写满了鼓励的话，让我感到非常暖心。她是北京外国语大学的名教授、国际名人，如此关心我、爱护我，我想，我从小没有了妈妈，但北京有个奶奶——我不会比别的同学差。这一想，我觉得有底气了！

"毕业那一段时间，由于邮箱出了点问题，我们失联了几个月。伊莎白奶奶就着急了，通过巫校长打听我找到工作没有。后来，我考上了'村官'。如今，我有个好老公，小家庭的生活幸福美满。

"细细回忆这20年，伊莎白奶奶不仅通过'伊柯基金'资助我上学，还花了很多时间给我写信，让我抛弃了自卑感，挺起脊梁做人。她给予我的精神力量，是我一生的财富。"

吴开荣说：

"我的童年非常不幸，我最不愿意回忆童年。我妈妈脾气很暴躁，动不动就打我，哪个也劝不到她。9岁那年，妈妈再也不打我了，因为她离家出走了。后来，我懂了，爸爸比妈妈大十几岁，加之两个人又脾气不合，矛盾不断，所以妈妈拿我来出气。妈妈走后，我就跟爸爸相依为命。

"爸爸在家具厂打工，那时候的设备比较陈旧，没有什么保护措施，有一次操作不当，被电锯锯断了几根手指。因为是亲戚办的厂，所以也没有什么赔偿。那一年，我11岁。

"爸爸受伤住院，就留我一个人在家。我一放学回家就打猪草，喂猪，洗衣，还要赶作业。做饭也是自己挑水做，因为人小力气不足，水都是半桶半桶地挑回家的。第一回炒菜都炒煳了。

"后来，老师说，有两个外国友人，一个是伊莎白奶奶，一个是柯临清阿姨，给我发了助学金，要我好好读书。我好高兴啊！我给她们写了信，因为怕写错了，所以信都写得很短。我晓得，除了我，还有九位同学受到了她们的资助。

"2001年，心中一直牵挂着我们贫困生的伊莎白奶奶和柯临清阿姨，再次回到大兴镇。万万想不到，她们会到我家里来看我！

"那一天，天气特别好，真是阳光灿烂，大家无拘无束地坐在院子里摆龙门阵。伊莎白奶奶发现邻居吴婆婆有点面熟，便打招呼，吴婆婆才晓得她是饶小姐，于是两个人亲亲热热地摆了起来。眼看到了中午开饭时间，家中只有儿菜，咋个待客嘛。伊莎白奶奶说，这就挺好了。结果，爸爸炒了一盘儿菜，我从泡菜坛子里捞出泡笋子，两样素菜下白米干饭。那新鲜儿菜又嫩又脆，口感好。伊莎白奶奶和柯临清阿姨不断地说'好吃好吃'。她们吃得很香，我和爸爸感到很高兴。临别时，伊莎白奶奶送给我一本她签了名的《新华字典》，鼓励我好好读书。

"从那天起，我感到总有一束阳光照着我，生活不再暗淡。但是，初中毕业后，我没有考上璧山中学。想到爸爸是残疾人，确实不忍心让他来养我，我就到一个皮鞋师傅家去当学徒。学校开学两个星期之后，班主任看到我弃学打工，连说'可惜可惜'。没过两天，班主任又到我家来，说是'伊柯基金'已经到账，动员我回学校复读一年。就这样，我复读一年之后，考上了璧山中学，后来又考上了大学。

"我经常读伊莎白奶奶给我的信。对于中国应试教育的弊端，她看得一清二楚。她在信中说：

你不要过分担心你的分数，只要你尽努力去理解你的所学……

"读另一封信，完全是奶奶对孙辈的娓娓道来：

我很开心，现在中国的考试制度改变了，可以在毕业考试成绩下来之后，再填报你感兴趣的专业。你对设计特别感兴趣，你能不能查一下各个大学或技术院校开设什么课程，也查一下有什么特殊要求，也许你的老师可以给你出主意，就像你说的，人们干自己喜欢干的事，会感到非常高兴。我像你一样，经常听音乐，使自己放松放松。现在我年纪大了，也常常在上床以前听听音乐。另外一样东西能使你放松，就是诗歌。如果你睡不着，就拿一首诗来念一念，再思考一下这首诗的意蕴……

"2012年，我得知柯临清阿姨去世的消息后，哭得稀里哗啦，完全控制不住。我失去了一个亲人、一个知心的朋友、一个敬佩的导师，硬是心痛惨了！

"现在，我有一个幸福的小家庭。我爸爸在大兴老家有社保，有房子，生活得很好。我常想，若不是'伊柯基金'资助我上学，或许我就在皮鞋师傅那里继续打工，生活就会是另外一个样子。是伊莎白奶奶，她带来了一束阳光，照亮了我们一家人。"

回看伊莎白与大兴镇孩子们的交往，细思伊莎白的"兴隆场情结"，她是以做田野调查的人类学者的身份走进这个贫瘠的村庄的，而随着深入底层，她怎么就从"观察者"变成了"参与者"呢？

伊莎白的老师弗思，不愧是人类学先驱。早在20世纪40年代，他就认为"应用人类学"将是二战之后重点发展的一门学科。他曾写道："有迹象表明，人类学将被要求承担更多解决实际问题的任务，这也是我们大家乐意见到的事情。通过进行社会背景研究，帮助找到冲突根源或计划难以实施的毛病所在，同时成功预测某项措施的社会效果，等等，人类学家将来一定会比今天更有作为。"

弗思还谈道："人类学应该对它所研究的社会有所贡献。"

实际上，从1947年伊莎白走进解放区时，她就已经不仅仅是"观察者"了，她也成了一名积极的"参与者"。从兴隆场到十里店，她都在为改变中国农村的贫穷落后而不断贡献力量。

伊莎白对于人类学的贡献，不仅写在《十里店》和《兴隆场》等书里，也写在中国大地上，铭刻在成千上万中国人的心上。

柯鲁克从来没有离开过

2000年11月1日凌晨，柯鲁克病逝于北京协和医院，享年90岁。根据柯鲁克的遗嘱，二儿子柯马凯签订了遗体捐献协议。

不要挽联，不奏哀乐，也是柯鲁克的遗愿。伊莎白亲自安排，房中披红挂彩，布置得像是欢送壮士出征。同事、学生、朋友来了，一首接一首齐唱中外革命歌曲，为国际共产主义战士柯鲁克送行。

20多年过去了，老房子里一切照旧。

客厅兼餐厅的墙上，依然挂着毛泽东画像，画像两旁题写着"四海翻腾云水怒""五洲震荡风雷激"；另一面靠沙发的墙上，依然挂着周恩来画像，画像两旁题写着"鞠躬尽瘁""死而后已"。

满架的中英文书籍，仿佛刚刚被柯鲁克翻阅过，还有小纪念品、小照片承载着有关柯鲁克的历史记忆。还有柯鲁克的画像，据说是当时因为画家反复琢磨，柯鲁克有点坐不住了，所以画家笔下的他自然带了一点气呼呼的样子，真是有趣。

伊莎白说："家里的一切都没有变，我感觉大卫还一直陪伴着我。"

柯鲁说：

"我们觉得老爸的生命力太旺盛了，简直要活一两百岁的样子。他喜欢骑自行车、游泳、打网球，他和我妈谈恋爱，不就是从骑自行车在华西坝和成都周边转悠开始的吗？

"我爸我妈，非常喜欢北京的西山。我们小时候就跟着他们跑遍了西山，都是骑自行车。从八大处一直到鹫峰，十几公里山路，我们玩熟。从小就是这样——因为每个礼拜天啊，爸妈都带我们出去。中午野餐，那个时候可简单了，就是带几个馒头，还有黄瓜、西红柿，有的时候来点雪里蕻，要有点肠类的东西就更美了。

"在1990年前后，他还骑车骑得飞快，自认为身体倍儿棒，车技娴熟。80岁了，那体魄不输年轻人！

"虽然我们都劝他别骑车了，可他还是要骑。有一回，他骑自行车从北外去附近的医院看牙医，结果那边街道在埋水管，挖了很深的一条沟。我爸老觉得他的骑车技术高超，硬是要骑着车沿沟边走，一下子摔到沟里了。挺深的沟，有差不多两米深呢。幸好吧，也没摔断骨头，但是锐气就

柯鲁克夫妇自20世纪50年代起就住在北外老宿舍楼内
（摄于20世纪90年代）

大减了！

"他终于不骑车了，可问题也出来了。膝盖部分关节有炎症，腿越来越罗圈儿了。但是，他还是老想到户外去活动，愿意出去爬山走路，不过我看他走路挺痛苦的。

"我爸喜欢的户外活动还有游泳。当他连行走都很困难的时候，还要坚持天天去游泳。友谊宾馆有一个室外游泳池，50米长呢。大家帮助他下水和上岸，一到了水中，我爸就快乐无比，像一条活泼的大鱼。当时游泳的人也不多，一直到去世前六个月，他还在坚持游泳。

"其实，更严重的是，我爸是一条'瞎鱼'，他几乎什么都看不见。我爸和我妈都有老年性眼底黄斑，是没什么办法医治的。我妈治疗了一段时间，有一定效果；我爸的视力却完全退化，只能靠家人给他念书，或者收听语音节目。在最后的日子，我妈天天陪着他，给他喂饭，给他念书，陪他聊天。我爸非常坚强、乐观。"

在柯鲁克生命的最后时刻，北外的校领导纷纷前来探视。外交部前部长黄华来到病床前，带来了中央领导对老战士柯鲁克的亲切问候。

特别值得一说的是，当伊莎白在柯鲁克耳边说"安岗来了"时，柯鲁克一下激动起来，伸出双臂，呼唤着老战友的名字。

半个多世纪前，《人民日报》副总编辑安岗与柯鲁克相识于十里店，从此成为知心朋友。在"文化大革命"中，安岗成了"走资派"被揪斗，靠边站。后来，有外调人员来报社，让他为柯鲁克写"证明材料"。安岗说："我要弄清楚——如果要我写他是坏人，将继续关押他，我拒绝。"外调人员说："现在准备释放他，请你写一份材料。"安岗说："这样的材料，我可以写。"

于是，安岗迅速写下一段文字："柯鲁克同志无罪！他在艰苦的战争环境中来到中国，他和他的夫人做了大量有益于中国人民的事情。我证明，他们是好同志。"

外调人员皱皱眉头，收走了安岗写的证明信。安岗终于按捺不住一腔怒火，吼道："回去跟你们的头头讲一讲，陷害好人是有罪的！"

几年前，安岗在柯鲁克家做客时，讲起这精彩的一段，柯鲁克全家人都为之鼓掌叫好。

安岗来了，双目失明的柯鲁克看不见安岗了。两双手紧紧相握，良久无语，唯有热泪溢出眼眶。柯鲁克把安岗的手拉到胸前，让老战友感受自己的心跳。安岗完全明白，柯鲁克想说什么——

我心依旧！我心依旧！

这样一颗伟大的心怎么会停止跳动？这样一位中国人民的忠诚朋友怎么会离我们而去？

伊莎白在离家不远的花园种下了一棵银杏，树下的一块石头上刻着：

大卫·柯鲁克同志（1910—2000）

20多年来，这棵银杏拔地参天，长得十分伟岸。它像柯鲁克一样，用生命之根紧紧拥抱着中国大地，永不分离。

2010年，在柯鲁克100岁诞辰的纪念活动中，一座柯鲁克雕像在北外校园屹立起来。

雕像坐落之处是一块小小的广场，四周有长青的松柏拱卫。教学楼传来了琅琅读书声，柯鲁克微笑地看着过往的行人，那目光既有国际共产主义战士的威严，又有资深教育家的亲切。

柯鲁克的亲人、同事、学生、朋友、乡亲，都觉得柯鲁克从来没有离开过。伊莎白说："他始终在身旁，关注着我们，爱着我们。"

沿时光之河，快乐地划船

每天清晨，窗外老槐树上的小鸟刚刚啼鸣，伊莎白就起床了。收拾一下床铺，听听新闻，在电脑前工作一小时后，吃早餐。然后，她会下楼散散步，在小花园遛个弯，回家又开始工作。

放大镜下面，60年前的笔迹变得清晰，草草记下的那些姓名，又变成了一张张笑脸，他们的生活、他们的故事又开始在眼前浮现。在兴隆场、十里店之前，是汉源赵侯庙、理县八什闹，要整理的日记、信函、草稿有几大箱……

一双长满老年斑的手，日复一日，不知疲倦地在电脑上敲击。

2008年5月12日下午2时28分，8级大地震波及大半个中国，北京也有震感。当时，伊莎白感觉到桌子在摇动。

汶川，一下子揪痛了伊莎白的心！

汶川、北川、青川、映秀……电视屏幕上滚动播出着有关地震和救灾的新闻。伊莎白喃喃地说道："理县怎么样了？甘堡乡怎么样了？八什闹村怎么样了？……"

一连数日，伊莎白茶饭不思，想知道离震中很近的理县八什闹村的灾情。然而，没有收到任何消息。柯马凯突然想起一位阿根廷朋友在阿坝师范高等专科学校教英语，他立马联系上这位阿根廷朋友，很快得到回音：八什闹村除了一些房子变成了危房，人们都安然无恙——请伊莎白老奶奶放心！

伊莎白的耳畔，仿佛响起了杂谷脑河咆哮的声音。那些陡峭的山路、摇晃的索桥、热烈的锅庄、喷香的奶茶……关于青春的记忆，被这场大地震唤醒了。

93岁高龄，如果再去杂谷脑河谷，上云朵之上的八什闹，理县方不方便接待？伊莎白最怕给别人添麻烦。全家人经过两年多的酝酿，2010年夏天，柯鲁和小儿子——起的跟爷爷一样的名字——大卫·柯鲁克，还有柯马凯、表妹莫利，带着伊莎白的深情牵挂和祝福，从北京出发，去看望八什闹的乡亲。

　　令柯鲁和柯马凯吃惊的是，从都江堰沿岷江北行，地震灾区经过灾后重建，早已旧貌换新颜。

　　柯马凯说："34年前——1976年去时，经过的甬管是乡镇还是县城，看到的多是一排排老旧的平房，只有个别地方有楼房，也就四层到头啦。这回去，我们看见一座崭新的理县已经拔地而起。那一栋栋居民楼，和北京郊区的公寓楼相差不大。到了理县之后，我们一边感受理县的巨变，一边打听八什闹的消息，想让当地人指点一下去八什闹的路怎么走。没想到，遇上了索囊仁清的甥外孙女——年轻美丽的姑娘李杜娟。真是太巧了！"

　　李杜娟说起当年相遇的情景，眉飞色舞，充满激情："我正在理县街上呢，看到几个外国人，听到他们在打听八什闹该怎么走。我就想小时候母亲跟我讲过，说她有个舅舅，也就是我的舅爷，曾经在八什闹接待过外国人，就在一九三几年嘛。我觉得很奇怪，心想没准儿跟我的舅爷有关系呢。我就主动带他们上山，到了我姨妈家。一说起来，我80多岁的姨妈，就是索囊仁清的小女儿央宗，也就是伊莎白眼中的小姑娘，她还清晰地记得伊莎白的样子，记得伊莎白教她唱的英语儿歌。难怪啊，我姨妈不时还冒出一两句英语，比如'Good morning''Good night''How are you'等。原来这些都是她小时候跟伊莎白学的。这种不期而遇，真让人喜出望外！"

　　"饶小姐的儿子、孙子回咱们村子里来了！"

　　很快，全村的老小都晓得了，一下子就聚集在李杜娟姨妈家门口的坝坝上。看啊，伊莎白的孙子、柯鲁的小儿子，简直是从电影里走出来的大帅哥。姑娘们围上来，给他换上一身崭新的藏装。

在一片欢声笑语中，八什闹的盛大欢迎会开始了，歌儿唱起来，长袖甩起来，环佩响起来，锅庄跳起来，一下子就形成了一个欢腾的旋涡。柯鲁被卷进去了，柯马凯被卷进去了，跳了几圈就觉得手脚跟不上趟，"败"下阵来。而和他们一起来的澳大利亚表妹莫利、翻译梁老师，很快就无师自通，跟上了舞蹈的节奏。

不知是谁搬出来一坛酒，酒下肚如火浇油，跳舞的圈子就成了"火圈"，人人脸上烧得通红，舞步更轻盈，歌声更高亢。

跳得最投入的是柯鲁的小儿子大卫，他个头又高，身材又好，高鼻深目，笑容可掬，风度翩翩——多少双眼睛盯着他！吆喝声、欢笑声，都像是在围着他打转。他越跳越兴奋，简直就是从天而降的"白马王子"！

回到北京后，当这位"白马王子"把这三个小时狂欢的情景给他哥哥马丁一说，马丁立马向老爸提要求——他也要去八什闹村！结果，2011年，八什闹村又一次以盛大的锅庄舞会，欢迎又一位"白马王子"马丁。

柯鲁、柯马凯和他们的妈妈一样，非常关心教育事业。临走时，他们给村里的小学捐了款。他俩留给央宗的钱，央宗也捐给了村小。

就这样，伊莎白不仅与八什闹村"再续"了情缘，还让这种情缘一代一代传了下去。

后来，理县政府派代表到北京看望伊莎白，并献上了羌族的红色哈达和藏族的白色哈达。伊莎白深情回忆起当年嬢嬢对她无微不至的关怀以及跳锅庄、喝咂酒、吃炖肉的情景，说得大家开怀大笑。

索囊仁清的甥外孙李进经常去北京开会，他不断给伊莎白送去家乡亲人的问候。伊莎白也经常通过柯马凯的手机和央宗视频。每次视频，柯马凯总是用四川话先问候央宗："嬢嬢，嬢嬢，你好吗？"

2017年夏天，李杜娟陪同91岁的央宗，专程飞到北京去看望伊莎白，真让伊莎白大喜过望。伊莎白心中的央宗，还是那个秀气而有些羞涩的小姑娘；而央宗描绘起伊莎白24岁时的模样时，说道："就像唐卡上的仙女，好看得很哟！"

从1939年初识，到2017年再见面，真是不容易。1976年夏天，"文化大革命"尚未结束，伊莎白回到八什闹时，央宗在欢迎的人群中不敢露面。她的姑妈（伊莎白思念的嬢嬢），因为接待过葛维汉、伊莎白等外国学者，还背负着"里通外国"的罪名，在监督劳动，因而失去了与伊莎白见面的最后机会。

央宗送给伊莎白的，是78年前伊莎白教她唱的英语儿歌：

Row, row, row your boat

Gently down the stream

Merrily, merrily, merrily, merrily

Life is like a dream...

伊莎白（前排右三）和柯鲁克（前排右二）带着二儿子柯马凯（后排右二）
重回理县（摄于1976年）

央宗尽情地唱着。在漫长的近80年的时光里，她多少次面对着寂静的雪峰高山轻轻地哼唱，多少次仰望着银河星空悄悄地哼唱，多少次醒来唱、梦里唱、水边唱、山间唱，从梳辫的小姑娘唱成了驼背的老奶奶，竟然没有遗忘一句词，竟然没有唱错一个音符！这是怎样的深情，这是怎样的友谊！

央宗在唱，引得伊莎白跟她一起唱，两位老人打着节拍，唱得非常投入，唱得眼泪花花。她们似乎感觉到自己变得非常年轻，在时光的河流中，快乐无比地划着小船。

由于精力有限，伊莎白虽然收集了足够的资料，却无法撰写一部有关八什闹村的人类学著作了，这不能不说是一件遗憾的事情。但是，关于伊莎白和八什闹村乡亲的友情故事，必将是启迪所有人类学家的"经典之作""传世之作"。

第十四章 / 104岁，回到童年

人类，走不出自己的童年。

百岁后的伊莎白回故乡的心愿，终于在2019年6月下旬得以实现。伊莎白在三个儿子陪同下，回到了故乡成都。我有幸参与大部分的接待工作，陪同伊莎白去弟维小学、白鹿镇等地参观。向素珍、王晓梅、杨光曦、邓长春、马小驹，所有陪同伊莎白老奶奶在成都活动的朋友，都特别认真地记下老奶奶的言谈举止，他们向我提供了一些细节。

伊莎白老奶奶和我们心里都明白，此行，是她向故乡告别，是向故乡致以最后的最深的祝福。

104岁的冒险

2019年6月初，一条带着惊叹号的消息传开了：104岁的老奶奶伊莎白决定乘高铁，从北京回故乡成都探亲！

成都的朋友都在惊叹：真是一次伟大的冒险，老奶奶太了不起了！长期从事中加友好活动的向素珍，与柯马凯紧急磋商，选定了日期，细细安排了此行的每一个细节，力求万无一失。

柯马凯解释说：老妈进入百岁之后，就更加思念故乡成都。老妈表示，如果能回成都看一看，把人生的句号画得更圆满，不留一点遗憾，哪怕少活几年也值。

三个儿子完全理解母亲对故乡刻骨铭心的思念。大儿子柯鲁从美国回来了，小儿子柯鸿岗从英国回来了，加上一直在身边的二儿子柯马凯，有三个身强力壮、手脚麻利的儿子保驾，再加上有经验丰富的保姆相随及好友傅涵陪同，伊莎白老奶奶的百岁壮行计划终于实现了。

6月25日，G349次列车载着伊莎白老奶奶从北京出发，风驰电掣，翻山越岭，花了7小时46分，于当天深夜平安到达成都。

一百多年前，第一批加拿大医学传教士从温哥华来到成都，一路坎坷走了半年多。20世纪初，伊莎白的父辈入川，艰难曲折地走了三个多月。1938年，伊莎白大学毕业从加拿大回华西坝也折腾了一个多月。

高铁缩短时间，故乡近在咫尺。感谢高铁，圆了伊莎白的回乡之梦。临行前，柯马凯从电话那端传来信息："老妈这几天全在说童年、少女时代那些有趣的事情，对于早年的事，她记得非常清晰。"

夜色正浓。向素珍和王晓梅小心地开着两辆车，载着伊莎白一行，穿过灯火辉煌的新南门大桥，驶入静静的华西校园。

恢宏的百年老楼，卫兵样列队的行道树，扑面而来的花草清香，淡淡灯影中，三三两两的学生走过——眼前景物，让老人感慨良多。

车缓缓驶向钟楼。钟楼是华西坝的地标建筑，也是当年成都最高的建筑。那金属敲击之声，清脆，响亮，悠扬。每当钟声响起，一大群小鸟便一哄而起，四处飞散。那么多快活的小鸟，它们飞到哪里去了？

伊莎白无论走多远，心一直没有离开过成都那个魂牵梦萦的家。每次送别，妈妈总是说："鸡妈妈生了只小鸭子，鸡妈妈只能把她送到河边。"

如今，妈妈的"小鸭子"飞回来了。

校南路7号老房子，那是一座绿树丛中的独栋加拿大式建筑。宽大的回廊，屋顶的老虎窗和烟囱，客厅的壁炉，无不展现出与中国建筑风格迥异的"洋味"。

小时候，推开后花园的小门，就是一条水流丰盈的小河，岸边泊着一条船。节假日，一家人划船到锦江，经新南门大桥顺流而下，可以到望江楼。沿途，白鹭低翔，鱼群尾随，洗衣妇、挑水工、往来船上的游客都向洋人投以友好的微笑。

新南门，九眼桥，沿河饭馆正在炒菜，不时飘来麻辣香味，这就是故乡的味道。

伊莎白家的老房子已经挂上了"成都市历史建筑"的牌匾，还在等待维修。在华西医科大学老书记吕重九的协调下，伊莎白一行入住华西坝校南路8号"校长居"。这与伊莎白家的校南路7号独栋建筑大同小异。

红砂石阶梯，木楼梯，木门窗，宽大的回廊，老房子让伊莎白感到特别亲切。举目一望，钟楼就在眼前。

伊莎白兴奋地说道："回家了，回家了！"

果真是，人类走不出自己的童年。

伊莎白笑了，她回到了童年。

在母亲创办的小学校

"伊莎白奶奶，欢迎您回家！"

弟维小学校大门口，电子屏幕上闪耀着一排光芒四射的字。这是伊莎白回家探亲的第一站。

弟维小学位于成都南河之南，紧邻老南门大桥。老南门大桥又叫万里桥，相传诸葛亮送费袆出使东吴，在此桥话别。过桥东行，便是古老的黉门街。"黉"，就是古代的学校。在这样一条文化底蕴深厚的街上办学，真是妙不可言的选择。

从20世纪50年代开始，弟维小学数易其名。1966年，黉门街改名为红专西路，小学校名便改为红专西路小学。虽然1981年红专西路又复名为黉门街，但"红专西路小学"之名却沿用下来。2019年，经上级批准，学校恢复弟维小学校名。闻此喜讯，105岁的马识途老人欣然命笔，题写了"成都市弟维小学"校名。

恢复校名，就是更加肯定了那一段校史。

1915年，伊莎白的母亲——毕生热爱教育事业的饶珍芳，参与创办了弟维小学。这一年的12月15日，饶珍芳生下了伊莎白。

弟维小学与伊莎白同年诞生，可以说是饶珍芳生下的双胞胎。

弟维，与美国哲学家杜威谐音。当年，创办这所小学的吴哲夫、饶珍芳等传教士，将办学宗旨定为"服务社会，造福儿童"。不同于传统私塾强调死记硬背，弟维小学提倡快乐教育；针对只选圣贤之书作为课本，弟维小学提倡社会大课堂，鼓励在生活中学习。短短几年，弟维小学名声大振，成为成都名校。

上午9时30分，伊莎白在弟维小学校门口下车，一抬头就看到电子屏幕上的"伊莎白奶奶，欢迎您回家！"，顿时有泪光在老奶奶眼中闪烁。

弟维小学校长和老师代表立即迎上去，和伊莎白紧紧握手。为方便参观，伊莎白坐上轮椅，由柯马凯推着，走进校园。

"奶奶好！""奶奶好！"正在做课间操的学生们，齐声呼唤。清亮稚嫩的童声，有一种百鸟齐鸣的音乐感。

伊莎白在校内转了一圈，浏览了学生的墙报，观看了校史老照片。眼前的情景表明，100多年来，弟维小学秉承"服务社会，造福儿童"的理念，在不断进步。校长介绍说，如今的弟维小学，誉满中华，一直走在全国创新型小学校的行列里。

在师生们的热烈掌声中，伊莎白登台讲话。

一生从事教育工作的伊莎白，深知教育的重要性。她满怀深情地对孩子们说："我非常高兴来到弟维小学。我小时候，母亲饶珍芳曾经是这所

伊莎白带着儿子柯马凯重回妈妈饶珍芳参与创办的弟维小学（摄于2019年）

小学校的校长。我们家几代人都从事教育工作，非常愉快。我们都认为，教育是人类进步的基石。我祝愿你们在弟维小学愉快学习，健康成长。"

接着，伊莎白奶奶又问孩子们："你们能不能告诉我，长大之后有多少人愿意当老师？"

"我们愿意当老师！"台下响起一片喊声，高举起的小手形成一片森林。伊莎白奶奶笑了。

柯马凯说："我老妈看到这所跟她同岁的小学，校园干净整洁，师生们生气蓬勃，非常高兴。它足以告慰姥姥的在天之灵！"

重上白鹿顶

山悠悠，

水悠悠，

白鹿顶上路悠悠……

百岁之后，这首儿歌更频繁地在伊莎白耳边响起。

距离成都市区约60公里的彭州白鹿镇，有一座始建于1865年的天主教堂。教堂外观，很像缩小版的巴黎圣母院。管风琴一弹奏起来，群山回响，幽谷震荡，专家们为彭州风景命名时，将此景命名为"白鹿天音"。19世纪以来，白鹿镇就是在川外籍人士消夏的集中地。

98年前，爸爸妈妈带着6岁的伊莎白来到白鹿镇。

从此，饶和美一家人年年暑假都在白鹿镇度过，还有许多外籍人士的孩子也随家长来了。三个一群，五个一伙，下河去游泳，林中采蘑菇，河滩上寻觅彩色小石头，玩各种游戏……

读中学时，伊莎白曾带上两个妹妹，在云雾缭绕的山中攀登，一直爬上海拔1700多米的白鹿顶。

姐姐在前面跑呀跑，妹妹在后面追呀追。咦，怎么看不到路了？原来，是坨坨雾起来了。

妹妹在喊："姐姐，我看不见你了！"

姐姐在喊："妹妹，我们已经钻进白云里了！"

妹妹在喊："我们抓到白云了！"

姐姐在喊："我也抓到白云了！"

从雾中钻出来，眼前豁然开朗。登上一座石坡，就站在白鹿顶了。天空湛蓝，深邃如海，仿佛伸手可以触摸；白云几朵，浮在半山腰，懒得飘动——刚才，三姐妹就是钻进了那一团云里，几乎看不清路。

她们头戴野花编织的花环，欣赏着美景。山下，那河流弯弯曲曲，小镇就在山下，清晰可见。

一只小蝴蝶竟然在她们头顶盘旋。妹妹说，就是它，就是这只小蝴蝶，它一直跟着我们上山。

姐妹们在猜想：它是不是传说中的仙女啊？

突然，一只肥肥的林蛙从岩缝中蹦出来，瞪着大眼睛，看着三姐妹，"呱呱"地叫了两声。

青蛙王子！青蛙王子！

姐妹们不约而同地叫起来。林蛙一惊，腿一弹，一跃钻进草丛。

"哈哈哈哈——"姐妹们笑得好开心。

"哈哈哈哈——"群山响起了回音……

不远处，又有几个玩伴，气喘吁吁地一边攀登一边喊话："你们寻到什么宝贝了？"

三姐妹回答："我们看到青蛙王子了！"

"哦？你们见到青蛙王子了？"

"哈哈哈！"三姐妹笑得肚子痛。那快活，让伊莎白沉醉了近百年。

伊莎白提出"重返白鹿镇，再爬白鹿顶"时，所有的亲人和朋友都感到惊讶。细想起来，却又不无道理。

她已经告诉了在加拿大和在澳大利亚的两个妹妹："我要回成都，我要去白鹿镇，我要上白鹿顶！"

102岁的大妹妹，100岁的小妹妹，为姐姐的壮举叫好。

她不是独自去攀登白鹿顶，她是代表两个妹妹去重温往昔的欢乐！

再说，伊莎白一生也没有停止过攀登。

岷江，杂谷脑河，藏羌山寨，大渡河，铁索桥……一路上住山洞，宿羊圈，滑溜索，涉溪流，什么样的险路没有走过？

在南海山，为躲避国民党骑兵的突袭，跟中央外事学校的师生一起转移，整夜急行军，从未掉过队……

90多岁还能跳水，103岁还在北戴河游泳。伊莎白并非不自量力，要再上白鹿顶——这是沉积于心中多年的意愿。

连续几天的阴雨后，6月27日早上，终于放晴。

汶川大地震后重建的白鹿镇，迎来了伊莎白和她的三个儿子。镇领导指着远处说："奶奶，你看，那就是白鹿顶！"

放眼望去，白鹿顶巍然屹立在碧空下，几朵白云在半山腰缠绕。伊莎白开心地笑了，真是爬山的好天气啊！

汶川大地震不仅毁掉了古老的大教堂，还把白鹿镇搅了个地覆天翻。经过灾后重建，白鹿镇迎来了新生。

伊莎白东看看，西瞧瞧，那尖顶的小楼，那雕花的门窗，那石块镶嵌的路面，透出浓浓的欧洲风情。栉比鳞次的商店、旅馆，装修典雅，气派十足，完全找不到当年破败的山区小镇的丝毫痕迹。老奶奶一阵耳语之后，柯马凯把妈妈的话大声说出："老妈说，重建的白鹿镇，简直比地道的法国小镇还要漂亮！"

艳阳高照，有人买了十几支又大又解渴的冰棍，一人一支。有人问："老奶奶，你要吃冰棍吗？"

伊莎白做了一个坚定的手势："我——要吃！"

这样，在一片笑声中，伊莎白啃起了冰棍。

一坐上餐桌，有人问："老奶奶，你要喝啤酒吗？"

伊莎白做了一个坚定的手势："我——要喝！"

一杯啤酒，泡沫翻滚，伊莎白举杯祝酒，十分豪放。

又啃大冰棍又喝啤酒，伊莎白率性而为，又说又笑，好像回到了年轻时候。

饭后，保姆送伊莎白回去睡午觉，那是为"冲击"白鹿顶蓄积力量。

山悠悠，

水悠悠，

白鹿顶上路悠悠……

当年的儿歌是这样唱白鹿顶的。上山的路弯多坡急，又窄又陡，驾驶员王晓梅紧握方向盘，瞪大眼睛，生怕有丝毫闪失，不一会儿便是一身冷汗。车一直颠簸到半山腰，前方一大堆乱石堵着，无路可走了。

伊莎白只得凭窗眺望，把目光投向山顶。

三个儿子乘后一辆车追了上来。

看来，登白鹿顶这条旅游线路尚未开发，充足的阳光雨露让草木疯长。与百年前的热闹相比，现在这里简直成了蛮荒之地。

柯马凯和王晓梅扶着伊莎白走了一段乱石路，然后找了一个稍微平坦的地方将轮椅固定好。伊莎白也明白，能上到半山腰也算不错了。

三个儿子也是一大把年纪了，他们庄重地对老妈承诺："我们替你上山顶，拍几张照片作纪念吧。"

保姆、王晓梅、向素珍等人留下陪伊莎白，其余的人开始徒步登顶。

事后，向素珍在她的日记中写道：

"伊莎白坐在轮椅上，没有一丝老年斑的白皙的脸上挂着微笑，神态安详而平和。婴儿般纯净的眼睛不时从周围人的脸上掠过，生怕冷落了陪在身边的每一个人。白鹿镇安排的护士怕老人寂寞，便找她说话，她头稍侧，专注地倾听。从老人不时用手按太阳穴的动作可以知道她已经非常疲惫，但融进血液的修养使她在任何时候都首先想到尊重别人。

"下午4点过，天色暗下来，开始下起毛毛雨，细细的雨雾笼罩着山林，能见度很低，登山的人还没有返回。伊莎白的情况开始不好，头痛、呕吐，估计是高山反应！我和晓梅吓坏了，好在有长期护理她的保姆。不能再等登山的人返回了，我们马上联系副镇长，她很快派车上山带我们先去酒店安顿老人。看着闭眼躺在床上的老人，我们在心中暗暗祈祷。

"傍晚时分，休息了一个多小时的伊莎白又精神焕发，我们感到一阵惊喜。多么顽强的生命啊！"

晚饭之前，突然下起了暴雨。三个儿子两脚沾满泥水，浑身湿透地来到伊莎白面前："妈，我们仨都爬上白鹿顶了！"

伊莎白露出欣慰的笑容。

促进中加民间友好交流

"从2008年那一年开始，93岁的伊莎白开始为'中加民间外交'站台，直到如今，依然在为促进'中加民间外交'而尽力！"这是四川省人民政府外事办公室退休干部向素珍说的话。

2004年，向素珍揽下了一个大活，收集、整理来自加拿大的老照片。

这事儿缘于一位叫鲍勃的加拿大传教士的后人，他给四川省人民政府外事办公室写了一封信，说他手上有很多20世纪30年代有关四川的老照片，他提议举办一次历史照片展览。这个建议，点燃了向素珍心中的激情。但她知道，办展览需要大量的精力和不菲的经费，已经退休的她不敢贸然行动。之后，她将此事告诉了书法家张飙。张飙表示，他愿意出任老照片展览的顾问。他还建议，可以扩大收集面，把展览办得更精彩。

鲍勃收到向素珍积极响应的电子邮件后，兴奋不已，便在2006年"CS孩子"聚会上当众宣读，并得到了"CS孩子"的强烈支持。

"CS孩子"聚会，定于每年10月的第三周周六，在多伦多的一家中餐馆举行。到了那天，来自世界各地的"CS孩子"齐聚餐馆，用筷子吃川菜，唱中文儿歌，摆"家乡"龙门阵。这聚会，从1936年开始，到2006年，已坚持了70年，延续了四代人。

很快，"加拿大老照片项目小组"成立，并于2007年10月派向素珍率队参加当年的"CS孩子"聚会。"CS孩子"告诉向素珍，有一位1932年毕业的老校友在中国生活了大半辈子，她叫伊莎白·柯鲁克。

2008年初春，向素珍赴北京筹备老照片展览。其间，她兴冲冲地来到北京外国语大学，专程拜访伊莎白。正好，柯鲁和柯马凯都在家。

见到向素珍，伊莎白真是乐不可支！

向素珍告诉伊莎白，"加拿大老照片项目小组"将在鲁迅博物馆举办"大洋彼岸的中国情怀——来自加拿大的珍藏照片世纪展"。向素珍打开手提电脑，向伊莎白详细讲解布展的情况。

岁月的长河在电脑屏幕上流淌——

清末民初，成都老街，西医入川，医治烟鬼，提倡天足，第一例外科手术，第一家牙医诊所开业……

锦江以南的华西坝，一所大学正在崛起。赫斐秋、启尔德、莫尔思等建校元老们表情凝重，目光深邃，仿佛意识到了办学的艰难。还有，钟楼、荷花池、林荫道、小洋楼、鸡公车，唤起了伊莎白童年的记忆。

1915年，华西加拿大学校新校址在华西坝奠基，那是童年、少年时的快乐大本营。突然，一张老照片让伊莎白睁大了眼睛，那是黄思礼校长和学生们的合影。"那席地而坐的，不就是我吗？"伊莎白说道。

是的，那正是伊莎白，一位眉目含笑、充满美妙幻想的高中生。

70多前的老照片，让伊莎白震惊："你们是从哪儿收集到的这么好的照片？你们太了不起了！"

从那天起，柯马凯奉母亲之命，成为"加拿大老照片项目小组"的核心成员，不仅提供了不少老照片，还在协调"CS孩子"聚会、翻译解说词等方面做了许多工作。

三个儿子陪同伊莎白来到鲁迅博物馆，出席展览开幕式。让伊莎白惊喜的是，有四名"CS孩子"专程从加拿大飞到了北京。他们是云达乐、文忠志、陆瑛惠以及黄思礼校长的小女儿黄玛丽。四个少男少女，从老照片上走下来，变成了眼前的银发老人！

亲切地问候、拥抱之后，记忆的闸门被打开：

啊，快乐的"CS"，亲爱的母校。春天，我们成群结队，穿过金黄色的油菜花的海洋，去都江堰参加放水节，快乐得如同翩翩飞舞的小燕子；每周两次，我们盼望着打牙祭，蒜苗回锅肉、麻婆豆腐等川菜的香味，让我们想起来就馋涎欲滴……还有课堂上，黄思礼校长讲解唐代大诗人王维的诗，他的理解韵味深长；校长夫人黄素芳老师整段地背诵莎士比亚戏剧中的精彩对话，让学生们听得如醉如痴……当然，还有戏剧演出、体育比赛，以及男生玩叠罗汉时的惊险和女生学习古典文化时的优雅……

看到大屋顶教学楼的照片时，伊莎白笑了，她是不是想起了少女时代爬上房顶去走"平衡木"的冒险活动？

看到抗战时期为躲避轰炸，"CS"搬迁到仁寿时的照片，云达乐告诉伊莎白，我们和中国人一起跑警报，男孩们都穿草鞋，大家都吃糙米饭，过了好几年苦日子。

伊莎白称赞"加拿大老照片项目小组"的话讲了七次。因为老照片展从2008年至2013年分别在北京、成都、都江堰举办了七次，而且展览的内容还在不断充实、丰富。向素珍等人还组织了四次加拿大友人的"回家"活动。当年的"CS孩子"，都已是八旬以上的老人。当他们成群结队地回到了魂牵梦萦的母校时，禁不住老泪纵横。

2016年秋，讲述50个家庭故事的"加拿大人在中国"影展，在多伦多中国文化中心隆重开幕。影展原定举办三天，后延长至一周。接着，应霍顿区盛情邀请，影展移至该区举办。紧跟着，安大略省的多个城市排队邀请，使得"加拿大人在中国"影展巡回展出了一年多。之后，影展又在温哥华举办，再次引起轰动。

在北京，柯马凯不断向伊莎白报告展览的盛况。在此之前，很多老照片还被精心编辑成一本厚厚的画册《成都，我的家》。2012年4月21日，该画册举行了首发式。首发式上，当主持人请伊莎白代表"CS孩子"讲话时，台下响起了热烈的掌声。

掌声中，97岁的伊莎白腰板挺直、步履稳健地走上讲台，她说："从我姥姥开始，我们家已有五代人生活在中国……我们，都热爱中国！"

伊莎白充满激情的讲话传遍了全世界。当年的10月15日，伊莎白的孙女生下一对千金。这对双胞胎，成了伊莎白一家在中国生活的第六代人。

在一次展览时的留言簿上，有一句话引起了向素珍的注意："再强的记忆力也赶不上褪色的墨迹。"她与张飙经过商量，一个好主意立即变成了行动。

2016年4月27日，"中加友谊世纪情·中国书法名家主题笔会"在北京举行。当伊莎白上台讲话时，在座的书法家们赞叹不已。这样一位不为名不为利，与中国人民同甘共苦的101岁老人，口齿清楚，容光焕发，自然流露出一种高贵气质，令人折服！

25位书法家，写下了25幅精彩的书法作品。这些作品被装裱好之后，赠给了25个加拿大家庭。其中，有几幅内容如下：

我们一同攀登高山，每一步都感受到和风拂面，友情温暖。

——克里·约利菲

加中友谊，花开似锦；生我之地，欢乐洋溢。

——云达乐

中国，常在我心里；成都是我家。

——黄玛丽

经历时光的洗礼，秋天的花朵比春天更绚丽。

——菲丽丝

教育的根是苦的，然而果实是甜的。

——陈普仪

最珍贵的古董，是老朋友。

——凯瑟琳·司普勒

特别值得一说的是，"CS孩子"、年近九旬的陈大卫将他父亲陈普仪、母亲凯瑟琳留下的遗言，推荐给中国的书法家。当读到"教育的根是苦的，然而果实是甜的"和"最珍贵的古董，是老朋友"的时候，我们怎能不拍手叫好？至理名言与中国书法融合，必定是传家之宝、稀世之珍！

在宽敞的大厅里，一张张大书桌依次排开。书法家们铺开宣纸，或低头沉思，或凝气运笔，或放胆挥毫，或小心钤章。喜欢中国书法的柯马凯，也铺开宣纸，一显身手。

伊莎白微笑着，在墨香中悄然走过。看来，她非常喜欢这样的文化氛围。张飙以他豪放的笔触，写下了伊莎白的一句话：

先辈们创造的伟业，至今造福于中国，我为此感到自豪。

"CS孩子"回母校

来成都之前，伊莎白就打了招呼，这次回来纯属私人旅行。入住"校长居"，她坚决要付清3000元房费。负责接待的向素珍和同为"加拿大老照片项目小组"成员的王晓梅，既当接待员又当驾驶员，从成都到白鹿镇，从白鹿镇到新场镇，再回成都，五六百公里，累并幸福着。她们说："因为伊莎白，国宝级的专家，最珍贵的老朋友坐在车上！"

不挑食的伊莎白回到故乡，饮食方面一点也不让人操心。

在白鹿镇时，细心的柯马凯买了一瓶豆豉。他说："这种豆豉，北京买不到。回锅肉里加几颗豆豉，那个味道，老妈最喜欢。"

柯马凯还说："老爸老妈都喜欢吃川菜。小时候，他们常带我们兄弟仨去绒线胡同的四川饭店吃回锅肉、麻婆豆腐、夫妻肺片。近两年，老妈不敢吃太辣的川菜，但花椒还是少不了的。"

说到回成都之后伊莎白的早餐如何安排，柯马凯一再强调，对老妈的饮食不用操心，一碗豆花、两块卤鸭子、一小笼粉蒸肉，还有蘸水茄子、煮凉粉，她吃啥都香！真是一颗中国心，标准的成都胃！

三天的日程，安排得相当满。除了上面提及的活动，伊莎白还去了成都市第二人民医院，即原仁济医院，以及华西坝的四川大学华西校区第七教学楼（志德堂），这里曾是加拿大学校。

"CS孩子"——伊莎白回来了！

第七教学楼又是华西加拿大学校校史馆，从二楼到四楼，走廊上分门别类陈列着珍贵的历史照片。大楼前面，是下宽上窄的"八"字形的14级阶梯。拾级而上，二楼右边第一间，是校长办公室。

孩子们既喜欢又有一点畏惧的黄思礼校长，就曾在这里办公。当年爬到屋顶去玩耍的小女孩，是不是被校长请去"谈了谈"？伊莎白伫立在校长办公室门口，微微一笑。

照片中传来笑声、叫声、喇叭声、呼吸声，还有男孩子的口哨声。

啊，坐梭梭板，荡秋千，推鸡公车，做游戏……童年生活一闪而过；排演话剧，远足旅行，参观古迹，参加运动会……少年时代一闪而过；在加拿大学校的十年，一闪而过；87年的光阴，一闪而过。

楼前的台阶，是历届学生毕业时拍合照的地方。

1932年，17岁的高中毕业生伊莎白和许多"CS孩子"合影，留下珍贵的照片。

在老照片上，伊莎白是坐在从上往下数的第三级台阶上。

找准了位置，伊莎白坐在当年那一级台阶的同一位置上，"咔嚓咔嚓"拍了一连串的照片。

当年，老师、同学嘻嘻哈哈挤在一起。

87年之后，亲爱的老师、同学都不在了，台阶上空荡荡的。

87年，少女变成了老奶奶，不变的是她依然向着世界的微笑——她的微笑，充满了纯真。

告别钟楼和荷花池

返回北京的前一天，即6月28日晚饭后，三个儿子被成都的朋友约出去玩了。伊莎白空闲下来，我和保姆一起，扶她坐上轮椅，推着她在"校长居"旁她家的老房子外围转了一圈。她喃喃地说："姥姥、姥爷、爸爸、妈妈、妹妹的音容笑貌，都留在这座老房子里了。"

转到后院，她才知道，曾划过船、游过泳的水量丰盈的小河早已消失了。伊莎白默默无语，我不禁有些伤感——

故乡的小河啊，永远流淌在百岁老人的记忆里。

然后，我们走向荷花池畔的钟楼。望着钟楼，伊莎白执意要下轮椅，扶着轮椅走几步，仿佛去会见一位老朋友。

钟楼建成于1926年。伊莎白看着它，从挖地基，一直长到100英尺（约30米）高。每天早晨，还是小姑娘的伊莎白推窗东望，就能看到钟楼上那跳动的指针。

大钟的指针已经分秒不停地跳动了90多年。在这个宁静的黄昏，淡金

17岁的伊莎白（第七排左一）和"CS"师生在华西坝志德堂前合影
（摄于1932年）

87年后，伊莎白和三个儿子在华西坝志德堂前合影（摄于2019年）

色的霞光正点染着楼顶和荷花池旁的林木。曾在华西坝悠扬的钟声里度过了儿童、少女时光的伊莎白，目光缓缓扫过熟悉的故乡景物，轻轻地点了点头，默默地问好。

钟楼之下，半月形莲池一片碧绿，数朵荷花，点缀其间。晚风送来阵阵荷香。正值傍晚散步的时刻，有几位老教授已认出了伊莎白，亲切地跟她打着招呼，她也微笑着回应着。

我晓得，一些曾在中国出生、工作多年的加拿大老人，曾托人带去一包包四川的泥土，要拥抱故土长眠。还有两位老人，一位是曾任世界和平理事会副主席的文幼章教授，他让后人将他的骨灰撒在大渡河里；一位是创办香港中文大学医学院的启真道博士，他让后人将他的骨灰撒在连接中国与加拿大的太平洋中间——国际日期变更线那片海域。这些父辈长者的爱，植根在伊莎白心中。

伊莎白爱中国，中国人也爱她。藏寨八什闹村村民亲切地叫她"饶小姐"，河北武安十里店房东郭大娘认她做"干女儿"，她是上千名北外学生崇敬的"好老师"，她是重庆璧山大兴镇数十名受资助的贫困学生的"亲奶奶"……

伊莎白兴致很高，试图继续沿荷花池散步。我和保姆将她扶上轮椅，并劝说道："老奶奶，留一点精神吧，你还要坐七个多小时的火车呢。"

我心中明白，伊莎白有生之年，难以再回来了。在钟楼下，我们给她拍了好几张照片。她微微闭着眼睛，深深吸着荷花的气息。这是故乡的气息，是她陶醉了100多年的与她生命相连的气息。

三天的"回到童年之旅"结束了，在返程的高铁上，伊莎白睡得很香。她的梦，是不是依然留在童年？

尾声 / 感谢父母，把我生在中国

从伊莎白的姥姥到伊莎白的曾外孙女，六代人，时间跨越了近150年。伊莎白作为纽带，传承了生命，也将对中国的深情传递给了后辈。她的儿子们积极推动中国的建设、教育及国际交流，成绩显著。

漫长的百年，对于勤奋的伊莎白而言，还觉得太短。在百岁前后的十来年，伊莎白一直为促进中国和加拿大民间友好积极奔走，令人感佩。

长寿者，总是性格开朗、洒脱、乐观的人。伊莎白告诉二儿子柯马凯，她这一生很快乐，而最重要的一句话是："感谢父母，把我生在中国。"

六代人的中国情

20世纪20年代的一张老照片，留下了伊莎白姥姥的影像：老人家抱着外孙女坐在鸡公车上，多么慈祥，多么安然。

柯鲁三兄弟听老妈说过："姥姥生性乐观、开朗。有一年夏天，她随几个传教士坐滑竿去彭州白鹿镇一带。那路真难走，在最险的白鹿河边上，脚夫不小心摔了一跤，姥姥滚进了河中。她因为会游泳，就在河水中扑腾起来。一位年轻的传教士下河，把她救了起来。事后，她说河水不算凉，急流中游泳很刺激。姥姥早年来成都，帮助妈妈做家务，带我们三姐妹，虽然有些忙，却很快乐。她的性格，对我，对你们二姨、三姨影响很大。"

真是乐者长寿。姥姥把乐观、开朗的性格遗传给了三个外孙女——伊莎白104岁时，大妹妹102岁，小妹妹也满100岁了。

伊莎白的爸爸饶和美、妈妈饶珍芳在成都华西坝生活了30多年，1949年回到加拿大，1955年来北京探亲。探亲结束回到加拿大后，老两口到处宣传新中国新景象。他们的描述，遭到一些亲友的质疑。对此，他们总是反复强调："眼见为实。不信？你们去中国瞧瞧！"

柯鲁三兄弟回味着前辈的中国情，又说到后辈的中国缘。

柯马凯说：

"大约在2003年，我家老三柯晨霜在北京大学医学部学医。有一天，他在路边停车场发现一只小流浪狗，小狗'呜呜'地叫着，非常可怜。他四下打听，可没找到小狗的主人，他就把小狗抱回自己的住处养了起来。毕业后，他要去四川大学华西临床医学院读研，小狗就成了问题。我就去跟老妈说这事，因为当时我哥我弟不在北京，老妈就在家里开了'国际电话会议'，民主讨论通过，决定收养小狗，还办了养狗证。我们给小狗取名叫冰粥——冰粥是北京人夏天特爱的食品——叫起来有一种滑溜溜的、特舒服的感觉。

"然后呢，2013年，我的女儿文杨兰怀孕了。天哪，她的肚子好大啊！原来，她怀的是双胞胎。后来，一对可爱的女孩来到了人间，小名就叫冰冰、粥粥。这样，冰粥'汪汪'叫着，一家人围着冰冰、粥粥忙活着，家里搅成一锅'粥'，热闹极了……算上太姥姥，冰冰、粥粥就是我们大家庭在中国生活的第六代人了。

"柯晨霜在成都读研时，住的公寓楼旁边，就有一座小学校。校园整洁，楼宇高耸，操场上有打球的、做操的、跑步的，充满了欢声笑语和蓬勃朝气。回到北京，他给老妈说起这事，老妈惊讶地说道：'那就是你太姥姥办的弟维小学呀！偏偏让你紧邻着住，缘分啊！'"

说罢前辈与后辈，再说柯鲁三兄弟。

柯晨霜（左）和文杨兰（右）在成都华西坝寻找家族的印记（摄于2010年）

老三柯鸿岗，后来居上，身高冲到1.95米。他身高腿长，跑得特快。伊莎白派他去十里店送捐款，去八什闹看望乡亲们，"任务"都完成得很漂亮。他后来去了英国，应聘到英国广播公司（BBC），制作并主持了多个专题节目，如《听众信箱》《流行乐坛》《迷幻世界》等。他还作为BBC的代表，主持了2003年BBC与云南人民广播电台共同举办的《挑战艾滋，共享生命》大型广播讨论节目和2004年BBC与北京人民广播电台合办的《道路安全与都市交通》大型互动谈话节目，听众遍及全球。柯鲁和柯马凯都说，谁的朋友也没有柯鸿岗的多。

老二柯马凯可真是个大孝子。由于柯鲁在美国、柯鸿岗在英国，他代表三兄弟，日复一日，年复一年，与保姆配合默契，精心照顾着老妈：三楼楼道拐弯处，放着一把椅子，这是老妈爬完11级阶梯歇息的地方；喝下午茶时，端上一盘削成小薄片的苹果，让老妈不费力咀嚼就能咽下；给客人赠书老妈签字时，他在老妈胳膊肘下面垫一本书，不让老妈因胳膊吊着而感到费力。还有，窗帘透过的光线是强还是弱，家里各个房间的温度是低还是高，柯马凯都非常注意——真是心细如发！

柯马凯还是个好爸爸、好姥爷。女儿文杨兰在幼儿园工作，下班较晚，每天放学时接冰冰、粥粥的光荣任务就落在姥爷柯马凯肩上。而冰冰、粥粥课余又在不同的兴趣班玩耍，他得往不同的地方接送。下午4点到6点多，是柯马凯忙得脚不沾地的时候。

如此之忙的柯马凯，还在1994年创办了满足外籍在京人士子女受教育的国际学校——京西学校。

在谈到办学理念时，柯马凯说："办学的时候，我们几个朋友都是同一种思想，我们要办一所有特色的，与国际接轨的学校，同时又能让学生们领会中国悠久而灿烂的文化。"

经过20多年的建设与发展，京西学校已经是占地百亩，拥有1500名学生、190位教师，教学质量上乘的国际学校。2004年，柯马凯荣获国家外国专家局颁发的"中国政府友谊奖"。

再说老大柯鲁。他继承了老爸柯鲁克浓密的络腮胡、浑厚的嗓音、爽朗的笑声，他常让柯鲁克的学生们产生幻觉：我们敬爱的大卫·柯鲁克教授从来没有离开我们。

柯鲁1976年去美国斯坦福大学历史系读书。后来，他娶了韩丁的侄女为妻，并加入了加拿大籍，他表示："我要做一个白求恩那样的加拿大人。"

20世纪80年代，柯鲁应聘到西方石油公司，参与开发山西平朔安太堡露天煤矿的大项目。这座当时世界上最大的露天煤矿开工时，一下子吸引了全世界的目光，也让中国煤矿同行们大开眼界：那载重100多吨的大卡车，排成长队，如同钢铁巨兽，"轰隆隆"碾过雁北大地；那传送带上如河流般的乌金，为中国挣得了宝贵的外汇。

柯鲁说：

"在工作中，我结识了许多中国朋友。他们见到我这个'中国通'很好奇，也很友好；我见到他们也感到亲切。大家齐心协力，都想把这个大项目搞好。

"后来，我太太带着两岁多的双胞胎儿子来到了安太堡，我希望俩儿子从小就学会在自然条件不那么优越的地方健康成长。

"在假日里，我们开着越野车，驶向雁北地区的大荒野。那里有绵延不断的古长城残迹，有杨家将洒过热血的古战场，还有李陵碑遗址。在那里，风呼啸着，像在哭泣。放眼望去，枯草丛生，一片肃杀景象。这场景，让我读过的中国历史一下子鲜活起来了。想起中华民族曾经经历的苦难、屈辱、压迫，我觉得只要有杨家将那种百折不挠的精神，中国一定能重新崛起！"

90年代，柯鲁又应聘去了立邦国际货运公司。他刚上班，就遇上了麻烦。由于港口业务繁忙，公司的货船通常要在港口外滞留个把月，才能进港装卸货物。这无论是对货主还是对货运公司，损失都很大。用什么办法"疏港"呢？

几经周折，柯鲁决定去位于北京东长安街的中国远洋运输（集团）总公司取经。出乎意料的是，中国远洋运输（集团）总公司负责接待柯鲁的人，居然是柯鲁克、伊莎白的学生郑海棠。

　　郑海棠一说起恩师，眼圈就发红。他怕控制不住感情，赶快转了个愉快的话题："还记得1965年的五一劳动节，你爸爸妈妈带着全班同学去颐和园游览，我记得也带上了你们兄弟三人。你们那时都长得很秀气。一晃20多年过去了，你看你，现在已是一个成熟的中年男子了。"

　　叙旧之后，他们开始谈业务。郑海棠大大表扬了柯鲁："你做得对，就是要走正常路径去办理手续。"他教柯鲁如何按程序去"疏港"，并介绍了中国远洋运输（集团）总公司的实践经验。同时，郑海棠还提纲挈领地把海运的重要规则给柯鲁讲明白了。

　　这次巧遇，使柯鲁的业务得以顺利开展，还促使两家大公司携手合作，做出了可喜的业绩。

　　柯鲁站在气势恢宏的码头，看数十万吨的巨轮进港出港，门座式起重机一字排开，挥动钢铁巨臂，将集装箱像砌火柴盒一样，迅速而准确地码成一座座小山，真觉得赏心悦目。

　　这时的柯鲁不由得想起1938年老爸柯鲁克拍摄的黄浦江码头的照片，那些衣不蔽体的苦力，把沉重的货物背在背上，胆战心惊地走过跳板。那一个贫穷落后、饱受饥寒与凌辱的中国，一去不复返了！

　　汽笛长鸣，震撼海空。世界货运量排名前十位的集装箱码头，中国就占了七个。熟读史书的柯鲁说："中国已揭开了历史新篇章。我能为中国的崛起尽一点绵薄之力，心中特别舒坦！"

拓荒者，你们是亿万富翁

"人民需要我们到哪里，我们就到哪里……"

北京外国语大学的老校歌《永远为人民服务》，诞生于建校之初。每当伊莎白唱起这首歌，她就会想起那些朝气蓬勃的学生——他们身穿布军装，每人一个小马扎，经常在露天课堂上课。特别是在北京西苑老兵营时期，学校培养出新中国第一批外语人才。

20世纪50年代初，抗美援朝战事激烈，急需外语人才，外国语学校英语系大三的男生几乎全部赴朝，到战俘营做翻译工作。临别时，柯鲁克夫妇以自己的体验，与赴朝学生讨论"如何做好战俘的工作"，让学生们受益匪浅。

除了抗美援朝前线，各大专院校、外事机构，各省市都急需外语人才。学生们一毕业，就直奔需要他们的地方。在学生们的心目中，柯鲁克夫妇就是最好的榜样——人民需要他们留在中国，他们就留在了中国。

当时，伊莎白教大二学生的口语，她发现，从大一到大二，学生们的口语水平并没有得到明显的提高。与伊莎白同属一个教研室的口语老师应曼蓉，回忆起伊莎白发和引领的"口语革命"时说道：

"我们的口语教学通常采用情景对话的形式，围绕一个题目进行，比如'购物''求职''争论'等。先是在大班进行示范，由老师在没有道具的情况下把一个个情景表演出来，接下来各小组分别去照着练习。

"伊莎白从一开始就反对散发口语教学材料，她认为这是中国学生长期形成的死抠生词或语法，读死书的学习方法。

"为此，我们通过讨论，统一了认识，决定在上大课之前不发教学材料，迫使学生不得不在上大课的时候集中精力，观看老师的示范表演，

伊莎白（后排左三）和一批批北外师生结下了深厚的情谊（摄于20世纪60年代）

倾听老师的对话。在当时没有任何教具的情况下，在整个年级100多人面前，重复这些对话，对老师来说是很吃力的，特别是像伊莎白那样轻柔的嗓音很容易变沙哑。

"但是，她是那样地投入，一遍又一遍地演示，终于使学生们的口语水平得到了明显的提升，口语课大获成功。伊莎白和我们教研室，在口语教学方面闯出了一条新路，得到了一致的好评。"

几十年来，作为新中国英语教学的拓荒者，伊莎白就是这样一句一句、一段一段、一篇一篇，以极大的热情，把纯正的口语，教给了一批又一批的学生。

学生们感受很深的还有柯鲁克和伊莎白二位老师为他们营造的"学习英语的环境"。

"背景讲座"曾是学生们最喜欢的课外内容。柯鲁克夫妇经常邀请访问北京或常住北京的英语人士来演讲，希望通过这种方式，将原汁原味的英语呈现在学生面前，从而激发学生们学习英语的兴趣，加深学生对英语文化背景和知识的了解。

柯鲁克夫妇坚持每周两次或三次到学生食堂，和学生们一起进餐。在轻松愉快的氛围中，师生一边吃饭，一边讨论各种有趣的话题。为此，学生们一下课便直奔食堂，而老师早已在等待学生了。让学生们觉得不好意思的是，老师来得最早，走得最晚。

柯鲁克夫妇还精心安排学生轮流到家中吃便餐，或组织学生去游颐和园、爬香山等，用英语畅谈历史，抒发感想，让学生们尽情发挥。

1976年，北外招收了来自北京、江苏、四川、福建等8个省市的最后一批"工农兵学员"60余人。廖利就是那时候从四川进入北外的带薪学员。贺新民是军人，性格豪爽，被选为班长，从此成了"永远的班长"。

2021年夏天，廖利等老校友齐聚北外，去看望恩师伊莎白。于是，一群两鬓飞霜的学生，拥入北外家属院老房子，一下子就挤满了伊莎白家的小客厅。

伊莎白看到这么多学生，高兴得很。学生们七嘴八舌，笑语喧哗。江克绘声绘色地说起45年前老师的风采："她脚蹬一辆墨绿色二八大杠，身穿卡其裤子、小格子衬衣，修长的身材，从西院到东院，风一样闪过，那敏捷、矫健的身影令人难忘。"

廖利还将王鲁山、余家淇、周晓琴、何先明等同学的祝福转达给伊莎白老师。学生们的祝福虽然长短不一，却都饱含真情。

贺班长特别强调："学外语，很重要的是语言环境。伊莎白老师在营造语言环境方面，可以说是煞费苦心。"

贺班长回忆道：

"我们毕业那一年，一批渴望了解中国的美国青年组成代表团，住在北京昌平小王庄伊莎白的老友阳早和寒春的奶牛场。得知这个情况后，伊莎白立即联系阳早和寒春，安排了一部分同学去实习。

"抽着烟斗的阳早，用一口带着浓重口音的陕北话，欢迎我们的到来。

"寒春发表了热情洋溢的讲话。她说，1948年，她还是一位核物理研究者，是大名鼎鼎的物理学家费米的助手。她来中国前，她的同事杨振宁教她说的第一句中国话就是：'这是一支笔。'通过不断的学习，她现在已经可以与陕北羊倌、京郊老农进行无障碍的交流了。接着，她又把自己的话，用英语讲了一遍。中美青年听了，热烈鼓起掌来。

"那三周，天天与美国青年见面、闲聊、交流……课堂上学的、死记硬背的单词和句子，一下子蹦出来，鲜活了，衔接了，贯通了。美国青年坦诚地指出，哪一句话还可以'口语化'一些，只需一两个单词，就能让对方明白你的意思；哪一件事还可以更贴切地陈述，既精练又生动。

"伊莎白和柯鲁克两位老师，则常常充当快乐的旁观者，不时'画龙点睛'，给我们点拨点拨，真有醍醐灌顶的感觉。

"就这样，我们和美国青年一起，跟着当地农民下地干活，吃在农家，睡在炕头，相互学习，还一起跳舞、打球、拍照，交流越来越顺溜。那群美国青年来自不同的地方，有着不同的职业，交流的内容涉及地理、历史、政治、经济等，非常广泛。我们每天晚上在灯下回忆、整理当天的对话，都觉得收获特别大，简直就像是出了一次国。

"那年的中秋节晚上，那些美国青年还和我们一起，赏明月，吃月饼，表演小节目，度过了一个难忘的中秋之夜。

"后来，伊莎白老师在全年级上大课的教室，给同学们念了一篇优秀作文，写中美青年的交流和欢度中秋的情景。她念得声情并茂，全班同学都听得很专心。我一听，这是我写的作文，兴奋得心怦怦直跳。45年之后，想起这件事，还觉得非常开心。"

2021年秋天，北外80周年校庆，隆重，热烈。

伊莎白笑容满面地坐在轮椅上，由儿子柯马凯推着，缓缓穿过人群。善解人意的柯马凯不时停几秒钟，好让一头白发的老学生和一脸阳光的学生娃，能跟伊莎白老教授来张合影。

记者在人群中忙着采访，终于"抓住"郑海棠。

记者问："柯鲁克和伊莎白教授究竟教过多少学生？"

郑海棠回答："从1948年夏他们受邀留在中央外事学校教英语起，半个多世纪专注在校英语教育，之后又去新疆、内蒙古等地义务讲学，具体教过多少学生，根本无法统计……'桃李满天下，学生遍全球'应该是最好的概括吧！"

郑海棠补充道："柯鲁克夫妇的学生，无法统计，学生们创造的精神和物质财富，更无法统计！"

对于柯鲁克夫妇，老朋友爱泼斯坦曾经评价说："当年，柯鲁克是怀着当百万富翁的梦想去美国的。结果，他走上了相反的道路，在中国找到自己的归宿。他没有成为百万富翁，但是可以说，他们生活在10多亿中国人民当中，光荣地为10多亿中国人民服务，他们是真正的亿万富翁！"

感谢父母，把我生在中国

1955年建成的北外专家楼，历经半个多世纪风雨后，已显得陈旧。楼前的几棵老槐树，它们强大的根系紧紧拥抱着北京西郊这一块热土。每到暮春时节，那一大嘟噜一大嘟噜的白花疯狂地爆开，硬是要把枝条压弯，让浓浓的田野之香淹没周边的楼房和院落。伊莎白已经在"槐树庄"槐花的香气中度过了60多个春天。

2021年，槐花盛开的时节，书画家蒋引丝前来拜访伊莎白。她是蒋旨昂的女儿。一听"蒋旨昂"，伊莎白就兴奋了起来。看着面前端庄秀丽的蒋引丝，伊莎白的眼前一点一点浮现出仪表堂堂的蒋旨昂那熟悉的模样——80年前，伊莎白和俞锡玑在重庆璧山兴隆场做田野调查时，晏阳初特别委派蒋旨昂到兴隆场，协助她俩开展工作。古道热肠的蒋大哥，给予了伊莎白和俞锡玑极为有效的帮助。

引丝真"引思"，引起了伊莎白对华西坝的深深思念。

真是巧上加巧，华西坝的第三代人——年轻的机电工程师张弛，也带着10岁的女儿前来拜访伊莎白，赠送给老人家一座按1∶87的比例缩小，用3D打印机复制出的华西坝钟楼模型。

钟楼是伊莎白最熟悉的华西坝建筑。少女时代的伊莎白，每天早起一推开窗，钟楼便呈现眼前。如今，这座缩小版的钟楼将屹立在伊莎白"槐树庄"的家中，让伊莎白感觉到故乡和故乡的亲人们离她很近、很近。

炎热的8月，知了不住地叫着，北外的校园显得更加宁静。

不知不觉，黄昏来临，热气开始收敛，微风轻轻拂来。伊莎白坐上轮椅，柯马凯推着她，缓缓走向校园的林荫道。一路上，不断有人向伊莎白老奶奶挥手致意。每天，伊莎白坐着轮椅，在夕阳中留下长长的影子，这已经成为校园中的一道风景。

为什么伊莎白在老房子里一住就是60多年？因为她爱这里的一花一木、一草一石，而且老同事、老邻居一直相处得很融洽。她习惯了这种温馨的、亲切的感觉，她已经在这"槐树庄"扎下了很深的根。

柯马凯说：

"我们住302，同一层楼的301住着人事科郝科长一家子。郝科长是山东人，他妈妈缠过小脚，个头不高，特别能干。她擀饺子皮的速度惊人，一个人擀，三个人包都跟不上。每年年三十晚，外面风雪呼啸，家中热气腾腾。两家人挤在一起，包饺子，吃饺子，摆上一大桌子菜，喝酒啊，侃大山啊，热热闹闹的，非常快活。多年来，我们兄弟仁还在回味：'郝奶奶家的饺子，那味儿真不错！'

"老妈的老同事陈琳，是一位英语教育专家。学校每次安排暑期活动，选的都是红色旅游路线，去井冈山、瑞金、古田，去遵义，去延安，都是他一直陪着我老爸老妈。他整天乐乐呵呵的，挺风趣的。他喜欢吃西餐，跟他一起吃，得严格执行AA制，否则他会不高兴的。

"我们这栋老楼，还住着一位老王师傅，车开得好，挺耿直的一个人。他见着柯鲁，总爱说：'当年你妈生你的时候，北外还在东交民巷。那里是义和团跟外国大使馆交火的地方，你妈不喜欢那个地方，我拉着她去了干面胡同的红十字医院，才生下你。'

"还有一位裁缝，跟我家是老朋友，几十年了。凡有缝纫的活儿，都交给他做。他非常固执，坚决不收一分钱。后来，他的孩子长大了，就跟我学游泳。我一直教那孩子，直到教会了。那孩子也成了我的忘年交。

"从小卖部的服务员到老干部活动中心的保安，从扫院子的清洁工到邻居家的保姆，他们对我老妈都非常友好，非常尊重。生活在这样的环境中，老妈很快乐。我们都明白——这种快乐，是简单的、平凡的，是金钱买不来的。"

这天黄昏，与伊莎白老奶奶打招呼的人们，没有注意到伊莎白怀抱着一个提包，提包中放着一瓶白兰地和一束鲜花。

一家人来到了柯鲁克的塑像前。先期来到的保姆，已经把塑像擦得干干净净，让柯鲁克更显得容光焕发。塑像两边的长椅也擦拭过了。这时，文杨兰带着冰冰、粥粥在玩耍。伊莎白对柯马凯说："让她们玩吧，我们做我们的。"

每年的8月14日，伊莎白都要来这里，为柯鲁克过生日。

伊莎白献上鲜花之后，柯鲁倒好了一杯白兰地。伊莎白接过酒杯，手抖得厉害，酒不断溢出。往年，总是由她亲手给丈夫敬上一杯酒，现在看来有些困难了。在一旁的孙女文杨兰说："让冰冰、粥粥来替太姥姥敬酒吧！"

说着，文杨兰和柯马凯分别抱起冰冰、粥粥，两双小手端起酒杯，放在柯鲁克唇边，轻轻地、缓缓地把酒倒下去。

酒顺着柯鲁克的嘴角流，他似乎在笑。伊莎白微笑着说："亲爱的，慢慢喝吧，今天是你的生日，祝你生日快乐！"

这些年，柯鲁三兄弟每次目睹老妈这样给老爸敬酒时，都很感动。老爸和老妈，这样相知、相爱一生，堪称典范！

1941年，伊莎白和柯鲁克在大渡河泸定桥上情定终身，80年来，伊莎白心中的爱，依然如大渡河的浪花，充满激情。

敬过酒之后，伊莎白抚着柯鲁克的脸庞，小声地说了一阵话。然后，柯马凯扶着老妈，在长椅上坐下休息。

伊莎白痴情地望着柯鲁克，微笑着。

柯马凯陪着老妈闲聊起来。他说："按照中国人的说法，老爸的在天之灵，会看到这一切的。"

是啊，伊莎白和柯鲁克一直置身于"历史正在发生的地方"。虽然柯鲁克不在了，但是伊莎白一直在替柯鲁克注视着中国正在发生的历史巨变。从藏羌山寨到凉山彝村，从南方的兴隆场到北方的十里店……昔日的贫困地区，已经在中国共产党的带领下，打赢脱贫攻坚战，走上了全面小康之路。

"我非常幸运，见证了这个伟大的时代。"2019年，新中国成立70周年时，伊莎白接受了《人民日报》记者的采访。她说："我见证了中国革命从艰难走向胜利的历史进程，见证了新中国成立70年来日新月异的发展变化，中国这些年的巨大成就令人惊叹。"

这些年，伊莎白收到了藏羌山寨和凉山彝族地区送来的土特产，除了老腊肉、花椒，还有优质的红苹果、脐橙……看到这些东西，伊莎白常常感叹："那里，曾经进出都是贴峭壁而行的'鸟道'，村民过着贫苦的生活……而现在，连最偏僻的山村，都在走向共同富裕。当年的荒凉之地，现在成了水果之乡、幸福之乡。可惜，你爸没能品尝到这么好的脐橙，又大又甜，香极了！"

柯马凯握紧伊莎白的手，动情地说："老妈，这100多年，你很快乐啊！"

伊莎白缓缓地点了点头，说道："是啊。我想，我真应该好好感谢我的父母，是他们把我生在中国！"

参 考 文 献

[1] 顾彼得.彝人首领[M].和锗宇，译.成都：四川文艺出版社，2004.

[2] 冯良.彝娘汉老子[M].成都：天地出版社，2005.

[3] 陈顺馨.多彩的和平：108名妇女的故事[M].北京：中央编译出版社，
2007.

[4] 庄学本.羌戎考察记：摄影大师庄学本20世纪30年代的西部人文探访
[M].成都：四川民族出版社，2007.

[5] 埃德加·斯诺.西行漫记[M].董乐山，译.北京：生活·读书·新知三
联书店，1979.

[6] 蒋旨昂.社会工作导论[M].上海：华东理工大学出版社，2019.

[7] 伊莎白，俞锡玑.兴隆场：抗战时期四川农民生活调查：1940—
1942[M].北京：中华书局，2013.

[8] 伊莎白，柯临清.战时中国农村的风习、改造与抵拒：兴隆场：
1940—1941[M].北京：外语教学与研究出版社，2018.

[9] 王川平.英雄之城：大轰炸下的重庆[M].重庆：重庆出版社，2011.

[10] 伊莎白·柯鲁克，大卫·柯鲁克.十里店（一）：中国一个村庄的革
命[M].龚厚军，译.上海：上海人民出版社，2007.

[11] 伊莎白·柯鲁克，大卫·柯鲁克.十里店（二）：中国一个村庄的群
众运动[M].安强，高建，译.上海：上海人民出版社，2007.

[12] 李正凌等. 柯鲁克夫妇在中国[M]. 北京：外语教学与研究出版社，1995.

[13] 王烁，高初. 大卫·柯鲁克镜头里的中国：1938—1948[M]. 北京：中国民族摄影艺术出版社，2016.

[14] 加拿大老照片项目小组. 成都 我的家：大洋彼岸的中国情怀[M]. 成都：四川文艺出版社，2012.

[15] 和平世界书画院加拿大老照片项目小组. 华西有所加拿大学校[M]. 成都：天地出版社，2020.

后　记

老作家王鼎钧说："一本回忆录是一片昨天的云，使片云再现，就是这本书的情义所在。"

遗憾的是，百岁老人伊莎白已经不能口述一本回忆录了。要让我再现"昨天的云"，确实是很大的挑战。

我有一点底气，因为我是伊莎白的"华西坝老乡"，我对她成长的环境以及她做人类学田野调查的那条藏彝走廊比较熟悉。

我试着走进伊莎白的世界。第一站就是古老的多伦多大学。

正是最美的10月。长长的林荫道上，彩叶飘飞，道旁大树列阵，排成豪华仪仗队。一座座精美的维多利亚式建筑与几何图形般简洁的现代建筑对比强烈，又相映成趣。它们好像早就在那里等我，等我在这190多岁的老校园寻觅历史的痕迹。

我来到了伊莎白曾就读六年的维多利亚学院。

那爬满青藤的教学楼，每一块气宇轩昂的石头都彰显着学术的尊严，每一级看似平坦的台阶都蕴含着书山学海的坎坷。喜欢冰球运动的伊莎白，曾轻盈地一步跨两级台阶，先学儿童心理学又转而选修社会人类学。

她为什么学社会人类学？

她为什么会从和平主义者，变成中国革命的支持者、参与者？

在她百余年的人生中，都发生了哪些精彩的故事？为什么她每一次的选择都是中国？

校园的草坪上，坐着一位颈上挂着听诊器的医生——诺尔曼·白求恩。一年四季，冬雪春花，风啸鸟啼，他始终微笑着端坐在那里。

白求恩与伊莎白虽说是校友，却并不相识。然而白求恩是伊莎白的丈夫大卫·柯鲁克的挚友，他深深地影响了柯鲁克夫妇一生。一支熊熊燃烧的国际主义的伟大火炬，从来没有失传。

伊莎白是一朵令人景仰的云，被中国革命的风暴托起。

徘徊在静静的多伦多大学校园里，我有了书写伊莎白的信心。

我又想起了故乡华西坝。

抗战全面爆发后，齐鲁大学、金陵大学、金陵女子文理学院、燕京大学等内迁，在华西坝形成五大学联合办学的盛况。

读初中时，我家在天竺园。这栋楼，抗战时期曾住过吕叔湘、闻宥、何文俊、杨佑之四位教授。闻宥在这里创办了中国文化研究所，陈寅恪、钱穆、顾颉刚、董作宾、滕固等著名学者都是研究员。撰写《中国科学技术史》的李约瑟，就住在何文俊家学汉语。后来，何文俊去重庆筹建西南农学院（今西南大学），袁隆平是该院的优秀学生……

在这栋楼里，我读鲁迅、肖洛霍夫、儒勒·凡尔纳、杰克·伦敦，大姐、二姐爱议论阿·托尔斯泰的《苦难的历程》中的两姐妹。至今我还记得那个钟声缥缈的静谧黄昏，肖洛霍夫的《一个人的遭遇》把二姐感动得含泪呆坐，良久无语。我把书接过来读，才明白，有血有肉的文字，能穿越时空，直击心灵。

暮年回首，我发现华西坝就是我的"大堰河"，是滋养我精神的故土。

深厚的乡情、强烈的感恩意识提醒我：讲述一生爱中国的伊莎白的故事，义不容辞！

在写伊莎白的整个过程中，我得到许多朋友的大力支持和帮助：

"加拿大老照片项目小组"的向素珍、王晓梅、申再望、田亚西等，他们在十多年的活动中，收集了大量有关华西坝的资料，建立起与"CS孩子"的联络网，使我的采访便捷了许多。

王烁、高初是有关柯鲁克夫妇历史资料较早的研究者。他们主编的《大卫·柯鲁克镜头里的中国（1938—1948）》一书，内容充实，编印精美，可作为典藏之书。我曾多次通过电话，向两位年轻人请教。

伊莎白的藏族朋友李进、李杜娟、岳云刚，彝族朋友冯良、马林英，羌族朋友龙金平、王嘉俊，等等，让我寻找到早年伊莎白在川西少数民族地区留下的足迹以及流传久远的故事。

重庆的罗杨、巫智敏、张艺英、傅应明、王安玉、张鉴，河北武安的李维新、段久长、霍春霞、韩艳如、韩晓丽、申丽晓、葛聪怡等，让我了解到伊莎白是怎样克服重重困难，才得以完成《兴隆场》《十里店》等人类学重要著作的。

南海山村的张运海书记，带我参观了中央外事学校旧址。

柯鲁克夫妇的同事、学生梅仁毅、郑海棠、沙广辉、廖利等，为我讲述了伊莎白在半个多世纪的英语教学中如何无私奉献，为人师表。

纪录片制作人高松、傅涵等，在历史档案中的深入挖掘，为我打开了另一片天地。

很巧的是，2016年6月，老乡杜天梅、贾敏带着我在加拿大安大略省转悠时，居然转到了伦敦市的丰饶田野，我才知道，那是伊莎白的家族——布朗家族祖上生活的地方。

很巧的是，写到伊莎白的重要老友时，这些老友的后人蒋引丝等竟然"从天而降"，就像是上天特意安排来帮助我的。

华西子弟和校友邓长春、雷文景、戚亚男、周彤、何生、杨光曦、王曙生、吴名、劲梅、朱磊、邱建义、陈动生、伍波、刘军、黄娟等，不断地给我鼓励。

对于以上朋友，我在此表示真挚的、深深的感谢！

当然，柯鲁、柯马凯、柯鸿岗三兄弟的讲述，对我完成这部书，举足轻重；他们帮助父母保存的十几箱资料，仅仅是一小部分的使用，便使我对描绘"昨天的云"有了较为全面的把握。

这朵令万众景仰的"昨天的云"的再现，更像是集体创作的，我只是一名执笔者。

想想自己，毕竟是奔八十的人了。

又一想，2013年，已经98岁的伊莎白，每天起得比鸟儿更早，还在孜孜不倦地整理她的人类学专著，与她相比，我还如此年轻，我要以伊莎白的精神来写伊莎白。

于是，我追寻着伊莎白的足迹，走向岷江上游杂谷脑河谷的藏羌山寨，走向重庆璧山兴隆场，走向革命老区河北武安十里店，走向北外校园，走向我所知道的伊莎白做人类学田野调查的每一个角落。

夜宿羌寨，早晨起来，推窗一看，白云朵朵，就在窗下飘过。有点恐高的我，心"咚咚"直跳。当年，伊莎白住在这里时，不知有何感受？

先后六次去多伦多，与"CS孩子"有多次交流。他们唱起了80多年前的四川儿歌，竟唱得老泪纵横……

倾听乡亲、学生讲述"我心中的伊莎白"时，一种紧迫感油然而生——就像发现了一片含金量极为丰富的沙滩，我想，若不尽快将"金子"淘出来，这些"金子"很快就会被岁月之河冲走。

越是投入，心中越是着急。这是在跟时间赛跑。没有哪一天，我是在凌晨1点之前睡觉。所幸，我的睡眠极好，上出租车，可以打个盹儿，坐在电脑前，可以眯一会儿，只要倒床睡十几分钟，又来了精神。就像一块质量尚好的老电池，只要经常充电，就能使用。

寻觅百岁老人的足迹，是在重读中国近现代史。对我而言，写作的过程，也是学习的过程、思考的过程。

伊莎白对二儿子柯马凯说，她的百岁人生，很快乐。

这三年，写伊莎白的故事，我也很快乐！